나를
위한
연구

나를
위한
연구

박상률 소설

사□□계절

쉽게
말할 수
없는
것들

바람이 불고, 흙비가 내렸다. 이어 개나리가 피었다. 진달래도 피었다. 다시 봄인 것이다.

이 봄에 '작은 말씀'인 소설 모음집을 펴낸다. '그 해 봄날'이 있은 뒤 해마다 봄이면 들춰 보다가 묻어 두고, 다시 봄이면 들춰 보다가 묻어 둔 이야기들이다. 그 해 봄날을 겪은 뒤 막무가내로 나를 찾아온 이야기들이다. 그럼에도 나는 묻어 두고 싶었다. 떠올리고 싶지 않은 이야기들이었기 때문이다. 그렇게 보낸 세월이 어느덧 사반세기.

그러나 이제는 더 묻어 둘 수가 없다. 이야기 속 인물들이 내 안에 더는 머물러 있으려 하지 않기 때문이다. 그러니 나로서도 그들을 붙잡고 있을 수만은 없게 되었다. 그들은 이미 내 의지와 상관 없이 독립된 존재로 새로운 생명을 얻어 살고 있기 때문이다. 그래서 그들의 이야기를 내 안에서 조심스레 털어 내놓는 것이다.

흔히 '문학은 말할 수 없는 것을 말하려 드는 것이다'라고 한다. 또 '화가는 세상을 보이는 그대로 그리는 게 아니라 자기가 아는 만큼만 그린다'는 말도 있다. 작가도 마찬가지일 것이다. 여기 내놓는 이야기들 역시 쉽게 말할 수 없는 것을 말하려고 애쓴 내 몸부림의 흔적이다. 아울러 내가 아는 만큼만 풀어 놓은 것들이다.

어쩌면 나의 입담이 달리고 앎이 보잘것없어 내가 뜻한 만큼 제대로 이야기하지 못했을지 모른다. 그럼에도 나는 이야기 속 인물들의 힘을 믿기에 생긴 대로 내보인다. 그들은 뭐라고 더 설명할 필요 없이 저마다 절실하게 산 이 땅의 사람들이기 때문이다.

이야기 속 인물들은 누구든 구체적인 이름 없이 등장한다. 그건 개인의 이름을 따로 드러낼 필요가 없을 만큼, 지난 그 시절엔 누구나 비슷한 삶의 궤적을 그렸기 때문이다. 누구의 이름을 앞세우건 이 땅의 지난 시대는 모든 사람들에게 서로 엇비슷한 삶을 요구했고, 대부분의 사람들은 그러한 삶을 당연한 것으로 받아들였다.

그래서 이 소설 모음집은 불같이 뜨겁게 지난 세월을 살아 낸 이 땅의 모든 이들에게 바치고자 한다. 아, 그리고 사람은 아니지만 이 책을 바쳐야 할 대상이 또 있다. 바로 바퀴벌레. 표제작인 「나를 위한 연구」에서 주인공이 음식점에 들어가 국밥을 먹을 때 국밥그릇에 떨어진 바퀴벌레. 그 바퀴벌레에게도 이 소설 모음집을 바친다. 내가 볼펜을 움켜쥐고 국밥그릇에 바퀴벌레가 떨어지는 장면을 열심히 풀어 내고 있던 바로 그 순간, 천장에서 초고지 위로 바퀴벌레가 톡, 떨어졌다. 그 전에도 그 뒤에도, 내 살던 그 집에서 바퀴벌레가 나타난 적은 없었다. 바로 그 때 딱 한 번 나타난 것이다. 그 날 이후 나는 글을 더욱 조심스레 쓰려고 애쓴다. 글이라는 것은 미물조차도 현장으로 불러올 정도로 힘이 세거나, 아니면 무서운 것이라는 걸 알았기 때문이다.

객쩍은 소리 늘어놓는 사이, 금세 봄이 깊어졌다.

2006년 봄
無山書齋에서 박상률

차례

아기
업은
소녀

한 소녀가 등에 아기를 업은 채 서 있다.

단발머리, 깡똥한 치마, 맨발에 검정 고무신, 무표정한 옆얼굴, 곧게 선 모습. 소녀의 외양이 그리 낯설지 않다.

등에 업혀 있는, 무명 포대기 속의 아기는 잠이 들어 있다. 이제 막 잠이 들었는지, 아니면 오래 전부터 자고 있었는지는 알 수 없다.

아마도 포대기 속의 아기는 소녀의 어린 동생이리라. 그런데 질끈 동여맨 포대기 끈에서 소녀와 어린 동생의 간단치 않은 운명의 결합이 느껴진다.

삶의 간고함…… 운명의 끈…….

그림은 누가 보더라도 그러한 분위기를 읽어 낼 수 있을 만큼 직설적인 어법을 채택하고 있었다.

"손님, 된장찌개 나왔습니다."

순간, 나도 모르게 움찔했다. 종업원이 된장찌개 뚝배기를 탁자 위에 내려놓았다. 나는 '아기 업은 소녀'라는 그림이 박혀 있는 신문을 옆으로 치웠다.

뚝배기 속의 국물은 급히 달궈진 뚝배기의 불기운 탓에 아직도 보글보글 끓어오르고 있었다. 숟가락으로 조심스럽게 국물을 떠서, 후후 불며 국물 맛을 봤다. 너무 뜨거워서 국물 맛이 혀에 잘 와 닿지 않았다.

생호박 조각 하나가 국물과 함께 입 안으로 따라 들어왔다. 호박은 제대로 익지도 않았고 간도 덜 배어 있었다. 호박 조각뿐이 아니었다. 된장찌개 국물은 뜨거워서 쉽게 입을 대기도 어려운데 국물 속의 건더기는 어느 것 하나 간이 제대로 배어 있지 않았다.

나는 건성으로 저녁 식사를 했다.

간이 덜 배어 맛이 없는 된장찌개, 일없이 뜨겁기만 한 된장찌개를 후후 불어서 억지로 식혀 가며 오로지 저녁 야근을 위해 빈 배를 조금씩 채워 나갔다.

어쩌면 요즘 내 사는 꼴이 이 뜨거운 된장찌개 같은 것이 아닐까 싶었다. 겉으론 바쁜 척 열을 내며 살지만 기실은 뜨거운 국물 속의 간이 배지 않은 건더기 같은 생활, 또는 일상.

저녁을 먹고 사무실로 돌아오는 동안에도 신문 속의 그림 '아기 업은 소녀'가 머릿속에서 계속 맴돌았다. 이미 세상을 뜬 지 오래인 어떤 화가의 전시회가 열린다는 기사와 함께 실린 그림이었다.

내 지나온 삶의 내력이나 지금 하고 있는 일을 통해 볼 때, 나는 그림과는 애당초 사돈네 팔촌만큼보다도 거리가 멀다. 그런데도 웬일인지 그 그림이 뇌리를 떠나지 않았다. 더더구나 그림을 그리기는커녕 그림에 관심을 가져 본 적도 없다. 그런데 왜 그 그림에 자꾸 마음이 끌리는지 모르겠다.

사무실 계단을 올라가는 순간까지도 그 이유를 알려고 애를 썼다. 하지만 사무실 문을 여는 순간 그 그림에 대한 생각을 애써 지웠다. 오늘 저녁까지 마쳐 놓아야 할 일들이 내 책상 위에서 기다리고 있었기 때문이다.

연말 연초는 이래저래 바쁜 시기이다. 내가 일하는 세무사 사무소는 자영업자 소득세 신고 달인 5월만큼이나 연말 연초에도 이런저런 일이 겹쳐 아주 바쁘다. 세무 담당을 둘 만큼 규모가 크지 않은 자영업자들은 거의 전적으로 세무사에게 자신들의 세무 업무 처리를 맡긴다. 그래서 우리 사무소는 한창 바쁠 때는 그야말로 거의 날마다 야근을 해야 할 정도로 일이 밀린다.

우리 사무소는 다른 세무사 사무소보다 일감이 더 몰린다. 물론 우리 사무소를 열고 있는 세무사의 업무 처리가 뛰어나서 그런 것만은 아니다. 이유는 단 한 가지. 우리 사무소의 세무사가 지방 국세청에 오래 근무하다가 개업을 한, 이른바 '현직' 출신이라서 그렇다. 그런 까닭에 남들보다 현실적인 세무 업무를 더잘 안다. 어쩌면 세무 업무를 잘 안다기보다는, 이른바 '절세'하는 방법을 잘 알고 있는 것인지도 모른다. 아니, 그보다는 칼자루를 쥐고 있는 사람들을 잘 아는 것인지도 모른다. 세법이라는게 워낙 복잡해서 세무 공무원이 자의적으로 해석할 수도 있는부분이 엄청 많다. 세무사들은 바로 그 점을 노린다. 담당자에따라 자의적으로 해석할 수 있는 대목을 찾아 내 담당자와 적당히 이른바 '업무 상담'을 하여 '절세'를 할 수 있게 하는 것이다.

빛고을이라 불리는, 광주 변두리의 실업계 고등학교 상과 출신인 나로서는 세무사의 업무 능력까지 파악하기란 쉬운 일이아니다. 아니, 파악할 필요조차 없는지 모른다. 나는 그저 주어지는 대로 장부나 정리하고, 컴퓨터에 입력하고, 계산 맞추고, 거래처 심부름 다니는 일이 고작이다. 하지만 내가 일하고 있는사무소의 세무사가 수완이 굉장하다는 것만은 안다. 연말부터일감이 몰리기 시작하면 적어도 5월까지는 직원들을 눈코 뜰 새없이 바쁘게 하는 걸 보더라도 세무사의 수완이 보통 이상이라는 걸 알 수 있는 것이다.

"에, 절세와 탈세는 개념 차이예요. 우린 고객이 의뢰한 일에서 바로 그 차이를 찾아 내기 위해 노력하지요."

이 말은 세무사의 '말씀'이 아니다. 사무장이 틈날 때마다 고객에게 들려주는 말이다.

개념 차이. 나와 세상의 부조화도 개념 차이에서 오고, 나와 사무장과의 갈등도 그 개념 차이에서 오는지 모른다. 그렇지만 나로서는 모든 걸 그대로 받아들일 수밖에 없다. 난 아직도 개념 차이는커녕 개념 파악조차도 못 하고 있으니까. 세상에 대해, 나를 둘러싼 이들에 대해, 아니, 무엇보다도 나 자신에 대해.

"나 양, 저녁 맛있는 거 먹었어?"

내 책상 앞에 가 앉자마자 사무장이 능글능글한 말투로 말을 걸어 왔다. 이럴 땐 그저 고개만 끄덕이면 그만이다. 괜히 뭘 먹었네 어쨌네 하고 대꾸해 주면 사무장은 말꼬리에 말꼬리를 물고 늘어지다가, 결국은 입에 바른 소리를 해대며 우쭐해하기 때문이다.

"며칠만 더 고생해. 이번 바쁜 시기만 지나면 좋은 일 생길 거야."

그렇게 말하는 그의 눈꼬리에 야릇한 미소가 서렸다. 하지만 나는 그의 말을 별로 신경 써서 듣지 않았다.

마치 자신이 이 사무소의 세무사라도 되는 듯한 사무장의 태도. 직원들은 늘 그게 불만이다. 그러나 아무도 사무장 앞에서 싫은 얼굴을 하지 못한다. 그러기는커녕 오히려 그 앞에서 더 비굴하게 군다. 특히 결혼한 남자 직원들은 비굴하게 구는 것마저도 부족해 아부까지 한다. 사무장은 세무사의 사촌 동생이어서 직원들 채용 문제부터 회식 문제에 이르기까지 거의 전권을 휘두르기 때문이다.

직원이라고 해 봐야 사무장 포함해서 여남은 명밖에 안 되지만, 그는 마치 커다란 회사의 사장이나 되는 것처럼 같은 말을 해도 뭔가 대단한 것이 있는 듯이 말한다. 그는 벌써 직원들과 자신의 위치에 대한 '개념 차이'를 파악하고 있는 것이다.

나는 컴퓨터 화면과 자료를 대조해 가며 수치를 확인하는 작업을 했다. 그런데 화면이 한 번 출렁이는가 싶더니 잠시 잊고 있던 '아기 업은 소녀'가 컴퓨터 화면에 어른거렸다. 나는 애써 자판을 더 빠르게 두들겨 댔다.

"나 양 일하는 소리는 힘이 있어서 좋아!"

내가 숨쉴 틈도 없이 두들겨 대는 자판 소리를 듣고 사무장이 실없이 던지는 소리다. 아니, 어쩌면 실없이 하는 소리가 아닌지 모른다. 사무장은 그새 내 등 뒤에 와서 컴퓨터 화면을 들여다보고 있었다. 마치 뭔가 일을 거들어 주는 듯한 자세로 말이다.

옆자리의 다른 직원이 내 쪽을 흘끗 쳐다보며 입을 삐쭉 내밀었다. 나는 그 직원에게 코를 찡그리는 듯한 표정을 지어 보였다.

그 순간, 내 머리부터 등줄기와 허리를 거쳐 종아리까지 쫙 훑
는 사무장의 눈길을 직감적으로 느낄 수 있었다. 그러나 나는 뒤
돌아보지 않았다. 어차피 이미 훑고 지나간 그의 눈길 속에 담긴
내 모습은 거둬들일 수 없어서였다.

타다닥, 타다닥…….

이 책상 저 책상에서 여직원들이 두들겨 대는 컴퓨터 자판 소
리만이 사무실을 꽉 채운 형광등 불빛 속으로 날아다니는 느낌
이었다. 나는 불빛 속에 날아다니는 자판 소리에서 아까 저녁 먹
을 때 본 '아기 업은 소녀'의 배경인, 화강암의 느낌이 잔뜩 묻
어나는 바위의 질감을 떠올렸다. 마치 정이나 송곳으로 바위 표
면을 무수히 쪼아 만든 느낌을 주던 그림의 배경. 그 느낌이 타
다닥거리는 소리 속에서 묻어났다. 이어 컴퓨터 자판을 두들기
는 소리가 화강암 바위 표면을 쪼는 소리와 겹쳐졌다. 알 수 없
는 일이었다. 그림이 소리 속에 들어 있다니.

초저녁에 몇 번 울리던 전화 소리가 뜸해지는가 싶더니 사무
실은 이내 곧 바위 표면을 쪼는 듯하는 자판 소리에 온통 휩싸여
버렸다. 다른 소리는 다 죽고 컴퓨터 자판 두드리는 소리만 요란
하게 이어졌다.

타다닥, 타다닥…….

그런 어느 순간 나는 깜짝 놀랐다. 귓전을 울리는 저 소리. 저 소리는 틀림없는 총 소리였다. 그 해 봄날에 들었던 총 소리였다. 아! 서울까지 와서, 사무실 안에서까지 총 소리를 듣다니!

그 총 소리는 엄마를 데려간 소리였다.

들에 다녀오던 엄마는 난데없는 콩 볶는 듯한 소리를 들었지만 여느 때와 마찬가지로 다른 농사꾼들과 함께 어둑어둑해지는 들길을 걸었다. 어서 집에 가서 저녁 지을 생각뿐이었다.

그러나 총 소리는 그냥 나는 소리가 아니었다. 들길을 따라 걷던 농사꾼들을 겨냥하고 쏜 총이 내는 소리였다.

사람만 총알을 받은 것이 아니었다. 뒤따르던 개까지도 총을 맞았다. 움직이는 모든 것은 총을 맞아야 했다. 엄마는 그 때 막내를 밴 몸으로 만삭이었다. 총을 맞은 뒤 엄마는 군인들 짐차에 실려 어디론가 사라지고 말았다.

사무장은 그새 의자에 몸을 깊숙이 박고 고개는 뒤로 편안히 젖힌 채 가볍게 코를 골고 있었다. 사실, 이 시간에 그가 할 만한 일은 없다. 그러나 그는 결코 직원들보다 먼저 퇴근하지 않는다. 상사로서의 책임감, 또는 미안한 마음이 있어서가 아니다. 그는 직원들을, 특히 여직원들을 자기 차에 실어서 귀가시켜 주기 위해 저러고 있는 것이다.

"아, 세상이, 험악한 세상이 돼 놔서 여직원들을 밤늦게 퇴근

시키면 불안해요."

그러나 여직원들은 그가 그런 말을 하는 의도를 더 불안해한다. 늦게 퇴근하는 일보다 그의 차를 얻어 타는 일이 더 불안한 적이 많았기 때문이다.

사무장은 몸에 밴 거들먹거리는 말투와, 입만 열면 자랑하듯이 쏟아 내는 '화려한 휴가' 작전 임무 수행자였다는 걸 내세우며 여직원들의 기를 누른다. 그는 1980년 5월, 이른바 '화려한 휴가'라는 명칭의 광주 진압 작전에 투입된 군인이었던 것이다. 그래서 그는 스스로를 애국자라고 자처한다. 지금 또다시 그런 소요 사태가 일어나 나라에서 부르면 언제고 총 들고 나설 각오가 되어 있단다. 그러면서 자신의 무공을 자랑한다. 세상에 가장 별 볼일 없는 남자가 군대 생활 그리워하며 그 때 일 자랑하는 인간이라더니, 그가 바로 그 짝이었다.

그는 거기서 그치지 않는다. 독재 정권이 내세운 '선진 조국 창조'라는 구호를 시도 때도 없이 들먹이기를 좋아한다. 사무실과 관련된 얘기를 시작하면 반드시 그는 "……그렇게 함으로써 우리도 선진 조국을 창조하는 대열에 들어설 수 있는 것이오"라며 말을 맺는다. 자기 같은 사람이 군대 갔을 때 몸 바쳐 싸웠기 때문에 국난을 극복하고 지금 이만큼 살 수 있으며 선진 조국이 창조되고 있다는 것이었다. 아울러 그는 이 자그마한 규모의 사

무실 안에서도 유독 질서를 강조한다. 질서가 잡히지 않은 직장
은 선진 조국 창조의 대열에서 이탈할 수밖에 없다나 어쩐다나.
물론 그가 말하는 질서는 그의 위세에 눌려 끽소리 하지 않고 하
라는 대로 하는 것이다.

그런 그를 모두들 싫어하면서도 현실적으로는 어쩌지 못하고
마지못해 따르는 수밖에 없다. 나도 마찬가지이다. 이 업계에서
우리 사무소는 대형 업소 축에 들어 보수가 꽤 좋은 편이기 때문
이다.

그가 가까이 다가오면 마치 송충이가 다가오는 것처럼 징그럽
지만 때마다 싫은 내색 한번 제대로 하지 못한다. 그러니 그의
차를 타지 않을 수도 없는 것이다.

사무장의 차를 가장 늦게까지 타게 되는 사람은 공교롭게도
나다. 사무장이 나 사는 곳 가까이 사는 것도 아니다. 단지 우리
동네를 맨 마지막에 거쳐야 사무장 집에 가기가 수월할 뿐이다.
그러니 나로선 어쩔 수 없다. 밤 열 시 넘어 열한 시가 다 된 늦
은 시각에 사무장 차를 고집스레 마다하고 따로 대중교통을 이
용해서 퇴근할 핑계가 없는 것이다.

그는 유부남이다. 그는 자신이 유부남이라는 걸 굳이 숨기지
않는다. 물론 숨길 이유도 없다. 그런데 문제는 유부남이 유부남
답게 굴지 않는다는 데에 있다. 유부남이 유부남답지 않다? 그

22

생각만 하면 픽 웃음이 나온다. 유부남이 유부남다우려면 유부녀는 유부녀답고 총각은 총각답고 처녀는 처녀다워야 할 텐데, 어차피 그렇지 않은 세상 아닌가 하는 생각이 들어서다.

나는 그가 유부남이어서 어쩌고저쩌고하는 것보다 그의 느물느물한 성격이 싫다. 시도 때도 없이 젊은 여자의 허벅지나 훔쳐보고 손이라도 은근슬쩍 만져 보려는 그. 유부남이든 유부녀든 서로 좋아 그러는 거면 누가 뭐라 하겠는가? 서로 정분이 나서 그러는 거면 남이 함부로 이러쿵저러쿵할 일이 아니라는 건 나도 안다. 그러나 그는 아니다.

그렇기에 그는 사무실 책상 배치도 자기 좋을 대로 해 놓고 있다. 어느 사무실에서고 사무장 책상은 직원들을 마주 보는 방향에 놓여 있는 것이 일반적이다. 그러나 그는 자기 책상을 직원들 뒤쪽에 갖다 놓고 있다. 그렇게 해 놓고서 여직원들 등 뒤에 앉아 이 사람 저 사람의 뒷모습을 훑어본다. 아니, 훔쳐본다. 그래서 직원들은 늘 사무장의 감시를 받는 느낌을 피할 수 없고, 앉은 자세나 옷매무시에 신경을 쓰지 않을 수 없다. 말하자면 토끼를 노리는 호랑이를 등 뒤에 앉혀 놓고 근무하는 꼴이다.

사람이란 앞모습보다는 뒷모습이 항상 더 불안한 법이다. 더구나 사람이란 뒷모습까지 신경 쓰고 살기엔 주의력이 부족한 동물이다. 그는 바로 그 점을 노리는 것 같다. 어쩌면 그의 뇌리에 여직원들의 모습은 온통 뒷모습만으로 박혀 있는지도 모른다.

　나도 처음엔 여느 직원들과 마찬가지로 그의 눈길이 무척 부담스러웠다. 하지만 어느 날 그의 차로 퇴근하다가 그의 손길에 허벅지를 급습당한 뒤로는 오히려 신경을 쓰지 않는다. 그가 내 허벅지를 손으로 더듬을 때, 나는 소리도 지르지 않았다. 그렇다고 그의 손길을 점잖게 떼내지도 않았다. 그저 그가 하는 대로 가만두어 봤다. 왜냐하면 그의 손길은 감미롭지도 않았고, 그렇다고 징그럽지도 않았기 때문이다. 그저 버스나 지하철 의자의 가장자리, 또는 내가 앉는 사무실 의자가 살에 닿는 느낌 그 이상도 그 이하도 아니었다. 그의 손길이 주는 느낌은 전혀 사람의 그것이 아니었다. 그래서 허벅지를 급습당했을 때 무슨 큰일이라도 난 듯 호들갑을 떨 필요가 없었던 것이다.

　당황한 쪽은 오히려 그였다. 그는 자신의 행동에 아무런 반응이 없는 나를 보자 치마 안쪽 깊숙한 곳까지 막 올라가고 있던 손길을 갑자기 거두고 헛기침부터 했다. 그러고선 더듬거리며 중얼거렸다.

　"미, 미안해. 내가 왜 이러지? 나 양만 보면 어렸을 때 죽은 누이 생각이 나서……."

　나는 정말이지 전혀 당황하지 않았다. 그에게 죽은 누이가 있는지 어쩐지 그것도 알 바 아니었다. 단지 죽은 누이 생각이 나면 부하 여직원 허벅지를 더듬어도 되는가 하는 생각만이 떠올랐다. 그러나 그뿐이었다. 그는 아무렇지도 않게 나를 집 가까운 곳에 내려 주었고, 나는 여느 때와 마찬가지로 고개를 숙여 아무 감정 없이 기계적인 고마움을 표시했다. 그는 자동차를 급가속하여 달아나듯 멀어져 갔다.

그 날 이후 나는 그의 눈길에 아무런 신경을 쓰지 않아도 되었다. 어차피 그의 말마따나 '개념 차이' 아닌가. 나는 반응하기보다는 무시해 버리는 게 상대방을 더 참담하게 만든다는 것을 알고 있다.

성추행이니 직장 내 성희롱이니 하는 말들이 많다. 그리고 그 때마다 어떻게 효과적으로 '응징'해야 하는가에 대한 논란도 많다. 나는 그런 일에는 나 나름의 방식대로 전혀 반응하지 않고 무시해 버린다. 어차피 세상은 저마다의 방식대로 살아야 하는 것 아닌가 하는 생각에서였다. 그리고 어떻게 생각할 것인가는 그야말로 '개념 차이'일 뿐이라고 생각하기 때문이다.

물론 그는 그 날 이후 더 노골적인 자세로 나를 대했다. 그렇지만 나는 그의 그런 태도를 피하지도, 그렇다고 의식하지도 않았다. 그의 의뭉한 눈초리와 툭툭 던지는 외설스런 잡소리 모두가 그저 그다운 짓거리로만 여겨질 뿐, 나와 관련해서는 아무 의미가 없기 때문이다.

여느 날과 마찬가지로 나는 야간 근무가 끝나자 사무장의 차를 타고 집에 돌아왔다. 그는 오늘도 다른 직원이 다 내리고 나자 내 허벅지를 더듬었다. 그런데 오늘은 이상했다. 그가 가장 그다운 짓을 할 때마다 이거고 저거고 아무런 생각이 없던 내가, 오늘은 엉뚱하게도, 그가 그다운 짓을 할 때, 혼자 저녁 먹으면서 신문에서 본 어떤 화가의 그림을 떠올린 것이다. 특히 아기 업은 소녀의 그 무표정한 얼굴을, 전혀 낯설지 않은 소녀의 모습을. 그 역시 오늘은 다른 날과는 좀 달랐다. 허벅지쯤에서 손길을 거두지 않고 내 가슴께로 손길을 옮겼다. 어쩌면 그는 그 동안 나를 탐색했는지도 모른다. 그 탐색의 결과 이제는 내 가슴을 만져도 된다고 판단했는지 모른다.

나는 그의 손길이 내 왼쪽 가슴에 머물며 막 힘을 주려는 순간에도 그의 손길을 털어 내지 못했다. 가슴을 더듬다 말고 그가 어색하게 웃었다. 그러나 역시 그뿐이었다. 나는 여느 날과 마찬가지로 아무 말도 하지 않았다. 단지, 지금보다 훨씬 더 어렸을 적에 내 가슴을 기습적으로 주무르던 '수컷'의 행위를 떠올렸을 뿐이다.

수컷들.

그 해 봄날. 난데없이 외지의 수컷들이 빛고을에 무더기로 들이닥쳤다. 그들 말대로 '화려한 휴가'를 누리기 위해서였다. 나는 엄마가 살았는지 죽었는지도 몰라 날마다 아빠랑 길을 나누어 멀리 시내 중심가까지 나갔다 돌아오곤 했다. 마을로 돌아오던 어느 저녁, 군인들이 떼거리로 마을에 진을 치고 있었다. 그들 가운데 몇이 내 앞을 가로막고 집에 가느니 못 가느니 하며 장난을 치기 시작했다. 나는 거의 울상이 되었다. 몇몇 군인은 총을 바닥에 내려놓은 채 담배를 물고 내 쪽을 쳐다보았다. 아무런 표정도 없어 보였다. 그러는 사이 '수컷' 하나가 아직 봉오리도 채 맺히지 않은 내 가슴을 주무르며 낄낄대기 시작했다. 나는 마구 울어 댔다. 내 울음소리에 앉아 있던 군인들 가운데 하나가 일어나더니 소리를 질렀다.

"고만 해라!"

나는 그 틈을 타 마을로 들어왔다.

그 이튿날도 아빠는 아빠대로 나는 나대로 시내의 병원이란 병원은 모조리 뒤지고 다녔다. 수소문 끝에 엄마가 있는 병원을 찾았다. 국군통합병원이었다. 엄마는 조산을 했다. 그렇게 해서 막내는 세상에 태어났다. 그러나 막내는 엄마 얼굴을 모른다. 엄마는 총 맞은 다리가 썩어 들어간데다가 아이까지 낳았다. 그런 몸이기에 엄마는 그 해 여름이 오기 전에 세상을 뜨고 말았다.

집에 돌아오자마자 나는 조용한 밤의 적막을 가장 쉽게 다스리기 위해, 또 습관적으로 해 오던 대로 텔레비전의 원격 조정기를 손에 들고 전원을 켰다. 텔레비전은 하루 종일 혼자 있었음에도 아무런 불평 없이 밝은 화면과 와자지껄한 소리들을 즉각 쏟아 냈다. 텔레비전으로 인해 아홉 자 열한 자 반지하 방은 조금 전의 어둠과 적막을 털고 금세 활기를 띠었다.

나는 텔레비전 속의 남자들을 마주하지 않은 채 뒤돌아서서 윗도리를 벗고 치마를 벗어 내렸다.

옷을 벗는 동안에도 텔레비전 속의 사람들은 와자지껄하게 떠들어 댔다. 물론 내가 옷을 벗는 걸 보고서 그렇게 떠들어 대는 것은 아니다. 그러나 그들이 떠드는 소리가 크게 날수록 나는 텔레비전을 더욱 의식하게 되었다. 추근대는 사무장은 의식하지 않을 수 있으면서 나를 가까이서 쳐다보지도 않는 텔레비전 속의 사람들은 의식하게 되는 것이다.

사람이란 때로 곁에 가까이 있는 사람보다 멀리 있는, 가까이 접할 수 없는 사람을 더 의식하기도 하는 듯했다. 그런 순간마다 나는 어떤 것이 진짜 현실인지 잘 구별이 되지 않는다.

아무튼 나는 텔레비전 속 사람들 때문에 브래지어와 팬티는 방에서 벗지 못한 채, 게다가 큰 수건으로 몸을 절반이나 가린 채, 방으로 들어오는 쪽에 부엌과 같이 붙어 있는 목욕탕으로 들어갔다.

피곤한 몸뚱이에게 내가 조금이나마 해 줄 수 있는 배려라곤 저녁에 따뜻한 물로 목욕을 해 주는 정도뿐이다. 반지하 셋방이지만 주인집과 마찬가지로 집 전체가 도시 가스로 난방을 해서 뜨거운 물은 아무 때나 쓸 수 있다.

목욕탕에 들어가자마자 큰 대야에 물을 받기 시작했다. 수도 꼭지에서 물 쏟아지는 소리가 쏴아 하고 났다. 물이 받아지는 동안 치렁치렁한 머리를 위로 말아 올린 뒤 비닐 모자를 머리에 뒤집어썼다.

벽에 붙은 거울을 보는 순간 나는 또다시 신문에서 본 '아기 업은 소녀'가 떠올랐다. 뜻밖에도 거울 속에 바로 그 소녀가 있었다. 무표정한 얼굴로 무심한 분위기를 풍기는 그 소녀.

나는 오른손에 비누를 쥐고 온몸에 비누칠을 했다. 양 가슴께부터 시작해 허리와 불두덩을 거쳐 가랑이 속까지 고샅고샅 정성들여 비누칠을 한 뒤 맑은 물로 헹구어 냈다. 예전에 고향 집에서 살 때와는 달리 목욕을 자주 하는 까닭에 그리 열심히 닦지 않아도 되련만, 요즘은 목욕만 했다 하면 비누칠을 아주 정성들여 한다.

목욕을 마치고 수건을 가슴께에 두른 채 목욕탕을 나와 방으로 갔다. 텔레비전 속에서는 여전히 왁자지껄하게 떠드는, 이른바 '토크쇼'가 진행되고 있었다.

나는 텔레비전을 등지고 앉았다. 목욕 수건을 살짝 풀어 허리춤에 둘렀다. 그러고는 젖무덤을 마른 수건으로 잘 훔쳐 낸 다음 간단한 기초 화장품을 손과 얼굴에 발랐다. 이어 아랫도리의 물기를 닦은 뒤 속옷을 입고, 잠옷으로 입는 헐렁한 바지와 윗도리를 걸치고 나서야 텔레비전을 향해 바로 앉았다. 목욕 마무리를 하는 동안 토크쇼는 끝나고 다른 프로그램으로 넘어가 있었다.

나는 아무 생각 없이, 사실은 텔레비전을 본다는 생각조차도 없이 텔레비전을 바라보았다. 텔레비전에서 쏟아져 나오는 무수한 빛의 입자가 방 안을 가득 채우고 내 눈동자로 쏠려 들어왔다.

그 순간, 멀리서 어떤 소리가 들려왔다. 타다닥 타다닥. 컴퓨터 자판 두들기는 소리였다. 익숙하지만 언제나 새삼스러운 그 소리들. 나는 그 소리의 막막함을 안다. 그런데 오늘은 뜻밖에도 그 소리를 듣는 것과 동시에 바위를 정으로 쪼는 소리가 들리고, 곧 '아기 업은 소녀'의 모습이 떠올랐다. 이어 총 소리가 났다.

환청일까? 환시일까? 그런 생각의 꼬리를 미처 정리할 새도 없이 텔레비전에서는 '안방 미술관'이라는 프로그램이 시작되고 있었다. 그런데 놀라운 것은 지금까지도 나를 붙들어매고 있는, 그 '아기 업은 소녀'가 프로그램 첫머리의 카메라에 잡혀 들어왔다는 것이다.

아기 업은 소녀.

그건 사실 내 모습이었다. 엄마가 졸지에 세상을 뜬 뒤 막내

동생은 내 등짝에 붙어서 자랐다. 동생이 자라는 사이 아빠는 거의 제정신이 아닌 채로 떠돌았다. 이른바 국정을 책임진다는 높은 자리에 있는 이가 광주에 오기라도 하면 항의 시위를 하러 나가고, 유가족들이 모이는 날이면 또 거기에 나갔다. 물론 그런다고 죽은 엄마가 살아 돌아오지는 않았다. 그런데도 아빠는 집에 있지 못하고 바람처럼 들락거렸다. 그러는 사이 집안은 쑥대밭이 되고 가세는 완전히 기울었다.

카메라는 전시회가 열리고 있는 어느 화랑의 내부를 천천히 비추어 나갔다. 특이하게도 그 화가의 작품은 모두 바위를 정으로 쫀 질감을 바탕으로 하고 있었다. 사람이든 나무든, 나타내고자 하는 대상은 모두 그러한 바탕에만 그려져 있었다.

그 화가는 아마도 외로움을 많이 탔거나 가족을 잃어 본 경험이 있는 듯했다. 왜냐하면 그 화가의 작품은 모두 우리가 흔히 가족이라고 하는 범주에 드는 사람들의 모습만 담고 있기 때문이었다. 가족이 얼마나 그리웠으면, 외로움이 얼마나 깊었으면, 화폭 위에 가족의 구성원들만 그려 놓았을까?

그의 그림은 어느 것 하나 얼굴만 그려져 있는 것이 없었다. 아무리 소품일지라도 카메라는 그의 그림 속 인물은 모두 전신이 다 그려져 있다는 점을 놓치지 않고 보여 주었다. 그에게 가족은 얼굴, 그것만이 아니라 몸뚱이 전부였는지도 모른다.

특이한 점은 나무 그림에서도 나타났다. 그는 나무를 그릴 때는 벗은 모습만 그렸다. 잎사귀가 무성하게 달린 나무는 찾아볼 수 없었다. 그런 점으로 미루어 볼 때, 그가 벗은 나무처럼 외로움을 무척 탔으리라는 걸 어렵지 않게 짐작할 수 있었다. 사람은 할 수 없이 옷을 걸치게 했지만, 나무에까진 그럴 필요가 없어 벌거벗은 그대로 두었는지 모른다. 아니, 어쩌면 벌거벗은 나무는 화가 자신의 모습인지도 모른다. 추운 겨울을 헐벗은 채 견뎌내야 하는 나무.

그렇다고 사람들의 모습이 나무의 모습보다 화려하거나 번잡하지도 않았다. 기껏해야 무명 치마저고리를 입은 사람들의 서 있는 모습 또는 앉아 있는 모습. 사람들의 외로움을 나타내기엔 얼굴보다도 무명 치마저고리를 입은 전신의 모습이 더 적당하다고 화가는 생각했는지 모른다.

프로그램 해설자의 목소리가 좀 가라앉는다 싶을 때쯤, 카메라가 한 그림 앞에 멈췄다.

'앉아 있는 여인.'

순간 나는 그 그림 속에서 벌써 십 년도 넘은 세월 저편에서 세상을 뜬 엄마의 모습을 보았다. 죽은 엄마와 너무나 닮은 분위기를 지닌 여인의 모습. 그리고 그 위에 겹쳐지는 엄마의 모습.

두 무릎을 세우고, 무릎에 양 팔꿈치를 얹은 채 눈을 감았는지

떴는지조차 모를 만큼 무표정한 옆얼굴의 여인. 그 좁은 화폭 안에 여인의 작은 몸뚱이가 다 들어 있었다.

나는 살아 있을 때의 엄마 모습을 그 화폭 안에서 생생하게 보았다. 그리고 무수한 빛의 입자가 타다닥거리는 소리에 휩싸여 내 좁은 방 안을 다 채우는 것을 느꼈다. 이어서 텔레비전 화면의 색깔이 바뀔 때마다 그림 속의 여인처럼 침묵하던 엄마의 모습이 순식간에 내 앞에 나타났다가 사라졌다.

아, 엄마…….

가까스로 국군통합병원에 찾아갔을 때 엄마는 총 맞은 다리를 끌어안은 채 멍하니 앉아 있었다. 자기가 낳은 아이는 어떻게 하고 있는지조차 모르는 것 같았다. 엄마는 물어도 아무런 대답을 하지 않았다. 벌써 정신이 반 넘게 나간 상태였다.

그 때 아빠의 심정은 어땠을까?

아빠는 그 날 이후, 아니 엄마의 장례를 치른 이후 전혀 다른 사람이 되고 말았다. 술을 마셔야 잠을 이루었고, 날이면 날마다 시위를 하러 밖에 나갔다. 그렇게 서울로 어디로 다니며 집에는 가끔씩 다녀갔다. 그러나 나는 오히려 일상의 삶 속에 깊이 빠져들어야 했다. 내게 남겨진 갓난아이까지 해서 돌보아야 할 동생이 셋이나 되었다. 그 아이들 엄마 노릇을 해야 했던 것이다. 이제 겨우 초등학교 졸업반인 아이가.

텔레비전 화면이 출렁이는 어느 순간 나는 엉뚱하게도 아빠가 나 있는 쪽으로 성큼성큼 다가오는 느낌을 받았다.

사람이란 일생을 살면서 열두 번도 더 변한다는 말이 있지만, 아빠야말로 너무나 다른 모습으로 심하게 변해서 지금 만난다면 또 어떤 모습을 보여 줄지 모른다.

내겐 다정다감한 아빠의 모습이 아빠에 대한 첫 기억으로 간직되어 있었다. 그 다음엔 엄마를 잃고 축 늘어져 있던 모습과 술 마시고 난폭해진 모습이, 그리고 그 다음엔 사람으로서 제대로 된 기운이 빠질 대로 빠져 있다가 그나마 그 기운이 다하자 그만 스르르 세상 밖으로 나가 버린 모습으로 기억되고 있다.

나는 '안방 미술관'이 진행되는 삼십여 분 동안 지난 십 몇 년의 세월을 한꺼번에 들추어 보게 되어 몹시 피곤했다. 일부러 숨길 필요는 없지만, 그렇다고 애써 들출 필요도 없는 지난 세월이었다. 아니, 이러저러한 가정 사정과 개인 사정을 들추어 냈다가는 이런 사무실에 취직조차 할 수 없었으리라. 나는 그래서 그동안 그 해 봄날에 대해서는 아무것도 모르는 사람으로, 비록 고향에서 일어난 일이지만 그 때는 어려서 뭐가 뭔지 몰랐다는 식으로 얼버무리며 서울의 직장 생활을 시작했다.

내가 멍해 있는 동안 텔레비전은 정규 방송이 다 끝났다는 안내 뒤에 배경 화면과 함께 애국가를 내보냈다. 나는 텔레비전의 전원을 껐다.

형광등을 켜 둔 채 자리에 누웠다. 계속되는 야근으로 몸은 천 근만근 무거웠지만 어쩐 일인지 잠은 오지 않았다. 머릿속에선 조만간 전시회장을 한 번 찾아야겠다는 생각뿐이었다.

아기 업은 소녀.

엄마가 죽고 없어 어린 젖먹이를 업고 동네 골목을 서성이던 내 모습이 떠올랐다. 추석 무렵이었는데, 비가 내려서 추석 보름 달은 끝끝내 볼 수 없었던 것도 생각났다.

아기 업은 내 모습이 그림 속 소녀의 모습 위에 겹쳐졌다.

내 얼굴도 저렇게 무표정했을까? 그 때 등에 업힌 젖먹이는 엄마를 찾으며 무척 칭얼댔었지…….

태어나자마자 엄마를 잃은 막내는 스스로의 처지를 생각해서 운명적으로 잘 적응할 수 있는 체질이나 기질을 타고났는지 모른다. 어찌 보면 그 애는 이 세상에 나기 전부터 엄마니 아빠니 하는 존재하고는 거리가 먼 운명이었는지도 모른다. 정확히 말하자면 막내는 엄마 아빠 없이 태어난 아이나 마찬가지였다.

동생 녀석들이 보고 싶다. 아직 고향에서 학교를 다니고 있는 동생들. 바쁜 일이 어느 정도 끝나면 틈을 내서 고향에 한 번 다녀와야겠다는 생각이 들었다.

고향 마을은 아직도 도시로 완전히 편입되지 않았다. 그래서

인지 고향 마을 사람들은 여전히 이웃끼리 정을 나누며 살고 있고, 있으나마나 한 아빠보다는 마을 사람들이 되레 동생들을 곧잘 거두어 준다. 그러기에 동생들이 학교 다니는 동안은 모두 고향에서 살도록 두었다. 다행인 것은 학비는 내가 벌어서 댈 수 있다는 점이다. 동생들도 거기서 고등학교까지 마치고 나면 나처럼 서울에서 직장을 구하면 될 것이다. 어떻게 해서 9급 공무원이라도 되면 모를까, 광주에선 눈을 씻고 찾아도 이만한 직장은 없었다.

둘째 동생이 가족 그림을 그렸을 때가 떠올랐다. 이 세상에 없는 엄마는 물론이고 집을 나가면 잘 들어오지 않는 아빠도 그리지 않았다. 그 대신 줄곧 막내를 업고 있던 내 모습을 가족 그림의 한가운데에 그려 넣었다.

세월은 흘러 나는 열세 살 나이에서 열여섯 살의 나이로 자랐다. 이어서 열아홉 살 나이에서 스무 살의 나이로, 그리고 지금 스물다섯 살의 나이까지 자랐다.

십 년 넘는 지난 세월은 모든 걸 변하게 했다. 자라는 것은 자라는 그만큼의 변화를 가져오고, 시들어 가는 것은 시들어 가는 그만큼의 변화를 가져왔다. 나 자신도 그 세월의 때를 입은 만큼 엄청난 변화를 겪었다. 소녀 가장의 역할을 하던 막막하던 그 시절부터 지금의 그만저만한 직장인이 될 때까지 내가 겪은 변화는 실로 여느 평균치 또래가 미처 겪어 보지 못한 것이다.

그러나 나는 변화를 거부하지 않는다. 어쩌면 변화란 지극히 당연한 것이기 때문이었다. 당연한 것은 어차피 받아들여야 한다. 피할 수 없는 것이라면 말이다.

어디선가, 그다지 멀지 않은 곳에서 싸우는 소리가 들려왔다. 부부인 듯한 남녀가 다투는 소리였다. 이 밤에 저 부부는 뭐가 어긋나서, 생활이 어떻게 자신들을 속여서 다투는 것일까? 문득 그 다툼 소리가 낯설지 않고 아주 익숙한 소리로 느껴졌다.

저 소리…… 부부가, 살 비비며 사는 부부가, 조금 뒤틀리고 헝클어지고 뒤집어지고 어긋난 일이 있다고, 잠자리를 박차고 일어나 한밤중에 너 죽고 나 죽자며 싸우는 저 소리. 그런데 이상하게도 오늘 밤엔 저 소리가 오히려 정겹다. 저 소리, 저 소리가 정겹다.

이제는 들어 보려야 들어 볼 수도 없는 엄마와 아빠의 다툼 소리. 엄마의 뜻하지 않은 죽음 속에서 부서져 버린 가정. 그러나 세월은 부서진 가정이나마 부서진 그대로 아물게 해 주었다.

애써 눈을 감고 잠을 청했다. 다툼 소리 대신 여자의 가느다란 흐느낌 소리가 새들어왔다. 형광등을 끌까 하다가, 불을 끄면 저 흐느낌 소리가 더 처량하게 변조되어 내 방을 침입해 들어올 것 같아 불을 끄지 않고 그냥 누워 있었다.

어둠은 보통의 것도 그 이상으로 부풀려서 더 처량하게 하고, 더 구슬프게 하고, 더 안타깝게 한다. 어둠은 감정을 부풀어오르게 하는 촉매제다. 이런 사실은 벌써 오래 전에, 돌아오지 못할 줄 뻔히 알면서도 막내를 업고 동구 밖에서 엄마를 기다리던 그 무렵에 벌써 알아 버렸다.

그 때 나는 이런 것을 알아야 할 만큼 충분히 자라지 못했다. 어둠의 속성을 알기엔 너무 어렸다. 그러나 흔히 운명이라고 일컬어지는 삶의 조건은 어리다고 봐주거나 피해 가지 않았다. 나는 길지 않은, 그렇다고 짧지도 않은 내 스물다섯의 삶을 통해 그것만은 확실히 알아 버렸다.

뒤척이느라 잠을 설쳐서 그런지, 잘 이어지지도 않는 꿈을 몇 개나 꾸었다. 아니, 꿈자리가 복잡하다 보니 잠을 설쳤는지도 모른다.

꿈 속에서는 고향 마을이 보이고 꽃길이 보였다. 그러다가 곧 엄마가 보이고 이제 막 어둠이 내리는 들녘이 보였다. 그리고 아빠, 아니 총을 든 군인이었나? 희미한 그림 같은, 아니, 낡은 영화의 영사막 같은 분위기 속에서 누군가가 뒷모습만 보인 채 서성이는 것을 보았다. 그러나 그뿐. 서성이는 이가 누구인지는 잘 알 수 없었다.

기억에 남아 있는 엊저녁의 마지막 꿈은 낮에 본, 그리고 텔레비전에서 본 그림과 색조와 질감이 같은 그림 한 장이었다.

이파리는 하나도 없고 가지만 앙상한 나무 아래로 여인 둘이 제각기 머리에 광주리를 이고 지나가는 그림이었다. 아마 그 그림은 텔레비전에서 본 것인지도 모른다. 그러나 꿈 속에서는 처음 본 것처럼 느껴졌다. 나는 그 그림을 꿈 속에서 본 뒤로는 더 자기를 포기하고 일어났다. 애써 잠을 더 청해 봐야 어차피 삼십 분을 넘기지 못할 시간이 되어서였다.

나는 푸석푸석한 눈을 비비며 일어나 세수를 하고 간단히 화장을 했다. 그러고선 조금 이른 시간이었지만 그대로 집을 나섰다.

서울 와서는 아침밥을 거의 먹지 않고 출근한다. 내가 아침을 먹지 않는 이유는 다른 직장 여성들처럼 살이 찌는 게 두려워서가 아니다. 그보다는 혼자 먹는 아침밥이 싫다. 찬거리도 없는 밥을 쟁반에 받쳐 들고 그저 먹어치워야 한다는 의무감에서 밥을 먹고 있는 나. 나는 그런 내 모습이 너무 싫은 것이다.

점심이야 직장에서 동료들과 함께 배달시켜 먹거나 나가서 사먹으니까 쉽게 해결이 된다. 저녁도 대부분은 밖에서 먹게 된다. 사무장이 이런 생색 저런 생색을 내며 저녁 회식 자리를 마련하기도 하고, 어제처럼 늦게까지 일할 때는 혼자서 또는 동료 여직원과 함께 저녁을 먹기 때문이다.

사무실에 도착하자 건물 관리 사무소의 경비 아저씨가 반갑게 인사를 했다. 나도 애써 웃으며 인사를 했다. 웃지 않고 인사할 이유도 없었지만, 왠지 웃어야만 오늘 하루 일과가 잘 풀릴 것 같았다.

사무실에 들어가자마자 내 자리의 컴퓨터에 전원부터 넣었다. 컴퓨터는 삐익 하는 소리를 내며 초기 화면을 떠올렸다. 그러던 어느 순간 나는 컴퓨터 화면 속에서 벌거벗은 나무를 보았다. 이어서 광주리를 머리에 인 두 여인을 보았다. 순식간에 지나가는 화면 속에서 꿈에 본 그 그림을 보는 순간, 어쩌면 착시나 환시였는지도 모르지만, 나는 몸이 가볍게 떨리는 것을 느꼈다. 아무래도 오늘 당장 그 그림들을 전시하는 화랑으로 가 봐야 할 것 같았다.

출근 시간이 가까워지자 사무실 직원들이 하나 둘 들어왔다. 의례적인 인사말을 가볍게 나눈 뒤 모두들 자기 자리에 앉아 일을 하기 시작했다.

세무사는 곧장 거래처로 갔는지 아니면 세무서로 갔는지 오늘도 출근 시간에 맞춰 사무실로 나오지 않았다. 유능한 세무사는 장부 확인보다는 아무래도 사람을 만나 처리하거나 조정해야 할 일들이 많은 것 같았다.

세무사가 자리를 비운 사무실에선 사무장이 왕이다. 사무장은 어젯밤에 무얼 했는지 아침부터 하품을 하다가 드디어는 의자

등받이에 몸을 기대고 졸기 시작했다.

문득 지난 밤에 부부 싸움을 한 사람들이 생각났다. 어쩌면 그 집 남편도 출근하자마자 저렇게 졸고 앉아 있을지 모르겠다는 생각이 들었다. 어쩌면 남자가 집에 있고 여자가 직장을 다니는 지도 모르지만. 그리고 직장에서 아침부터 하품을 하다가 졸아도 괜찮을 만큼의 위치에 있는지 어쩐지도 모르지만.

오전 시간이 다 지나고 점심 시간이 되자 나는 사무실로 배달된 점심을 서둘러 먹었다.

점심을 먹은 뒤 나는, 특별히 누구를 지칭해서 들어 달라고 할 새도 없이, 급히 어디 갈 데가 있다는 말을 남기고, 그 그림들을 전시하고 있는 화랑으로 가는 버스를 집어탔다.

버스가 서울역 앞을 지나는 순간 나는 내 눈을 의심했다. 아주 많은 사람들이 모여 있었기 때문이다. 그 해 봄날 모였던 사람들처럼 말이다. 총을 맞은 엄마가 사라진 뒤 병원을 뒤지고 다니면서 나는 겁도 없이 도청 광장까지 몇 차례나 둘러보았다.

"음……."

나도 모르게 신음 비슷한 것을 토해 냈다. 광장은 사람을 모이게 하는구나. 저 사람들은 또 무슨 일로 모였을까?

버스는 서울역 앞을 지나 서울 시청 쪽으로 미끄럽게 빠져나갔다. 나는 종로 2가에서 버스를 내려 횡단보도를 건넌 뒤 화랑으로 갔다.

화랑에는 사람들이 별로 없었다. 전시회 관계자들로 보이는 사람들 몇이서 한가로이 잡담을 나누고 있는 것으로 보아 그리 성황을 이루는 전시회는 아닌 듯했다.

나는 세상에 나고 미술품을 전시하는 화랑이라는 데를 처음 들어온 탓에 약간 긴장을 했지만, 애써 태연히 벽에 걸린 그림들을 한 점 한 점 봐 나갔다.

신문에서 보았던 '아기 업은 소녀' 그림은 한 점이 아니고 여러 점이었다. 신문에 난 것처럼 자는 아기를 포대기에 업은 그림도 있고, 포대기 없이 아기를 바로 업은 그림도 있었다. 아기는 자고 있지 않았고 손으로 누이의 어깨를 잡고 있었다. 이 아기는 그 앞 그림의 아기보다는 더 자라 있었다. 포대기를 하지 않아도 될 만큼.

나는 그림의 깊은 의미는 알 수 없었지만 그림이 주는 느낌은 금세 알아차릴 수 있었다.

그림이 걸린 벽면을 따라 한 발 한 발 떼어 놓던 나는 한 그림 앞에서 멈춰 섰다. 어젯밤 꿈에 보았던 바로 그 그림이었다.

"아!"

내 입에서 반가움 반 놀람 반의 탄성이 조그맣게 튀어나왔다.

엊저녁 텔레비전에서 본 바와 같이, 이 화가가 그린 나무 그림에는 이파리가 하나도 달려 있지 않았다. 나는 혹시라도 나무에 이파리 하나 어디 숨어 있지 않을까 싶어서 그림 가까이 얼굴을 갖다대고 자세히 들여다보았다. 그러나 어디에도 이파리는 달려 있지 않았다.

이파리가 달려 있지 않은 나무. 그런 나무는 겨울 아니면 생각하기가 쉽지 않다. 그렇다면 이 화가는 겨울에만 그림을 그렸을까? 그건 아니었을 것이다. 아마도 화가의 마음이 항상 겨울이 아니었을까. 하긴 나도 그 해 봄을 겪은 뒤로는 한 번도 봄을 봄으로 느낀 적이 없다. 따스한 봄 햇살 속에서도 그저 으스스하고 스산하기 짝이 없었다. 내게 봄은 없었다.

왜 그랬을까?

왜 이 화가는 항상 겨울의 마음으로 나무를 그렸을까?

흥미로운 점은 겨울 나무가 있는 그림이라고 해서 꼭 황량하고 쓸쓸한 분위기만을 자아내는 것은 아니라는 것이었다. 오히려 그림의 색조와 질감은 어딘지 모르게 편안함을 줬다.

나는 점점 그림 생각에 빠져들었다. 뭔가 황량하지만 편안한 느낌. 이 화가는 어떻게 해서 쓸쓸함과 따뜻함을 같이 표현할 수 있었을까? 나는 화가의 특별한 능력에 대해 잠깐 동안 생각해 보았다. 그러나 화가의 능력에 대해서 당장 내가 짐작할 수 있는 건 아무것도 없었다.

찌릿찌릿한 흥분이 가슴을 채우는 걸 느끼며 나는 그림들을 하나씩 봐 나갔다. 전시실 벽을 따라 계속 내걸린 벗은 나무와 여인들 또는 소녀의 그림. 그 그림이 그 그림 같으면서도 어딘가 조금씩 달랐다. 같은 분위기의 그림들인데도 제목이 조금씩 다르고 등장인물이 또 조금씩 다르다는 사실을 알았다.

'귀로'가 있는가 하면 '나무와 두 여인'이 있었다. 서로 다른 그림이지만 벗은 나무가 나오고 그 나무 밑으로 머리에 무얼 이고 가는 여인이 꼭 나왔다. 그런데 두 그림 모두 여인이 나오는 건 똑같아도, '나무와 두 여인'과 달리 '귀로'에는 여인이 하나 빠지는 대신 소녀 혹은 소년이 나왔다.

귀로, 말하자면 돌아가는 길이다. 그런데 돌아가는 길에는 왜 아이가 하나씩 나오는지 궁금했다. 또 돌아간다면 어디로 돌아가는 것인지도 궁금했다. 흔히 말하는 하늘나라? 아니면 식구들이 기다리는 포근한 집?

또 하나 주목할 점은 화가가 두 여인을 함께 그리기를 즐겼다는 점이다. 헐벗은 겨울 나무 밑을 여인 혼자서 지나가게 하기엔 너무나 황량하고 힘들어 보여서 두 여인을 함께 그린 것일까? 알 수 없는 일이었다.

물론 한 여인이 있기도 했다. 그러나 그 한 여인은 그나마 서서 걸어가는 자세가 아니라 그냥 바닥에 쭈그려 앉은 자세이다.

무릎을 바싹 세우고 팔꿈치는 무릎에 얹은 채 뭔가 골똘히 생각하는 여인의 그림. 꼭 세상을 뜨기 전의 엄마 모습이었다.

이 화가는 우리보다 훨씬 전에 살다 간 사람인데 어떻게 우리 엄마의 모습을 저렇게 똑같이 그려 놓았을까 하는 생각이 들었다. 게다가 '아기 업은 소녀'에서 보이는, 지난날 내 모습처럼 보이는 소녀의 뒷모습까지 말이다.

나는 점심 시간이 다 지나가는 것도 까맣게 잊고 그림에 푹 빠져 있었다. 아니, 어느새 나는 그림 속 인물이 되어 그림 속 현실을 살고 있었다.

화랑을 나온 뒤 다시 사무실로 돌아가기 위해 버스를 탔다. 아까 올 때와 마찬가지로 버스는 막힘없이 시내를 달렸다.

버스가 서울역을 지날 때 바깥을 내다보았다. 사람들이 보이지 않았다. 바로 그 때였다. 혹시 아까 그 사람들 속에 아빠도 섞여 있지 않았을까 하는 생각이 들었다. 엉뚱하다면 엉뚱하겠지만 그럴 수도 있다는 생각이 든 것이다. 아빠는 엄마가 세상을 뜬 뒤로는 거의 밖으로만 나돌았기 때문이다.

어려울 때마다 원망도 하고 한편으로 안쓰럽기도 했던 아빠. 엄마가 없더라도 마음을 더 단단히 부여잡고 강한 모습을 보여 주었다면 내가 덜 힘들었을 텐데……. 5월만 되면 속에서 불이 나 참지 못하고 뒷모습만 남긴 채 집을 나갔던 아빠. 해마다 봄이 다 가고 여름마저 기울어야 집에 돌아오는가 싶더니, 어느 봄 어느 새벽, 뒷모습 볼 틈마저 없이 훌쩍 집을 나간 뒤 여태껏 몇 년째 소식 한 자 없는 아빠. 물론 나도 미처 찾아볼 생각을 해 보지 못했다.

버스가 서울역을 바로 지나서 섰을 때 급히 차에서 뛰어내렸다. 혹시 아빠가 이 서울역에 있다면 만날 수 있으리라는 생각이 들어서였다. 찾을 수만 있다면 아빠를 찾고 싶다. 아빠를 찾으면 무슨 말을 먼저 할까?

서울역 광장에는 사람들 대신 비둘기들이 떼를 지어 모이를 쪼아 먹고 있었다. 사람들이 어쩌다 흘린 음식 찌꺼기를, 아니 심심풀이로 던져 준 모이를 먹겠다고 몰려들어 있었던 것이다.

광장.

광장에는 사람이 모였다. 그 해 봄날 도청 광장에도 사람들이 모였다. 도청 광장에는 내 어린 깜냥으로는 도저히 헤아려지지 않는 많은 사람들이 모여 있었다.

흩어진 사람들 속에도, 모여든 비둘기 떼 주변에도 아빠는 없었다. 이런 광장에도 없으면 아빠는 도대체 어디에 있는 걸까?

아빠 생각에 빠져 있다가 어느 순간 정신이 번쩍 들어 시계를 들여다보았다. 오후 근무를 시작하는 시간이 벌써 한 시간도 더 지나 있었다. 나는 황급히 현실 속으로 돌아와 사무실 쪽으로 가는 버스를 탔다.

사무실에 들어가자, 짐작을 못 한 바는 아니지만 사무장이 골이 날 만큼 나 있었다.

"나 양, 지금 정신이 있는 거야 없는 거야? 이 바쁠 때 어딜 갔다 오는 거야? 서울 생활 얼마나 했다고 벌써 요령이나 피우고 그래? 혹시 남자 생긴 거 아냐? 어쩌 아침부터 넋을 놓고 있다 했더니만……. 오늘은 퇴근을 못 하는 한이 있더라도 정리할 것 다 해 놓도록 해요."

사무장은 마침 자신이 해야 할 일을 찾고 있었는데 잘 걸려들었다는 듯이 일장 훈시 반 잔소리 반으로 마구 떠들어 댔다.

그러나 내 귓구멍에는 아무 소리도 제대로 들어와 박히지 않았다. 내 머릿속에는 그저 어제 신문에서부터 텔레비전을 거쳐 오늘 화랑에서 실물로 본 그림들 생각뿐이었다.

오후 내내, 그리고 저녁 내내 컴퓨터와 서류를 들여다보았지만 일은 더디기만 했다. 다른 여직원들이 모두 퇴근하고 나서도 나는 컴퓨터 앞에 앉아 있었다.

"나 양, 퇴근해야지."

퇴근한 줄 알았던 사무장의 목소리였다. 나는 뒤를 돌아보지도 않았다. 사무장이 의자에서 일어나는 소리가 들렸다.

"가자구. 아직 저녁도 안 먹었지?"

나는 사무장의 말에 일일이 대꾸하기가 싫었다.

"늦었어, 나가자구. 내가 근사한 데 가서 저녁 사 줄게."

"전, 밥 안 먹어도 돼요."

나는 만사가 귀찮다는 목소리로 짧게 대답했다.

"왜? 요새 무슨 고민 있는 거야? 정말 남자라도 생겼어? 조심해야 돼. 남자는 다 도둑놈이야."

밥 안 먹어도 된다고 했는데도 사무장이 자꾸 채근하는 바람에 나는 퇴근 준비를 했다. 사무장도 같이 따라나왔다. 현관을 나설 때 경비 아저씨가 씩 웃었다. 아침에도 저렇게 웃었지만, 지금의 웃음은 어쩐지 아침과는 조금 다른 것 같았다. 사무장은 뭐가 좋은지 싱글벙글했다.

사무장과 저녁을 같이 먹고 싶지 않았지만 자연스레 거절할수가 없어서 나는 사무장을 따라갔다. 사무실에서 그리 멀지 않은 곳에 있는 횟집으로 들어간 사무장은 익숙한 태도로 음식을 주문했다. 나는 무슨 음식을 주문하든 그런 것엔 관심이 없었다. 그저 그림 생각뿐이었다.

큰 접시에 회가 가득 담겨 나왔다. 나는 회를 별로 좋아하지 않는다. 그러나 사무장의 강권에 못 이겨 소주를 곁들여 회를 먹기 시작했다. 사무장은 내가 소주를 입에 털어넣을 때마다 싱글벙글했다.

"오늘은 차 놔 두고 택시로 들어가자구."

그러면서 사무장은 자기 잔에도 스스로 소주를 따라 들이켰다.

술기운이 슬슬 몸에 퍼지기 시작했다. 나는 당황했다. 그깟 소주 몇 잔 마신다고 어떻게 되리라곤 생각하지 않았는데……. 내 상태를 빤히 보고 있던 사무장이 상 위로 손을 뻗어 내 손을 잡았다. 옆자리 누구도 우리를 의식하지 않았다. 사무장은 마치 내가 자기 애인이나 아내이기라도 한 것처럼 자연스럽게 내 손을 주물럭거렸다. 나는 시간이 지날수록 몸이 흐물흐물해지는 것을 느꼈다. 눈 앞의 회 접시에 어제 오늘 본 그림들이 아주 작게 축소되어 한 점 한 점 담겨 있는 듯한 착각이 들었다.

그 순간 사무장이 말했다.

"나갈까?"

나는 그 말을 듣고 자리에서 일어났다. 그러나 다리가 풀려 휘청했다. 사무장이 잽싸게 나를 부축했다. 이상한 일이었다. 겨우 소주 몇 잔에 비틀거리다니.

나는 사무장의 부축을 받고 겨우 횟집을 나왔다. 사무장이 혼자서 중얼거렸다.

"어디서 잠깐 쉬었다 가야겠어."

사무장은 비틀거리는 나를 거의 옆에 껴안다시피 하고 걸었다. 사무장이 나를 데리고 들어간 곳은 여관이었다. 나는 순간적으로 여관에 내가 왜 들어와 있는지를 알지 못했다. 그저 어지럽고 다리가 후들후들 떨릴 뿐이었다.

"먼저 씻을래?"

나는 사무장의 그 말소리를 아득하게 듣고 있었다. 잠이 든 것이다. 얼마나 지났을까? 나는 가슴이 답답하여 눈을 떴다. 뜻밖에도 알몸의 사무장이 나를 짓누른 채 내려다보고 있었다. 사무장은 웃는 얼굴이었다.

"처음이었어?"

그 순간 사무장의 얼굴이 그 해 봄날 억센 손으로 내 밋밋한 가슴을 더듬던 수컷의 얼굴로 여겨졌다. 사실 그 해 봄날의 수컷 얼굴은 모른다. 무서워서 제대로 쳐다볼 수조차 없었으니까.

나는 사무장을 밀쳐 냈다. 사무장이 내 몸 위에서 내려갔다. 나 역시 알몸이었다. 나는 아무 말 없이, 내 손으로 벗진 않았지만 분명 내 옷이 틀림없는 옷들을 주워 입었다. 사무장은 담배를 피워 물었다. 그의 얼굴에서는 줄곧 웃음기가 사라지지 않았다.

나는 여관 방문을 열고 나왔다. 사무장은 나를 따라나서지도 않았고 나를 붙잡지도 않았다.

계단을 내려와 여관 문 앞에 섰다. 어떻게 된 일인지 기억을 돌이켜 보았다. 그러나 사무장과 횟집에 가서 소주 몇 잔을 들이켰다는 기억은 나는데 그 다음 일은 하나도 기억나지 않았다. 아무래도 소주 속에 수면제가 들어 있었거나, 아니면 소주보다 더 독한 술이 들어 있었는지도 모를 일이었다.

어이없게도 픽 웃음이 나왔다.

방향을 정하지 않고 무작정 걸었다. 아랫도리가 뻑적지근했다. 게다가 술 탓인지 속이 메스껍고 어지러웠다. 길바닥에 털썩 주저앉고 싶었다. 그러나 나는 정신을 다잡으며 옆에 있는 나무에 기대어 조심스럽게 쭈그려 앉았다. 무릎을 세우고 그 위에 팔꿈치를 올린 채 두 손으로 턱을 받치고 한참 있었다. 어느새 나 자신이 그림에서 본 '앉아 있는 여인'이 되고 말았다.

어지러움을 가라앉히려 심호흡을 하며 하늘을 쳐다보았다. 이파리 하나 없는 나뭇가지가 눈에 들어왔다. 그제야 겨울 밤의 찬 기운이 목덜미를 파고드는 걸 느낄 수 있었다. 스물다섯 살의 두께와 부피만큼 느껴지는 겨울 밤의 찬 기운이었다.

나는 쭈그려 앉은 채 '귀로'를 찾고 있었다. 그러나 '앉아 있는 여인'이 되고 만 내가 끝내 움직이지 않는 그림이 되면 어쩌나 하는 느낌이 들었다.

목덜미를 타고 들어온 차가운 기운이 가슴 속까지 깊게 파고들었다. 나는 움찔하며 몸을 떨었다.

나무의 빈 가지에 이파리 대신 별들이 아슬아슬하게 매달려 있다가 나무가 몸을 움찔거리자 마구 쏟아져 내렸다. 나는 어지럼증을 털어 내며 일어나려고 애썼다. 마침내 무릎에 손을 짚고 조심스럽게 일어났다. 허리를 반쯤 굽히고서 발 밑에 아무렇게 나 구르는 낙엽 한 잎을 보는 순간, 아빠의 뒷모습이 떠올랐다. 아빠는 귀로의 어디쯤에서 오그라진 뒷모습으로 이 낙엽처럼 서 성이고 있을까.

그 낙엽이 가로등 불빛이 달아 준 내 그림자 속으로 굴러들어 왔다. 내가 선 채로 가만히 있자 그림자도 움직임 없이 가만히 있었다. 그림자는 마음대로 떼어 버릴 수도 없고, 그렇다고 나와 완전한 한 몸이 되지도 않았다.

낙엽은 이내 내 그림자 밖으로 다시 굴러 나갔다. 나는 내 그 림자 밖으로 나간 낙엽을 쫓아 발걸음을 옮겼다. 내 몸이 가로등 에서 멀어질수록 그림자는 내 키보다 더 커졌다. 그림자는 내가 완전한 어둠 속으로 들어갈 때까지 내게서 떨어지지 않았다. 물 론 그림자는 빛이 있는 한 내 키만큼, 아니 내 나이만큼 같은 크 기로 자랄 것이다.

어둠 속으로 들어가서야 떨어져 나가는 그림자를 보니 눈물이 났다. 아빠의 귀로는 어쩌면 이처럼 그림자조차 따라오지 않는 어둠 속인지도 몰랐다.

눈물이 뺨을 타고 흘렀다. 나는 손수건을 꺼내려고 손가방을 열었다. 그런데 손끝에 묻어오는 가방 속의 느낌이 낯설었다. 뭔가 두툼한 것이 먼저 잡힌 것이다. 나는 그 두툼한 것을 꺼냈다. 돈다발이었다. 나는 걸음을 멈춰 섰다. 사무장이 몰래 넣어 둔 돈인 것 같았다. 사무장이 그처럼 웃을 수 있었던 힘의 원천이 이 돈이었던가 하는 생각이 들자 서러움이 더욱 복받쳐 올랐다.

생뚱맞게도 아빠가 돈다발을 마당에 마구 집어던지던 모습이 떠올랐다. 엄마가 죽고 나서 몇 년이 흐른 어느 해 5월, 나라에서 보상금으로 나온 돈이었다. 그 때 아빠는 술에 취해 독재자 대통령의 이름 뒤에 '놈' 자며 '새끼' 자를 붙여 고래고래 욕하면서 돈다발을 마구 집어던졌다. 돈이 번지수를 잘못 찾은 것이었다. 아니다. 돈을 아는 이들은 돈을 언제 써야 하는지도 알았다. 나는 소름이 끼쳤다.

나는 곧바로 돈다발을 내던졌다.

어둠 속에서 제멋대로 구르는 돈이, 그리고 낙엽이, 발에 밟혔다. 나는 밤새도록 어둠을 밟고 다녔다. 내 그림자조차 먹어 버린 어둠. 나 자신이 나이 먹을 때 같이 나이 먹었을 내 그림자.

지금 어둠이 먹어 버린 내 그림자의 나이는 몇 살인지…….

나를
위한
연구

내 자-알-도-는 머리는 바쁘다

나는 수배자다.

왜냐하면 누군가가 하루 종일 나를 따라다니고 있으니까.

그런데 이상하다. 내 뒤를 졸졸 따라다니는 그 녀석들은 나를 충분히 체포할 수 있는데도 나를 당장 잡아가지 않고 계속 따라다니기만 한다.

왜 그럴까?

나를 좀더 두고 보겠다는 건가?

내가 누구와 만나서 식사하고 차 마시고, 또 내가 다른 누구와 만나서 술 마시고 심지어 연애하는 것까지 파악하려고 그러는 걸까?

무엇 때문에?

내가 그렇게 거물이냐?

아니면, 내가 무슨 조직과 대단하게 연결되어 있다고 생각하여 나를 키워서 잡아먹겠다는 건가? 내 배후에 있을지도 모를, 나보다 더 큼직한 먹이를 삼키기 위해서 나를 키우고 있는 걸까?

아니야!

그 녀석들은 나를 죽이려고 그럴 거야.

체포를 하면 나는 재판을 받아야 하고, 재판을 하자면 이것저것 죄가 되게 얽어매야 해. 그런데 죄도 없는 나를 재판정에 세우기 위해선 각본이 있어야 하거든. 하지만 그 녀석들 머리로는 각본을 짤 수가 없으니까 나를 아예 감쪽같이 죽여 없애 버릴 생각으로 따라다니고 있는 거야.

근데, 근데 말야. 나를 죽이려고 했으면 진작 죽일 수 있었잖아? 쥐도 새도 모르게 말야. 내가 화장실에 들어갔을 때라든지, 곤하게 자고 있을 때라든지, 아무튼 내 주위에 다른 사람이 하나도 없을 때 얼마든지 죽일 수 있었잖아?

뭣 때문에, 뭣 때문에 날 죽이려고 하지?

탓! 탓! 탓…….

밖에서 갑자기 헬기 떠다니는 소리가 요란하다. 나는 잽싸게 장롱 안으로 뛰어들어갔다. 그런데 장롱 안에는 웬 실지렁이가 가득 차 있다. 수도꼭지에서 나왔음 직한. 아니, 퇴비더미 가까운 도랑의 시커멓고 질척질척한 뻘 속에서나 살았음 직한.

아, 낭패감!

실지렁이들이 내 몸으로 기어 올라오더니 순식간에 내 몸을 덮어 버렸다. 난 반항할 새도 없이 체포되었다. 실지렁이들은 점점 굵은 구렁이가 되어 내 몸을 칭칭 동여맸고, 마침내 나는 숨소리도 제대로 못 내게 되었다.

그러나 탓! 탓! 탓! 하고 붕 떠다니는 저놈의 헬기 소리 때문에 다시 장롱 밖으로 나올 수도 없다.

잠시 후면 저 소리는 필시 총 소리로 바뀔 것이다.

탕! 탕! 탕!

으악!

총은 언제나 구렁이를 쏘는 게 아니고 나를 쏘았다.

속옷에 땀이 몹시 배어들어 있고 온몸이 후줄근해졌다. 아랫도리가 척척하다. 또 오줌을 싼 것이다.

창문에는 벌써 두 뼘도 넘게 햇살이 걸쳐져 있다.

알 수 없는 일이다. 나는 왜 자다가 오줌을 싸는 거냐?

그것도 꼭 탓! 탓! 탓! 하고 헬기가 지나가고 난 뒤 탕! 탕! 탕! 하는 총 소리와 함께. 또 거의 잠이 깨는 것과 동시에 오줌을 싸 버리고 마는 것이다. 조금만 더 참으면 안 쌌을 텐데……. 매번 그렇게 아쉬움에 끌끌거려 봐도 구렁이한테서 풀려나는 순간 몸은 녹초가 되고 만다. 그런 날은 또 영락없이 늦잠을 자고 마는 것이다. 해가 중천인데도 일어날 수가 없다.

나의 왼팔이 없어졌다. 어느 날 갑자기.

아니다, 어느 날 갑자기가 아니다. 다만 어느 날 갑자기라고 느낄 뿐이다. 나의 왼팔은 갑자기 없어진 것이 아니다. 어떤 놈이 계획적으로 잘라 간 것이다. 계획적으로.

나는 수배령을 내렸다. 나의 왼팔에 긴급 수배령을 내린 것이다. 항상 내 몸뚱이 왼쪽에 달려 있던 놈인데 어디로 갔을까? 정말 감쪽같다. 몸에 달고 다니면서 내가 늘 감시했는데. 그것도 옷소매로 늘 싸 가지고 다니면서 감시했는데 나에게서 없어지다니. 여기에는 분명 누군가의 엄청난 음모가 있었을 것이다. 그렇지 않고서야 어떻게 나도 모르게 내 왼팔을 떼어 갈 수 있단 말인가.

그놈들은 물론 한두 놈이 아닐 것이다. 떼거리로 몰려다니는 떼강도이거나, 아니면 조직 폭력배, 아니면 그 무섭다는 청부 살인 업자!

적어도 그런 놈들의 실력이 아니고선 내 몸에 붙어 있는 것을 나도 모르게 훔쳐 갈 수는 없다.

도대체 어디서 잃어버렸을까?

그건 그렇고, 내가 수배령을 내렸다고 나의 왼팔을 찾을 수 있을까?

　그 왼팔은 물론 내 오른팔만큼이나 소중하다. 나는 악수하거나 글씨 쓸 때는 오른손을 사용하지만, 밥 먹는 것하고 공던지기 같은 것은 왼손으로 하는 왼손잡이다. 거기다 하나 더 추가하자면 똥 누고 밑 닦는 것도 왼손으로 하는 것에 길들여져 있었다. 말하자면 오른손과 왼손이 하는 역할이 확실하게 나뉘어 있는 것이다. 그렇다고 그런 것이 불편해서 왼손을 포함한 왼팔을 찾자는 것은 아니다. 왼손이 하던 것을 얼마 뒤 오른손이 떠맡아 거의 완벽하게 할 수 있게 되었다. 그런데도 나는 내 왼팔을 찾아야 한다. 왜냐하면 나의 왼팔을 잃어버리고 산 그 기간이 나의 수배 기간과 딱 일치하기 때문이다.

　수배 기간은 길었다. 내가 이렇게 오그라질 대로 오그라진 것은 그놈의 수배 기간 때문이었다. 나는 수배자인 것이다. 수배자! 수배자!

　어디 더듬어 보자.

　더듬, 더듬, 더듬…….

　어제는 무슨 신문사에서 나왔다는 기자를 만났다. 십 년 전의 무슨 일을 취재하러 다닌다고 했다.

　내가 물었다.

"그까짓 십 년 전 일을 취재해서 뭣에 쓸 거요?"

그러자 그 기자 양반이 픽 웃었다. 그리고 담뱃불을 붙여서 건네주며(나는 한쪽 팔이 없어서 담뱃불 붙이기가 힘들잖아!) 덤덤하게 말했다.

"십 년 전 일을 알아야 수배령이 풀리지요."

기자 양반의 대답은 전혀 뜻밖이었다.

"수배령이라구요? 무슨 수배령 말이오?"

내가 거듭 묻자 기자 양반은 큰 소리로 대답했다.

"오늘을 찾으려는 수배령 말이오!"

나는 의아했다.

"오늘? 오늘을 찾다니요? 아, 나를 체포하려는 수배령 말이오?"

나는 조급해졌다. 그러나 기자 양반은 내가 조급해하든 말든 담배 연기만 깊게 들이마셨다가 내쉬었다.

천천히.

기자 양반은 내 말투나 모습이 답답한 듯 머리를 뒤로 쓸어 넘겼다. 기자 양반의 이마빡은 메뚜기 이마빡만큼이나 좁아서, 머리를 뒤로 넘기자 오히려 내 말투보다도 더 답답한 얼굴이 훤히 드러났다. 기자 양반은 나에게 그 답답한 얼굴로 답답한 질문만 자꾸 퍼부었다.

그러나 십 년 전의 일을 내가 무슨 수로 기억하겠는가? 겨우 사흘 전, 길어 봐야 일주일 전의 일이나 기억하는 내가.

기자 양반은 내게서 아무것도 얻지 못하고 돌아갔지만 나는 무지무지하게 중요한 사실 하나를 얻었다. 그게 뭐냐구? 글쎄 그것이 뭐냐 하면, 내가 왼팔을 잃어버리고 산 지가 십 년이 되었다는 것이다. 십 년.

그 십 년이 얼마만큼 긴지는 아직 잘 모르겠다. 사흘이 몇 개 있으면 십 년인지, 일주일이 몇 개 있어야 십 년인지, 나는 계산에 통 밝지가 않아서 그걸 따질 수가 없다. 나는 오늘이 십 년 전과 같지 않다는 것 정도만 확실히 안다. 십 년 전에는 내 팔에 수배령이 내려지진 않았을 거야. 그런데 오늘은 수배령이 내려져 있어. 그것도 나 스스로 내린 수배령 말야. 그래, 이제야 알았다. 그 기자 양반은 팔의 소문을 알고 있는 거야. 팔의 소문을! 그런데 오늘을 찾다니, 그건 또 무슨 말이지? 오늘을 찾다니…….. 나는 여기 있는데……. 오늘을 어디 가서 찾아야 하나? 오늘을 찾으면 내 팔의 행방도 찾아지려나? 그렇다면 무엇보다도 우선 오늘을 찾아야겠군. 오늘을!

나는 느지막이 일어나 방구석에 놓인 밥상 앞으로 갔다. 허우적허우적 밥을 먹다가 국그릇 속에 들어앉은 실지렁이 한 마리를 발견했다. 실지렁이는 식어빠진 국그릇 속에서 죽어 있었다.

이상한 것은 그 죽은 놈이 내 비위를 건드린 것이다. 살아 있는 놈이라면, 벌벌 기어다니는 놈이라면 그렇다 치겠는데, 딱딱하게 죽어 있는 놈이, 꼼짝 않고 죽어 있는 놈이, 죽은 그놈이 살아 있을 때와 똑같이 나의 신경을 건드리고 나의 비위를 상하게 했다.

지렁이, 실낱처럼 가늘고 불그스름한 저 실지렁이는 도대체 어디서 왔을까?

왼팔이 있었다면 아마 왼손으로 집어 냈을 텐데, 왼손이 없어서 그냥 숟가락으로 건져 쓰레기통에 탁탁 털어 넣었다. 그러는 사이에 밥맛이 싹 없어져서, 난 그대로 숟가락을 놓고 밥상 앞에서 물러나고 말았다.

살아 있을 때나 죽어 있을 때나 벌레는 벌레야…….

나는 갑자기 맥이 빠져서 방 한켠에 굴러다니는 신문 쪼가리를 뒤적거렸다.

그 신문에는 시커멓고 자잘한 글씨가 모래알만큼이나 수도 없이 많이 박혀 있었다. 나는 한 글자 한 글자씩 집어 냈다. 그리고 그것들을 털어 넣었다. 쓰레기통에. 꼭 벌레를 털어 넣듯.

그렇게 벌레를 잡듯 신문 글자를 읽어 내다가 문득 눈길을 멈췄다. 꼭 처음 본 글자 같은 것이 눈에 띈 것이다. (나도 글자는 알 만큼 아는데…….)

'화해.'

묘한 글씨였다. 어디서 본 듯도 했고 어디서 들은 듯도 했다.

화해라니……. 화해라니……. 이게 무슨 말이지? 그 아래로
계속 글이 이어졌다. 이제 십 년이나 되었으니 모두가 응어리진
것도 풀고, 서로 용서하고 용서받으며 화해하자고. 아니, 화해해
야 된다고.

십 년이라는 말은 알겠는데, 화해라는 말은 잘 모르겠다. 십
년이라는 말은, 얼마나 긴 시간인지는 몰라도 기자 양반이 나를
만났을 때 들먹인 말이다. 그렇지만 화해라는 말은 들어 보지 못
한 말이다.

그 말뜻을 요리조리 맞춰 보니, 용서하고 용서받으라는 말이
다. 화해는 그런 것일까? 그렇지만 벌레는 죽어서도 징그럽긴
마찬가지다. 살아 있을 때나 죽어 있을 때나 변하지 않는 것은
변하지 않는다. 나 참, 뭘 어떻게 하라는 거야? 어떤 상황이 되
든 변하지 않는 속성을 가지고 있는 것들을 어떻게 용서할 수 있
단 말인가. 내게 아직 그 정도의 고집은 남아 있다. 남의 말 따라
쉽게 흔들리지 않는.

벌레 같은 글자 밑으로는 어울리지 않게 반듯반듯한 네모칸이
쳐져 있었다. 그 네모칸 안에는 신혼여행, 효도관광, 벚꽃놀이,

1박 2일, 2박 3일 따위의 날렵하고 유혹적인 문구들이 잔뜩 박혀 있었다. 그 가운데서도 관광이 아니고 놀이라고 박힌 네모 칸 안에 눈길이 가서 멈췄다. 벚꽃놀이라, 군항제라······. 벚꽃이라면, 벚꽃이라면, 어떻게 생겼더라? 에라, 모르겠다. 용서하고 용서받으라고 하지 않는가. 그것이 화해라고 하지 않는가. 벚꽃이 어떻게 생겼는지, 그 놀이는 어떻게 하는지 내가 알 게 뭐냐. 화해하는 세상인데 그저 놀이나 하면서 화해하면 그만이지.

그렇게 열심히 신문을 봤지만 신문 속에서 나의 왼팔을 찾을 수는 없었다. 왼팔도 어디 가서 놀이하며 관광하며 화해하고 주저앉아 버렸나? 아니면 내가 수배령을 내릴 줄 알고 꽁꽁 숨어 버렸나?

나는 신문을 집어던져 버렸다. 이따위 신문을 봐 가지곤 못 찾는다. 신문을 아무리 들여다본들 실지렁이 같은, 죽으나 사나 징그럽게 사람 비위를 뒤집는, 그런 벌레 같은 글씨만 박혀 있지 않느냐.

기자란 양반도 그렇지, 화해라니? 그런 뜻도 모르는 소리나 쓰려고 나를 만났나? 나의 왼팔을 찾아 준다 해 놓고, 아니 나의 오늘까지 찾아 준다 해 놓고, 기껏 화해지 뭔지 지렁이 같은 글씨나 박아 주면 다냐? 사실 내 실력으로 그 신문 좀 읽어 보려고 얼마나 애를 먹었는데······. 아나, 엿이나 먹어라! 아니, 감자나 먹어라! 나는 한 손으로나마 감자 먹으라는 시늉을 힘있게 한 뒤 자리를 박차고 일어섰다. 아무래도 오늘은 좀더 멀리 나가 봐야 할 것 같았다.

집안 식구들은(식구들?) 나만 보면 밖에 나가면 안 된다고 단단히 일렀지만 오늘은 아무래도 나가 봐야 할 것 같았다.

식구들이 없는 걸 확인하고 대문을 나섰더니 완연한 봄기운이 골목 어귀에까지 몰려와 있었다. 봄기운이야 바람 끝에 묻어 있는 부드러운 느낌인데다가, 그 바람이 물어다 주는 기운을 받아먹고 방싯방싯 꽃망울을 터뜨리는 꽃나무를 보면 금방 알 수 있다. 아니, 팔이 떨어져 나간 어깻죽지 부근이 겨우내 욱신거리다가 통증이 없어지면 봄이다. 봄기운은 내 몸에서부터 느껴진다.

골목을 나서자 어디서 본 듯도 하고 처음 본 듯도 한 어린아이들이 딱지치기를 하고 있었다.

딱지치기는 팔 힘이 좋아야지.

팔 힘이 좋다는 건 그냥 무작정 황소처럼 기운이 세다는 게 아니라 요령 있게 순간적으로 기운을 모아 딱지에 실어 주는 힘, 그 날렵한 힘이 좋아야 된다는 말이지. 딱지치기를 하는 어린아이들을 보자 나도 하고 싶어졌다. 어쩐지 잘할 수 있을 것 같았다. 그리고 저 놀이는 나도 해 본 것 같았다. 아주 능숙하게 상대편 딱지를 뒤집을 수 있을 것 같았다. 나는 아이들 틈에 끼어들어 딱지치기를 해 보았다. 그런데 웬걸? 잘 되지 않았다. 생각해 보니 내겐 팔이 하나 없었다. 왼쪽 무릎 위에 체중을 실어서 몸의 균형을 유지할 때 짚어야 할 왼팔이 없었다. 낭패였다. 오른손만으로 딱지를 치는 건 좀 곤란하다. 오래 구부리고 있을 수도 없고, 홱 돌아설 때 자칫하면 넘어지기 십상이다. 날개 구실을 하는 팔이 없으면.

딱지치기는 포기하자. 나는 얼른 생각을 고쳐먹고 큰길로 내려갔다. 큰길가에는 사람들이 많이 왔다 갔다 했다. 가만 보니 사람들은 남자고 여자고 모두 팔이 두 개였다. 그리고 그 두 팔을 힘차게 저으면서 마음껏 봄기운을 들이마시며 오고 갔다. 그중에 혹시 팔을 세 개 달고 다니는 사람이 없나 하고 눈여겨봤지만 눈에 띄는 사람들은 모두 팔이 두 개뿐이었다. 그럴 테지, 어떤 미친 놈이 두 개면 충분할 팔을 세 개씩 달고 다니겠어. 더구나 훔쳐 간 팔을 내놓고 다니겠어. 내 팔을 훔쳐 간 놈은 그 팔을 집에다 꼭꼭 숨겨 놓았겠지. 마음먹고 도둑질하는 도둑놈이 그 정도 머리도 안 되겠어? 훔친 물건은 사지도 팔지도 맙시다가 아니고, 훔친 물건은 더욱더 남의 눈에 띄지 않도록 깊숙이 깊숙이 간직합시다일 텐데.

그렇다면 어떡하지? 길거리에서 사람들을 아무리 쳐다봐야 내 팔을 달고 다니는 놈은 나타나지 않을 것 같다. 이런 식으로는 내 팔을 찾기가 어려울 것 같다. 그러면, 그러면 어떻게 해야하나? 팔이 그냥 쉽게 떨어지진 않았을 거야. 그렇다면……? 아마 전문적인 기술을 가진 사람이 적어도 한 명쯤은 끼여 있었을 거야. 내 팔 도둑놈들 가운데엔. 맞다, 목공소 기계톱 같으면 순식간에 내 팔을 떼어 낼 수 있었을 거야. 가자, 목공소로. 목공소에 가 보면 숨겨 놓은 내 팔을 찾을 수 있을지도 모른다.

그래서 나는 그 거리의 목공소를 뒤지기로 했다. 그러나 목공소 뒤지는 일은 오래 가지 않아 포기해야만 했다. 톱밥과 대팻밥이 엉켜 먼지가 풀풀 나는 목공소 문을 밀치고 들어가니 모두들 나를 거지 취급했다. 한쪽 팔은 없지, 얼굴은 부스스하지, 목공소 사람들은 내 말을 듣기도 전에 백 원짜리 동전 몇 개를 내 호주머니에 쑤셔 넣어 주며 그저 안됐다는 표정에 재수 없다는 얼굴들을 하고 나를 얼른 문 밖으로 내쫓으려고만 했다. 나는 기를 쓰고 내 팔을, 내 왼팔을 찾습니다, 어디서 잃어버렸는지는 모르지만 혹시 훔쳐 가는 사람을 보셨거나 내 팔을 보신 적이 있으면 알려 주십시오, 했다. 그러자 목공소 사람 가운데 하나가 나서더니, 여보쇼, 어디서 일하다 팔이 잘렸는진 모르지만 이미 잘린 팔을 어쩔 것이오, 쓸데없는 짓 말고 나가시오! 하고 윽박지르고선 나를 내몰며 문을 쾅 닫아 버렸다.

나는 어이가 없었다. 이건 나를 공장 같은 데서 일하다가 부주

의로 사고를 당한 놈 취급을 하는 것이었다. 돈푼이나 뜯어 내려고 여기저기 돌아다니며 증언 듣고 실태 파악하고 하는 산재 환자. 아나, 엿 먹어라, 이 미친 놈들아. 사고를 당했으면 사고난 공장으로 직접 달려가지, 뭐 하러 여기저기 품팔고 다니겠냐, 이런 미련퉁이 곰 같은 놈들아. 난 그런 생각을 할 수 있는 내 자-알-도-는 머리가 기특했다. 나는 속으로 그들에게 엿을 댓 가닥쯤 더 먹여 주고 그 곳을 떠났다.

생각해 보니 저렇게 크고 무거운 톱을 들고 나와 내 팔을 떼어 가지는 않았을 것 같기도 했다. 그렇다면, 이젠 어디로 가지? 성능이 좋으면서도 저렇게 무겁지는 않은 칼이나 톱이 있는 곳이 어딜까? 궁리를 해 보았다. 대장간? 철공소? 아니야, 그런 곳은 아닌 것 같아. 그런 곳에서는 저 목공소나 마찬가지로 기계가 너무 커서 그 무거운 기계를 낑낑거리며 들고 다니면서까지 팔 도둑질을 하기란 쉽지 않을 것이다.

그렇다면? 정육점? 횟집? 병원? 정육점이나 횟집 같은 데에는 가볍고 아주 잘 드는 칼이 있어. 내 팔을 싹둑 잘라 가기에 충분한. 하지만 그런 전문적인 고깃집에서 다른 고기와 맛이 다를 내 팔을 잘라다 팔 리는 없다. 그렇다면? 맞다. 병원이다, 병원! 병원이라면 내 팔을 감쪽같이 잘라 갈 기술도 있고 내 팔을 팔 없는 사람에게 팔고 돈을 받았을지도 몰라. 내가 이렇게 자-알-

도-는 좋은 머리를 가지고 있으면서 왜 진작 병원을 생각하지 못했을까? 가자, 병원으로!

그런데 병원이라면 어디로? 내과? 외과? 산부인과? 소아과? 정신과? 치과? 흐흠, 팔을 자른다? 팔을 자르는 건 수술이지? 수술? 수술하는 곳은 역시 외과겠지. 그럼, 그럼, 내 머리는 역시 좋아. 자-알-돈-다, 그런 것까지 다 알고. 의사라는 놈들 중에도 흉악한 놈들이 있긴 있을 거야. 남의 팔을 잘라다 돈벌이하는 놈들이. 이 거리에 병원이라고 해 봐야, 그것도 외과만 집중적으로 뒤지면 되니까, 몇 개나 되겠어. 하루에 열 군데? 아니, 다섯 군데만 잘 뒤져도 이틀이면 열, 사흘이면 열다섯. 그 다음에 어떻게 되지? 열다섯하고 다음엔, 몇이더라……?

아까부터 천장에서 눈을 떼지 못하고 있다. 나는 지금 꼼짝도 할 수 없다. 오직 눈만이 자유로이 움직일 수 있는데, 그 자유롭던 눈동자마저 천장에서 기어다니는 바퀴벌레를 보자 움직임을 멈춰 버렸다.

저놈의 바퀴벌레.

이런 깨끗한 방에까지 바퀴벌레가 있다니. 이처럼 하얗게 위생적으로 잘 꾸며진 방 천장에 바퀴벌레가 있다니. 사실, 지금 내게는 그게 문제가 아니다. 문제는 저놈의 바퀴벌레, 저놈의 바퀴벌레를 어디서 본 듯하다는 것이다. 어디서 보았을까? 아무리 궁리를 해 봐도, 내 자-알-도-는 머리를, 머리를 아무리 굴려 봐도 생각이 나지 않는다. 에라, 모르겠다. 에라, 모르겠다. 엿 먹어라. 바퀴벌레도 엿이나 먹어라. 엿 먹어라 해 놓고 습관적으로 감자를 먹이려는데 꼼짝을 할 수가 없다. 그런데 이상하다. 꼼짝할 수 없는 건 없는 거고, 갑자기 왼쪽이 허전하다. 뭔가 없어진 것 같아. 맞다. 내 왼팔이 없어졌었지. 내 왼팔. 내 왼팔은 어디로 간 거야! 나는 소리질렀다. 겨우 입을 모아 소리질렀다. 그러나 소리가 잘 질러지지 않았다. 내 왼팔이 어디 갔냐고 외쳤지만 아무도 듣는 사람이 없다. 그러는 사이 바퀴벌레는 어디론가 가 버리고 없고, 나는 울다가 스르르 잠이 들었다. 언제부턴지 너무 쉽게 우는 버릇이 생겼다. 그냥 눈물이 나는 거였다.

한참을 자고 있노라니 두런두런 말소리가 들렸다. 그 말소리에 잠이 깨 보니 하얀 옷을 걸친 의사와 간호사가 내 곁에 서 있었다.

아니, 내가 체포된 건가?

나는 불안해졌다. 그들의 표정을 살짝 훔쳐보니 그런 것 같지는 않았다. 그들은 나를 관찰하는 중인 것 같았다. 얼마나 잤지? 의사가 입을 열자 간호사가, 사흘째 자고 있습니다, 라고 대답했다. 아니, 사흘째라니? 내가 사흘씩이나 자고 있었단 말이야?

그럴 리가 없다. 난, 그렇게 잠이 많은 사람이 아니다. 많이 자야 열두 시간이다. 아무리 늦잠을 자도 열두 시간을 넘게 자지는 못한다. 그렇다면 저 사람들이 내게 수면제를 먹인 거다. 수면제를. 그러지 않고선 그렇게 오래 잠을 잘 수가 없다.

의사는 내 눈동자를 뒤집어 보았다. 간호사는 의사의 행동을 물끄러미 지켜보기만 했다. 간호사는 가슴 높이에 주사기랑 조그만 약병이 놓인 접시를 들고 서 있을 뿐 아무 말도 하지 않았다. 그 순간 간호사가 들고 있는 접시 위로 탁 하고 무언가가 떨어졌다. 간호사가 소리를 질렀다.

"어머나! 이게 뭐야?"

나는 그 틈에도 그게 뭔지 알아챘다. 바퀴벌레였다. 의사는 이맛살을 찌푸린 뒤 등을 돌려 나가면서 간호사에게 뭔가를 지시했다. 간호사는 금세 차분한 목소리로 예, 예, 했다. 의사가 병실 밖으로 나가자 간호사가 입을 열었다.

"아저씨, 정신 좀 드세요?"

정신? 정신이라니? 내가 지금 정신이 드는 건가?

나는 눈만 끔벅끔벅했다. 간호사가 다시 입을 열었다.

"아저씨, 보호자 없으세요?"

보호자라니? 보호자가 뭐더라. 어디서 들은 소리 같기도 하고……. 다시 눈만 끔벅끔벅했다. 간호사는 답답해하다가 밖으로 나가 버렸다. 간호사가 나가고 나자 몸을 살짝 움직여 봤다. 신통하게도 오른손이 움직여졌고, 이리저리 뒤척여 보니 몸뚱이도 움직여졌다. 아뿔싸! 내 웃통은 맨살이었다.

내 옷! 내 옷!

내 옷이 어디 갔을까? 옷의 행방을 골똘히 생각하고 있는데 간호사가 다시 들어왔다.

"일어나서 옷 입으세요."

간호사는 내 눈에 좀 낯익은 옷 뭉치(내 옷이지, 아마?)를 내려놓으며 어서 옷을 입으라고 했다. 나는 비록 한 손이지만 잽싼 동작으로 옷을 목부터 꿰입었다.

"다시는 행패부리지 마세요."

행패? 행패라니? 내가 무슨 행패를 부렸다고? 나는 어안이벙벙했다.

간호사가 눈을 흘기며 말했다.

"시치미떼시긴, 얼마나 가관이었는데요. 발로 차고 던지고 때려부수고 그러다가 나중엔 아예……."

정말 갈수록 모를 소리만 하고 있네, 이 아가씨가.

그러든 말든 간호사 아가씨는 계속 이상한 소리를 했다.

"그래도 그만하길 다행이지, 정말 큰일날 뻔했어요."

정말 이상하다. 무슨 일이 있었는지 아무 생각이 나지 않는다.

내가 어쨌다는 걸까?

간호사 아가씨의 말을 빌리자면 내가 이 병원에 들어와 팔을 내놓으라고 소란을 피웠단다. 더구나 이 병원에서 팔을 몰래 잘라 팔아먹었다고 아무거나 잡히는 대로 던지고 걷어차고 유리창까지 깨부쉈다는 것이다. 좋은 말로 해도 달래지지 않고 계속 더 악을 쓰자 병원 수위와 직원이 달려들어 나를 병원 밖으로 몰아냈단다.

그러자 내가 갑자기 만세를 부르며 차도로 뛰어들어 버렸단다. 때마침 순찰차가 지나가고 있었는데, 어쩐 일인지 더욱 기를 쓰고 순찰차로 달려들었다고 한다. 순찰차가 급정차를 하긴 했지만 나는 순찰차 앞머리에 몸뚱이가 튕겨 나가면서 정신을 잃어버렸다고 한다. 그래서 이번엔 교통사고 환자가 되어 다시 이 병원으로 들어오게 되었다는 것이다. 순간적인 충격으로 정신을 잃긴 했지만 크게 다친 곳은 없어 그나마 다행이라고 했다.

거참, 난 도무지 모를 소리였다. 사흘 전 일이라면 웬만한 건 기억하는데…….

간호사의 얼굴이 조금 심각해졌다.

"아저씨, 근데 그 팔은 정말 어디서 다쳤어요? 다친 지가 십 년은 됐을 것 같은데……."

어디서 다치다니? 다친 일 없다, 내 팔은. 그런데 이상하다.

십 년이라는 소리. 그 소리는 어디서 들은 소리다. 십 년? 십
년? 어디서 들었더라…….

그 때 난 벌떡 일어났다.

"아가씨지? 아가씨가 내 팔을 잘라다 팔아먹었지?"

나는 고래고래 소리를 질렀다. 어디서 그렇게 큰 소리가 나왔
는지 모르겠다. 그러자 간호사는 흠칫 놀라 뒤로 물러섰고, 동시
에 병실 문이 열리면서 아까 나갔던 의사가 다시 뛰어들어왔다.

"무슨 소리야?"

의사는 간호사를 보며 낯살을 찌푸렸다.

"이 아저씬 아무래도 장기간 요양이 필요할 것 같아요. 이대
로 내보냈다간 결국 똑같은 일이…….'

"정신 나간 소리 마! 우리 병원이 무슨 자선단체인 줄 알아?
요양이라니, 누굴 믿고 요양을 시켜!"

간호사 아가씨는 말문이 막히는지 더 대꾸하지 않았다.

"경찰을 불러서 데려가라고 해. 보호소로 보내든 가족을 찾
든, 경찰에서 알아서 하도록 빨리 퇴원 조치해!"

의사는 차가운 목소리로 그렇게 내뱉고는 나가 버렸다.

간호사 아가씨가 울상을 짓는 것 같았다. 그러나 이내 곧 차분
하게 다시 물었다.

"아저씨, 집이 어디세요? 가족들은요?"

정말이지 나는 아무것도 생각나지 않았다.

간호사 아가씨는 두어 번 더 같은 질문을 해 왔지만, 생각나지 않는 것은 어쩔 수 없었다.

아무리 궁리해 봐도 알 수 없는 일은 내가 왜 여기 누워 있는가 하는 점이다. 도무지 기억이 나지 않는다.

내 팔을, 잃어버린 나의 왼팔을 찾겠다는 것은 진작부터, 그리고 지금도 나에게 가장 중요한 일이다. 하지만 내가 그 일로 행패를 부리다니. 그리고 경찰 순찰차까지 들이받다니. 정말 믿기지 않는 일이었다. 더구나 사흘씩이나 잤으면 내 계산으로는 꽤나 긴 시간인데, 난 여기 와서 어디서 본 듯한 바퀴벌레를 다시 만난 기억밖에 나지 않는다. 그 바퀴벌레는 어디서 봤을까?

한참 열심히 머리를 굴리며 바퀴벌레에 대한 생각을 하고 있는데 간호사와 순경이 들어왔다.

"이 사람입니까, 정신이 이상하다는 사람이?"

순경은 다짜고짜 나를 정신이 이상한 사람으로 몰고 갔다. 간호사는 그렇다고 고개를 끄덕끄덕했다.

"집도 모르고 보호자도 없고, 무엇보다도 자꾸 이상한 소릴 해요. 자기 왼팔을 잘라다 팔아먹었다고 내놓으라면서……."

간호사는 나를 바라보더니 안됐다는 표정을 지었다.

"우리 병원과는 관계가 없는 사람이 와서 소란을 피우기에 밖으로 내쫓았는데, 어이없게도 병원 앞에서 순찰차를 들이받았어요. 그래서 교통 경찰들이 둘러메고 들어와서 그나마 입원시킨 거예요. 처음엔 죽은 줄 알았지요. 외상은 전혀 없었지만 꼼짝을 못 해서요. 검사를 해 보니 영양 상태가 좀 좋지 않았고, 오래 전에 뇌를 다친 흔적이 나타나긴 했지만 심각한 정도는 아니었어요. 그래서 영양제에 신경 안정 주사를 맞혔더니 내리 사흘을 자더라구요."

간호사는 거기까지 단숨에 얘기를 했지만 순경은 관심 있게 듣는 것 같지 않았다. 오히려 내가 간호사 얘기를 더 듣고 싶어졌다. 간호사는 아예 나를 없는 셈 치면서 이야기를 했다. 아니면 진짜로 정신병자 취급을 하는 건지도 모르겠다.

"자면서 이상한 소릴 자꾸 해요. 지렁이가 자기를 감고 있다는 둥, 바퀴벌레가 자기를 노려보고 있다는 둥. 근데 그거야 다른 정신 질환자들도 할 수 있는 얘긴데, 진짜 이상한 건……."

그제야 순경은 간호사 얘기에 귀를 기울이는 것 같았다.

"진짜 이상한 건, 자기는 총을 들고 다니긴 했지만 총으로 사람을 다치게 한 일은 없다는 거예요. 그러면서 잘못한 게 없는데 자기가 왜 여기 있어야 하느냐고, 더구나 왜 왼팔을 훔쳐 가서 내놓지 않느냐고 하는 거예요."

순경이 이맛살을 찌푸렸다.

"그야 미친 놈이 무슨 소릴 못 하겠습니까?"

"아니에요. 정신 질환자들은 대개 깊은 잠에 빠졌을 땐 맨정신일 때가 많은 것 같아요, 제 경험에 비춰 보면요. 더구나 이 아저씨의 어깨 상처를 보면 아문 지가 꽤 오래 됐어요, 십 년 이쪽 저쪽?"

간호사는 말을 하다 말고 급히 입을 다물었다. 나는 내 얘기를 하는데도 별로 실감이 안 나고 남의 얘기를 듣는 듯했다. 단지 십 년이라는 소리, 그 소리만 또 마음에 걸렸다. 도대체 십 년이라는 세월은 얼마쯤 되기에 나를 두고 자꾸 십 년이 들먹거려지는지…….

난, 거기서 순경이 가자고 하는 대로 순순히 따라나섰다. 왠지 거절하고 싶은 생각도 없었고, 갈 데도 없었고, 아니, 무엇보다도 간호사 아가씨가 내 오른쪽 어깨를 쓰다듬어 주며, 아저씨 몸조심하세요, 라고 한 말이 코끝을 찡하게 했기 때문이다.

코끝이 찡하다…….

코끝이 찡하다……. 그런 게 느껴졌다. 내 무딘 감각으로도.

나는 순경을 따라 파출소로 갔다. 간호사 아가씨 말대로 영양제 주사까지 맞고 며칠 편하게 잠을 잔 덕분인지 오히려 몸은 가뿐하게 느껴졌다. 단지 눈이 부셨다. 봄 햇살이 콕콕 파고드는 탓에. 머리통이 조금 욱신거렸지만 그다지 신경 쓸 일은 아니었다. 파출소 안으로 들어서자 코끼리같이 생긴 자는 책상에 떡하니 발을 올려놓은 채 코를 골고 있었고, 지렁이 같은 머리칼을 한 녀석은 이쪽을 힐끔 한 번 쳐다보더니 다시 자기 일에 바빴다. 나를 데리고 간 순경은 모자를 벗어 옷걸이에 걸고 나서 의자에 풀썩 주저앉으며 푸념부터 내뱉었다.

"에잇, 별 미친 놈까지 우리가 끌고 다녀야 해."

그러자 지렁이 머리가 볼펜을 던져 놓고 윗 호주머니에서 담배를 꺼내 입에 물며 말했다.

"미친 놈이라니? 멀쩡하게 생겼구먼."

"멀쩡하게 생기긴, 보면 모르오? 생긴 꼴은 외팔이에다 나사는 대여섯 개 빠져서 헛소리나 찍찍 하고 다니는데……."

"봄 되니 별 미친 놈이 밖으로 다 나왔겠지. 보호소에 전화해서 데려가라고 그래 버려. 우리가 뭐 저런 놈 뒤치다꺼리까지 해야 돼나……."

지렁이 머리가 그렇게 얘기하자 나를 데리고 간 순경은 한쪽 눈을 찡긋해 보이더니 묻지도 않은 말을 늘어놓았다.

"그래도 오늘 점심값은 챙겨 왔다구요, 얼마 되진 않지만. 의사놈들 짜긴 되게 짜더군."

그 사이 코끼리 같은 놈이 하품을 길게 하며 잠에서 깨어났다.

아직 졸린 낯바닥을 한 채로 다짜고짜 이맛살부터 찌푸렸다.

"뭐야, 저 사람은?"

나를 데려온 순경이 얼른 말을 받았다.

"예, 집 나온 미친 놈입니다. 신경 쓰지 마십시오. 보호소에 곧 연락해서 데려가게 하겠습니다."

그러자 코끼리가 다시 물었다.

"보호자는 찾아봤어?"

"찾아보나마나죠. 보호자가 쉽게 찾아졌으면 병원에서 우리한테 넘기겠습니까, 점심값까지 주면서……."

점심값에 특별히 힘을 주어 말하는 순경의 태도에 나에 대한 왈가왈부는 그쳤다. 그리고 잠시 뒤 그들은 밖으로 나갔다. 아마 나를 처리해 주는 대가로 병원에서 준 돈을 가지고 점심을 먹으러 가는 것이리라.

그들이 나가는 것과 동시에 머리가 밤송이인 녀석이 들어왔다. 밤송이는 나를 보자마자 소리부터 질렀다.

"야, 넌 뭐야, 인마!"

나는 그를 힐끗 쳐다보았다. 어디서 본 듯도 했다. 저놈의 머리통을. 밤송이는 계속 반말지거리였다.

"너 때문에 땡땡이도 못 까잖아. 에잇 씨팔, 꼰대들은 목구멍때 벗기러 가는데 난 뭐야? 미친 놈이나 지키고 앉아 있다니. 이 좋은 봄날에……."

난 밤송이의 말에는 신경이 쓰이지 않았다. 그저 저놈의 머리통, 밤송이 같은 머리통, 저 머리통을 어디서 본 듯한데 생각이 나지 않는 거였다. 어디서지? 어디서 봤지……? 그렇게 혼자 속으로 끙끙 앓고 있는데, 내 시야에 뭔가가 잡혔다. 출입문 쪽에서 봤을 때 사무실 맞은편 한가운데 벽에 걸린 큼지막한 사진틀 속에 들어 있는 저것.

저게 뭐더라, 저게 뭐더라…….

나는 안간힘을 썼다. 뭔가 머릿속에서 꿈틀거리는 것 같기도 하고 눈앞에 붕 뜨는 것 같기도 했다.

그 때 밤송이가 내 앞으로 오더니 자기 옆구리에 매달려 있는 방망이를 꺼내 내 머리통을 탁 쳤다.

"야, 이 자식아. 여기가 너네 집 안방이냐? 뭘 뚤레뚤레 쳐다보고 지랄이야. 다소곳이 있지 못해!"

때마침 이상한 일이 생겼다. 밤송이가 내리친 방망이 한 대에 내 머리통이 확 열리는 듯하더니 눈앞도 같이 열렸다. 맞다. 저건 태극기, 그래 태극기야! 나는 하마터면 소리를 지를 뻔했다.

내 태도가 이상했는지 밤송이는 이번엔 발로 나를 툭 찼다. 그러자 밤송이 옆구리에 차고 다니는 게 뭔지를 어렴풋이 알게 되었다. 맞다, 맞아! 그거야, 그거! 피식피식 웃음이 새나왔다. 나는 앞에 서 있는 밤송이를 노려보며 일어섰다.

"어어? 왜 이래, 이 자식이!"

밤송이는 다시 옆구리에 손을 가져가려고 했다. 그 순간 나는 오른쪽 주먹으로 밤송이의 턱을 올려붙였다. 병원에서 편히 잠만 자고 나온 덕분에 원기가 꽤 좋은 상태여서 그까짓 녀석은 한손으로도 쉽게 상대할 수 있었다. 기운 좋은 오른손으로 다시 옆구리를 한 방 쥐어박자 녀석은 쓰러지고 말았다.

"야, 밤송이 이놈아, 잘 있어라!"

나는 쓰러진 밤송이 녀석의 옆구리에서 방망이를 빼어 들었다. 그리고 책상을 하나 끌어다 벽 쪽에 붙인 뒤 태극기 액자를 끌어내렸다. 이어서 액자를 뜯어 태극기만 곱게 접어 품 속에 넣은 다음, 방망이는 오른손에 꼭 쥔 채로 파출소 문을 나섰다. 파출소 문을 나설 때 밤송이가 기어 나오며 뭐라고 소리를 지르는 것 같았지만, 그까짓 소리쯤 문 닫는 소리에 묻히고 말았다.

며칠째 쏘다녀 봤지만 나의 왼팔은 아무 곳에도 없었다. 길거리엔 봄기운 덕분에 팔을 걷어붙인 사람도 많은데, 아무리 쳐다봐도 나의 왼팔을 달고 다니는 사람은 없었다. 그렇다고 집으로 돌아갈 수도 없다.

내가 살던 곳은 큰길에서 골목을 두어 개쯤 돌아 올라가면 떡 버티고 있는, 검은색 기와가 덮인 낡은 한옥집이었다. 그것까지는 알겠는데, 주소고 전화번호고 그쪽으로 가는 차편이고 간에 아무것도 기억나지 않았다. 사람이 사는 집이고 보면 분명히 주소도 있을 거고 따르릉 하고 울리는 전화도 있을 텐데 도무지 생각이 나지 않는 것이었다. 오래 전부터 식구들이 모여 산 집이었는데, 그것까지도 훤히 아는데, 도대체 거기가 어디쯤인지 생각이 나지 않는 것이었다. 식구들 누구의 이름도······.

그 동안 지하도와 가게 처마 밑에서 잠을 자고 뒹군 덕에 누가 봐도 집 없는 병신 거지인지라 오히려 얻어먹기는 편했다. 파출소에서 들고 나온 방망이는(그걸 왜 들고 나왔을까?) 그새 어디에선가 잃어버렸지만 태극기는 아직도 품 속에 잘 간직하고 있다. 아무래도 이 태극기가 나의 왼팔하고 관계가 있을 것 같기도 했다. 왜냐하면 나를 감시하고 따라다니던 사람들이 있는 곳이면 어디에서건 태극기가 나를 내려다보고 있었으니까.

아무튼 나는 수배자다, 아직도. 왜냐하면 모두들, 오가는 사람 모두들 나를 쳐다보며 뭐라고 한마디씩 하거나 곁눈질로 힐끔거리며 감시하기 때문에. 내가 수배자가 아니면 뭐 하러 저렇게들 나를 감시하겠는가. 나는 또 속으로 쪼그라들었다. 저들은 모두 나를 감시하는 거야. 조금씩 머리가 밝아지는 것 같다가도 그 생각만 하면 또 오그라들고 만다. 그리고 지렁이가 내 몸을 뒤덮고 이윽고 구렁이가 내 몸을 칭칭 동여매는 꿈을 꾼다. 꿈을 꾸다가 깨어나면 습관적으로 자리에서 일어나려고 한다. 그 때마다 난 양손으로 바닥을 짚는데, 아뿔싸! 팔이 없다. 팔이! 그러면 더욱 허둥거리게 되고, 나는 속으로 나의 왼팔에 대한 수배령을 강화한다. 수배령을 강화한 날이면 더욱더 사람들의 왼팔을 뚫어져라 쳐다본다. 그러나 아무리 열심히 쳐다봐도 내 팔은 없었다. 어찌 해야 하나. 그 때 가슴 속에 깊이 접어 넣어 둔 태극기가 생각났다. 태극기가 있는 곳, 그 곳에 혹시 내 왼팔이 없을까? 태극기가 있는 곳이면 우리 나라잖아? 태극기라, 태극기라……. 그러나 그렇다고 무슨 신통한 생각이 떠오르는 것도 아니었다.

그렇게 속으로 이 궁리 저 궁리를 하고 있는데, 내가 동냥그릇으로 놓아 둔 깡통 속에서 바퀴벌레 한 마리가 기어 나왔다.

저놈의 벌레가!

신발짝을 벗어 들고 바퀴벌레를 짓눌러 버리려는 순간, 퍼뜩 뭔가가 머릿속을 지나갔다.

맞다!

내가 그런 곳에 있었어. 지금 여기같이 맨시멘트 바닥에 쭈그리고 앉아 있던 곳, 바로 거기, 거기가 어디더라? 바퀴벌레가 지나다니던 곳이었는데. 내 얼굴로, 내 사타구니로, 천장으로, 벽으로……. 보호실? 유치장? 구치소? 영창? 창고? 모르겠어.

뭐라고 부르던 곳이었는지는 모르겠는데, 아무튼 지금 이 곳처럼 시멘트 바닥이었고 바퀴벌레가 지나다녔어.

그 곳에 처음 들어간 때가…… 그 때도 아마 지금처럼 봄날이었지……. 밖의 날씨는 별로 춥지 않은데도 실내는 볕이 들지 않아 서늘했어. 맞아. 그것까지 생각이 난다. 왼쪽 어깻죽지 상처가 덜 아물어서 차가운 시멘트 바닥에 누워 있으면 더욱 쑤시고 아팠지. 그런데 거기가 어디더라? 시멘트 바닥인 것까지는 알겠는데, 거기가 어디더라……?

나는 깡통에 담겨 있는 동전들을 주워 챙긴 뒤 지하도에서 밖으로 나왔다. 거기가 어디인지 찾아야 한다, 찾아야 한다, 라는 결심을 단단히 하고. 그래서 잠시도 사람들에게서 눈을 떼지 않았다. 내 팔을 달고 다니는 사람이 그 중에 우연히 있을지도 모른다는 생각 때문에.

어느 쪽으로 갈까? 도대체 어느 쪽으로 가야 할지 판단이 서지 않았다. 사람들이 길을 건너기에 그리 따라가느라고 가는데 차들이 막 밀고 오는 바람에 길을 다 건너지도 못하고, 나는 길 한가운데 서 있게 되고 말았다. 그러자 차를 몰고 가는 운전사라는 놈들은 모두 대가리를 창문 밖으로 쭉쭉 빼며 야, 이 새끼야, 병신 거지야, 미친 놈아, 죽고 싶어 환장했냐, 죽으려면 곱게 죽어라, 쌍…… 있는 욕 없는 욕 다 해댔다.

난 욕을 들으면 들을수록 더욱 어안이벙벙하여 길 한가운데에서 이리 피하고 저리 피하며 허둥댔다. 그러자 어디선가 빵빵 하는 나팔 소리와 휘익 하는 호루라기 소리 같은 것이 들려왔다. 모두들 나를 잡으려고 그러는지 나를 에워싸는 것 같았다. 이제 나는 잡히는구나. 나는 비장한 마음으로 각오를 단단히 하지 않으면 안 되었다. 자동차까지 나를 밀어붙이는데 내가 어떻게 이곳을 피해 나갈 수 있으랴. 그 때 퍼뜩 머릿속을 스치는 것이 있었다. 태극기, 태극기를 꺼내자! 우리 편이면 태극기를 내보이면 괜찮을 것이다. 그리고 외쳤다. 태극기가 바람에 펄럭입니다! 나도 모르게 그 소리가 제일 먼저 터져 나왔다. 그런데 그러자마자 제복을 입은 억센 손 하나가 내 허리를 휘감았다.

"야, 이 새끼야, 무슨 염병 지랄하고 있냐?"

그 억센 손은 내 허리춤을 단단히 꿴 채로 나를 끌고 갔다. 나는 도망치려고 하는데도 힘을 쓸 수가 없었다. 억센 손은 더욱 거칠게 나를 낚아채며 질질 끌고 갔다. 나는 헉헉거리며 끌려가지 않을 수 없었다. 억센 손은 그렇게 나를 끌어다가 길 옆에 내동댕이쳐 놓고 발로 내 등을 한 번 찍은 뒤 호루라기를 불며 길 가운데로 다시 뛰어들어갔다. 나는 중얼거렸다.

"씨팔, 지놈은 그리 뛰어들어가도 되면서……."

그러나 그 소리는 아무도 듣지 못했고, 차들은 다시 번쩍번쩍

나를 위한 연구 • 87

빛을 뿜으며 매끈매끈 잘도 달렸다. 그래도 내 손에는 아직 태극기가 쥐여져 있었다. 얼마나 다행이냐. 이 태극기는 계속 나를 지켜 줄 거야. 어떤 놈이 나를 감시하고 죽이려 해도 이 태극기만 있으면 무사할 거야. 조금 전에도 태극기를 내보이니까 이렇게 무사히 이쪽으로 오지 않았느냐구. 등이 조금 아팠지만, 나는 오직 나의 왼팔을 찾아야겠다는 생각뿐이었으므로 웬만한 일은 다 참아 낼 수 있었다. 참, 이럴 땐 증명서 같은 거라도 한 장 더 있었으면 좋겠다. 옛날엔, 옛날? 그 때가 언제지? 아무튼 옛날엔 시내를 나다녀도 된다는 무슨 영수증 같은 종이 쪼가리가 있었던 것 같다. 그 때가 언제더라? 그 때가 언제더라?

  내 자-알-도-는 머리로 아무리 궁리해도 그 때가 언제인지 생각나지 않았다. 그거 한 장이면 때리지도 않고 죽이지도 않는다고 했는데……. 태극기는 우리 편끼리 필요했고 그 종이 쪼가리는 원수들 때문에 필요했다. 하지만 어쩔 것이냐, 그 증명서는 없어졌고 이젠 태극기밖에 없는데. 하긴 뭐, 이 태극기도 아주 높은 것 아니냐. 텔레비전에나 나오는 아주 높은 사람 지나갈 때 이 태극기를 흔들기도 하고, 아까, 아까라고? 언제더라? 아무튼 파출소인가 어딘가 끌려갔을 때, 이 태극기도 사람보다 더 높은 곳에 걸려 있지 않더냐. 그렇다면 이 태극기 한 장이면 뭐든지 다 해결되지 않겠냐. 지금도 그러지 않았느냐. 다 태극기 덕분이야. 그런데 문제는, 태극기는 말을 할 줄 모른다는 것이었다. 내가 어디로 가야 할지, 내가 무엇을 해야 할지 한 마디도 가르쳐주지를 않는다. 이럴 때는 바퀴벌레라도 있었으면. 바퀴벌레는 길을 알고 있을 텐데. 그놈은 참 영리한 놈 같던데. 내가 있는 곳이면 어디든 따라다니던데. 아까도, 또 아까도, 그전 아까도, 늘 나타나던 놈이었는데. 그렇지만 이런 말이 생각났다. 개똥도 약에 쓰려면 없다던가 뭐라던가 하는 그런 말. 개똥도 참 용하긴 용했어. 희미한 기억이지만 내 왼팔을 도둑맞고 나서 그 개똥을 달여서 먹던 때도 있었지. 아니야, 이건 내 얘기가 아니야. 난 그런 적 없어. 아마 어디서 들은 얘기일 거야, 개똥을 약으로 썼다는 얘긴. 어? 내가 왜 이렇게 생각이 많아졌지?

어느새 사람들이 나를 빙 둘러싸고 있었다. 나를 또 감시하고 있는 거야. 나를 죽이려고. 이럴 때 몽둥이라도 있었으면. 내 손에도 방망이 같은 몽둥이가 쥐여져 있었던 것 같긴 한데, 그게 언제더라? 어디로 가 버렸지? 몽둥이만 한 자루 있으면 이까짓 감시자 몇 명쯤이야 단숨에 해치울 수 있는데, 왼팔 없이 오른팔뿐이므로 하다못해 몽둥이라도 하나 차고 다녀야 두 팔 구실을 다 할 것 같아 어디서 몽둥이 한 자루를 챙겨 온 것 같기도 한데, 그게 어디 갔지? 에잇, 모르겠다. 저 감시자들은 왜 나를 해치지 않지? 왜 그냥 바라보고만 있는 거지? 나는, 점점 우울해지기 시작했다. 사람들이 나를 둘러싸고 있다는 것 때문에 불안해지기 시작했다.

내가 쓰러져 있기라도 바라는 건가? 아니면 나를 바퀴벌레쯤으로 생각하고 짓눌러 죽여 버리려는 건가? 도망을 가야겠는데 어디를 둘러봐도 틈이 보이지 않았다. 사람들이 물샐틈없이 빽빽하게 붙어서 나를 지키고 있는 것이었다. 나는 털썩 주저앉아 버렸다. 그러자 또 스멀스멀 실지렁이가 내 온몸을 덮어 버리는 것 같았다. 실지렁이가 구렁이가 되고, 그 구렁이에 마침내 내 오른팔마저 잃어버린다면 큰일일 것 같아 필사적으로 구렁이를 떨쳐 버리려는데, 그러면 그럴수록 구렁이는 더욱 센 힘으로 조여 왔다. 나는 견디다 못해 소리를 지르고 말았다. 아악!

그 많던 감시자들은 어디론가 가 버리고 빈 깡통만 덩그러니 머리맡에 놓여 있었다. 바짓가랑이가 역시 척척했다. 나라는 인간은 그 동안 지하도 시멘트 바닥에서 한 발짝도 움직이지 못한 것이었다. 시간은 꿈을 꾸고 있는 그 순간에도 흘러갔지만…….

이제 한 발짝이라도 움직여야 한다. 나의 왼팔을 찾아야 할 것 아니냐. 그래야만 불편하지 않게 살 수 있다. 나는 정말로 살아 있다. 그래서 살아 있는 한은 나의 왼팔을 찾아야 한다. 나의 왼팔도 나를 무척 만나고 싶어할 것이다.

배가 고프다. 깡통을 보니 동전이 여러 닢 담겨 있다. 그 돈으로 한 끼 정도 요기는 할 수 있겠다. 그렇지만 나 같은 병신 거지한테 누가 돈 받고 먹을 것 주겠냐. 차라리 먹을 것 좀 줍쇼, 하는 편이 낫다. 나는 머리가 자-알-도-온-다. 팔이 병신이어서 사람 구실을 제대로 못 할 뿐, 머리는 아직도 자-알-도-온-다.

지하도를 막 나서는데 어디서 본 듯한 아가씨가 나를 힐끔 쳐다봤다. 어디서 봤더라? 내 자-알-도-는 머리는 열심히 수배를 한다. 저 아가씨, 저 아가씨를. 그러나 통 기억이 나지 않았다. 부를까, 말까. 부를까, 말까. 뭐 하러? 뭐 하러 불러? 그 사이 아가씨는 다시 한 번 나를 바라보더니 아예 발걸음을 멈췄다. 그러더니 나를 보고 고개를 갸웃거렸다. 왜 그럴까? 저 아가씨도 나를 아는 걸까? 그러든 말든 무슨 상관이냐. 나는 다짜고짜 말을 걸었다.

"아가씨, 혹시 나를 아세요?"

그렇게 단도직입적으로 묻자 아가씨는 고개를 끄덕였다.

"알다마다요. 그런데 아저씨, 왜 여기서 이러고 있어요?"

"이러고 있지 않으면……?"

"집에 가 계실 줄 알았는데……."

"집이요? 거긴 왜요? 거기 내 왼팔이 있나요?"

"또 왼팔이군요, 역시……."

"또라뇨? 또라뇨? 아가씨 이상한 사람이네. 내가 언제 아가씨한테 왼팔 타령했소?"

"하다마다요, 아저씨를 치료해 준 사람이 전데요."

"치료요? 무슨 치료죠?"

"별건 아니었어요. 주사 몇 대······."

그렇게 얘기하는데도 나는 통 아가씨 말이 믿어지지 않았다. 하긴 뭐 내 머리로는 사흘에서 일주일 넘어간 일은 기억을 하지 못하니까. 다른 사람들은 얼마나 오래 전까지의 일을 기억하는지 모르지만, 그 정도만 기억해도 꽤 좋은 머리이지 않은가. 그렇게 좋은 내 머리를 계속 굴려 봐도 그 아가씨를 어디서 봤는지 기억이 나지 않았다. 머리를 쥐어짰다. 최근의 일이라면 어디선가 태극기를 가지고 나온 것밖에 기억나지 않았다. 몽둥이 같은 것도 훔치긴 훔쳤는데, 그게 지금 내 손에 없는 것을 보니 안 훔친 것 같기도 하고. 태극기는 아직 내 품에 있다. 그런데 저 아가씨는······.

"아저씨, 이러고 있지 말고 어디 들어가서 식사나 하면서 얘기해요."

"식사요? 밥 먹는 거요?"

"예, 아저씨 배고프실 것 같은데······."

아가씨가 그렇게 말하자 배가 더 고팠다. 난 순순히 아가씨가 이끄는 대로 길가 골목에 있는 어둠침침한 음식점으로 따라 들어갔다. 내가 음식점에 들어가자 사람들이 슬슬 피했다. 여자들은 코까지 틀어막으며 나를 외면했다. 그런데 이 아가씨는 너무나 태연했다. 다른 사람들 눈치도 보지 않는 것 같았다. 아주 태연하고 또랑또랑하게 국밥 두 그릇을 시켰다. 그리고 태연히 자기 그릇을 다 비우고 내가 먹는 것을 지켜보는 것이었다. 오히려 내가 주눅이 들어 무슨 큰 죄나 지은 것처럼 죽을상을 해 가지고 오른손 하나로 어눌하게 음식을 먹었다. (다른 땐 익숙하게 잘 먹었는데!)

이 아가씨는 천사인가? 아냐, 천사는 이 세상에 없어. 누군가 천사는 이 세상에 사는 게 아니라고 했어.

속으로 그렇게 생각하고 있는데 갑자기 내 국밥그릇 속으로 뭐가 툭 떨어졌다. 나는 반사적으로 잽싸게 숟가락으로 그것을 건져 냈다. 바퀴벌레였다. 그 순간 아가씨의 얼굴이 붉어지며 당황하는 듯했다. 그러더니 주인을 불렀다. 그러나 난 오히려 태연했다. 바퀴벌레를 보는 순간 갑자기 모든 것이 밝아지는 듯했다.

"아, 맞다!"

나도 모르게 숟가락으로 식탁을 쳤다. 아가씨가 흠칫하며 물었다.

"맞긴요? 뭐가요?"

"예, 병원에서……."

난 거기까지밖에 말을 할 수가 없었다. 너무나 가슴이 벅찼기 때문이다. 아마 병원 천장에서 떨어진 바퀴벌레가 여기까지 따라왔나 보다. 나는 속으로 그렇게 생각했다. 역시 바퀴벌레는 길을 잘 알고 있어. 참 영리한 놈이야. 내가 있는 곳이면 어디든 따라다니는 걸 보니. 그렇다면 그놈은 내 팔이 있는 곳도 알고 있을까? 그럴지도 모르지.

하지만 그 생각은 거기서 멈춰야 했다. 지금 내 앞에는 아가씨가 앉아 있지 않은가. 병원에서 만난 간호사 아가씨가! 잠시 뒤 아가씨와 나는 음식점에서 나왔다. 내가 남은 음식을 다 먹고 나자 아가씨가 그만 일어나자고 한 것이다. 밖으로 나왔지만 아가씨는 나에 대해서 계속 아무것도 묻지 않았다. 나보고 목욕 좀 해야겠다고 한 말이 전부였다. 나는 어쩔 수 없이 얌전한 강아지처럼 되고 말았다. 목욕이라는 말도 참 오랜만에 들어 본 것 같기도 하고. 그래서 나는 아가씨가 이끄는 대로 따라나서는 순순한 어린아이가 되고 말았다.

아가씨는 형광등 불빛 사이로 나를 끌고 다니다가 김이 모락모락 나는 표시가 된 간판이 붙은 집으로 들어갔다. 그 곳은 좁은 복도 양쪽으로 방문이 붙어 있었다. (왜 이리 온 거지?)

긴 복도를 지나 맨 끝에 붙어 있는 방문을 그 집 여주인이 열어 주었다. 주인 여자는 자꾸만 우리를 쳐다봤다. 그래서 난 정색을 하고 물었다.

"내 왼팔 본 적 있어요?"

주인 여자는 내 말엔 대답도 않고 코를 막더니 홱 돌아서서 얼른 가 버리고 말았다.

방은 깨끗한 온돌방이었다. 아무래도 살림집은 아니었다. 이부자리말고는 아무것도 없었다. 아가씨는 다짜고짜 나보고 옷을 벗으라고 했다.

"몸에서 지린내가 나요. 옷 벗고 화장실로 들어가세요."

나는 화장실을 보는 순간 겁이 덜컥 났다. 마치 관처럼 생긴 것이 벽 쪽에 붙어 있지 않은가. 난 목욕을 하지 않겠다고 했다. 그랬더니 아가씨는 내 벗은 몸을 억지로 그 관 같은 통 속에 집어 넣고 물을 틀어 버렸다. 목욕을 하지 않으면 순경을 또 부를 거예요, 했다. 순경? 순경이라고? 아, 그 밤송이랑 한통속!

나는 그 말을 듣자 조금 겁이 났다. 나를 또 잡으러 오면 어떡하나 하고 생각했다. 아가씨는 왜 나에게 그런 협박을 하지? 천사인 줄 알았는데……. 역시 천사는 없어. 이 아가씨가 나를 여기 물통으로 짠 관 속에다 집어 넣어서 죽인 다음 내 옷을 들고 도망이나 가 버리는 게 아닐까? 아니, 그보다도 태극기를 감춰 버리면 어떡하지?

그러나 그런 걱정은 안 해도 되었다. 그 통 속에 물이 점점 차오르자마자 난 스르르 잠이 들어 버렸기 때문이다. 어떻게 목욕을 했는지는 몰라도, 잠에서 깨어나 보니 내가 보송보송한 이부자리 위에 누워 있었다. 신기한 것은 아직까지도 아가씨가 옆에 앉아 있고, 나는 실지렁이와 구렁이 꿈도 꾸지 않았고, 그래서 당연히 오줌도 싸지 않았다는 것이다. 뭐가 어떻게 된 건지 도무지 이해가 되지 않았지만, 머리는 훨씬 맑아진 것 같았다.

향기로운 냄새가 코를 자극했다.

아마도 천사의 냄새이리라, 어딘가 다른 나라에서 온.

자리 밑에는 내 바지며 윗도리가 깔려 있었는데, 지난 밤에 아가씨가 빨아서 널어놓았던 모양이었다. 아가씨가 꼭 어머니 같은 느낌이 들었다. 나는 나도 모르게 중얼거렸다.

"어머니가 있었는데……."

그러자 아가씨는 살짝 앞니가 보이게 웃으면서 아이를 어르는 엄마처럼 부드러운 목소리로 말했다.

"더 좀 자세요. 날이 새려면 아직 멀었어요."

그러나 나는 다시 잠이 올 것 같지 않았다. 갑자기 내 머리가 작동을 시작한 것이었다.

이 아가씬 누굴까? 나를 감시하는 사람인가? 나는 수배자잖아. 안 돼, 여기서 얼른 나가야 돼. 이러고 있다간 내 왼팔을 영

영 못 찾아. 누군가 내 팔을 찾는 걸 방해하려고 이 아가씨를 보냈을 거야. 그렇게 의심하는 생각이 들기도 했지만, 한편으론, 아니야, 이 아가씬 간호사야, 나를 간호해 주려고 여기까지 따라왔을 거야, 절대로 날 해치진 않을 거야, 하는 생각도 들었다. 이런 생각 저런 생각을 하느라 역시 자-알-도-는 내 머리를 한참 굴리고 있는데, 아가씨가 입을 열었다.

"아무 생각도 하지 마세요. 생각이 많으면 몸에 좋지 않아요."

나는 깜짝 놀랐다. 아니, 어떻게 내 속마음을 저렇게 다 알고 있는 거지? 요물이네, 요물. 나도 모르게 요물이라는 말이 머릿속에 선명하게 떠올랐다. 천사가 아니라 요물이야. 구렁이 대신 여우가 나타난 것일까? 나는 혼란에 빠지고 말았다.

아가씨가 다시 입을 열었다.

"도와주고 싶어요. 뭔가 애타게 찾는 것 같아서요."

"내가요? 내가 뭘 찾아요?"

"예."

"찾는 거라면 왼팔인데, 그게 쉽지가 않아요……."

"그런 줄 알았어요. 하지만 용기를 잃지 마세요. 꼭 찾을 수 있을 거예요."

그 말을 듣자 난 정말로 순한 어린이가 되고 말았다. 눈물이 핑 돌았다. 아가씨는 천사야, 요물이 아니라! 나는 속으로 그렇게 생각하며 아가씨의 무릎을 베고 다시 잠이 들었다.

  나는 수배자다.

  그렇기 때문에 이렇게 감시자가 붙어 있는 거야. 그래서 자기 집에까지 데려와서 감시하는 거야. 그렇다면 왜 날 체포해 가지 않는가. 역시 그럴 거야. 내 자-알-도-는 머리로 생각해 볼 때 더 큰 먹이를 삼키려고.

  여관이라는 곳에서 하룻밤 자고 아가씨 집으로 온 뒤로는 하루에도 몇 번씩 이런 생각을 했다. 특히 아가씨가 병원으로 출근한 뒤 아가씨 자취방에 혼자 누워 있으면 별의별 생각이 다 났다. 그렇지만 저녁에 아가씨가 웃으면서 들어오면 언제 그랬냐 싶게 내 마음은 풀어지고 만다. 내 생각에 나는 숨기는 것 없이 모든 것을 보여 주는데도 아가씨는 계속 내게 새로운 것을 물어 왔다. 왜 그럴까? 골똘히 생각해 봤지만 내 자-알-도-는 머리로도 도무지 알 수가 없었다.

  오늘 저녁엔 아가씨가 좀 늦는다 싶었다. 왜냐하면 내 배에서 꼬르륵꼬르륵 하는 소리가 들릴 정도로 저녁이 늦었기 때문이다. 이리저리 뒹굴며 한참을 기다리자 아가씨가 들어왔다.

  기다리는 것을 의식하며 사는 것은 정말 힘든 일이었다. 늦게 돌아온 아가씨는 서둘러 밥을 짓고 반찬을 만들었다. 밥을 먹고 나자, 나는 기어이 물어 보고 말았다.

"내가 왜 여기 있어야 하죠?"

내가 꽤 심각하게 물었는데도 아가씨는 배시시 웃기만 했다. 나는 다시 한 번 더 물었다.

"내가 왜 여기 있어야 하느냐니까요?"

그제야 아가씨는 내 목소리에 신경질이 돋은 걸 알고 입을 열었다.

"여기 있는 게 불편하세요?"

아가씨는 부드러운 눈빛으로 나를 바라보았다. 난 그냥 그 눈빛에 절로 풀이 꺾여 버렸다.

"아뇨……."

그러자 아가씨는 기다렸다는 듯 본격적으로 나에 대해서 묻기 시작했다.

딱지치기는 해 봤느냐, 장작은 패 봤느냐, 자전거는 탈 줄 아느냐, 돼지끼리 거시기 하는 걸 본 적이 있느냐, 극장에서 영화를 본 적이 있느냐, 운동화하고 구두 중에서 어떤 게 더 편하더냐, 시멘트 벽에 못을 잘 박느냐, 감기약을 먹어 본 적이 있느냐, 산꼭대기에서 소리를 질러 본 적이 있느냐, 고구마를 캐 봤느냐, 담 넘어가는 나팔꽃 줄기를 본 적이 있느냐, 허수아비는 남자냐 여자냐, 전봇대에 올라가 본 적이 있느냐, 도랑에서 가재를 잡아 봤느냐, 시장 좌판에서 순대를 먹어 봤느냐, 국화빵하고 붕어빵 중에 어느 것이 더 맛있더냐, 턱걸이는 몇 개나 할 줄 아느냐, 감 자국을 먹어 봤느냐, 감꽃을 먹어 봤느냐, 고고장에 가 봤느냐, 시내 버스는 얼마 주고 타 봤느냐, 라면은 무슨 라면을 좋아하느 냐, 연탄불을 갈 줄 아느냐, 풍금은 칠 줄 아느냐, 기타 줄은 팽 팽해야 좋으냐 느슨해야 좋으냐, 집 앞에서 튀밥 튀기는 아저씨 를 본 적이 있느냐, 바퀴벌레와 지렁이 중 어느 것을 더 좋아하 느냐, 세탁소에 옷을 맡겨 본 적이 있느냐, 생선 장수가 소리지 르며 지나갈 때 귀를 쫑긋하며 들어 본 적이 있느냐는 둥 머리 자-알-도-는 내가 생각할 때 유치하고 유치한 것들만 물어 보 는 것이었다.

나중에는 심지어 바지는 고무줄이 좋더냐 허리띠가 좋더냐, 체육복은 긴 바지가 좋더냐 반바지가 좋더냐, 국그릇과 밥그릇 중 어느 것을 오른쪽에 놓느냐, 태극기 노래가 좋으냐 고향의 봄 노래가 좋으냐, 크레용으로 그림을 그려 봤느냐는 둥 완전히 유 치원생 아니면 초등학생 정도로 나를 취급하는 것이었다. 그런 데 이상하게도 나는 내가 대답할 수 있는 것은 무엇이든 빼먹지 않고 또박또박 대답을 해 주고 싶었다. 처음엔 이런 걸 뭐 하러 묻나 하는 의문이 수시로 들었지만, 나중에는 그런 걸 묻고 대답 하는 것이 아주 당연한 일이 되고 말았다.

그나마 다행인 점은 집이 어디냐, 뭘 하고 살았느냐 같은 것은 한 번도 묻지 않는다는 것이었다. 왜냐하면 난 그런 것에 대해서는 전혀 모르기 때문이었다. 그렇다고 다른 물음에 대해서 다 알고 있느냐 하면 꼭 그렇지만은 않았다. 전혀 무얼 물어 보는지조차 알 수 없는 질문도 있었다. 그러나 난 아가씨가 궁금해하는 것이면 무엇이든 대답을 해 주고 싶었기 때문에 모르는 것이 있으면 아가씨 없는 낮 시간에 궁리에 궁리를 하며 답을 생각해 두었다. 그렇게 해서 저녁에 아가씨가 다시 그 질문을 할 때 자세히 설명을 하면 아가씨는 참 좋아했다.

아가씨가 좋아하니까 나는 더 열심히 머리를 굴리게 되었다. 아가씨는 내가 제대로 대답을 못 한 것은 다음 날, 그 다음 날, 아니면 며칠이 지난 뒤에도 꼭 다시 물어 왔다. 어떻게 하든 내 머릿속을 놀리지 않고 뭔가를 생각하게 하고 되새기게 하느라 그러는지도 몰랐다. 왜 그렇게 생각하냐구? 내가 그걸 모를까. 내 머리가 얼마나 자-알-도-는데.

어쨌든 난 즐거웠다. 마냥 즐거웠다. 그러나 시간이 지나 나 자신에 대해 알면 알수록 나는 내 팔에 대한 소식이 궁금해졌다.

도대체 이놈의 팔은 어디 가서 자빠져 있는 거야?

내가 수배자라는 생각은 점점 없어져 갔다. 왜냐하면 누가 나를 잡으러 오지도 않았고, 아가씨도 나를 감시하는 것 같지 않았기 때문이다. 나를 감시한다면 낮에 자유롭게 나를 그냥 내버려 두겠는가? 아가씨가 없는 낮에 나 혼자 얼마든지 도망을 가려면 갈 수 있지만 나는 도망가고 싶은 마음이 나지 않고 오히려 아가씨가 나보고 나가라고 할까 봐 걱정이 되곤 했다.

나에 대한 질문도 같은 것이 반복될 때도 있었지만, 난 언제나 꼬박꼬박 꾀부리지 않고 성실하게 대답했다. 아마 나보다는 머리가 더 자-알-도-올-지- 않-는 아가씨이기에 똑같은 대답을 들으면서도 또 물어 보는 걸 거라고 제법 여유를 부리기까지 했다. 나중에 알고 보니 거기에는 내가 앞뒤 틀리지 않게 생각을 하고 있는지, 또는 잘못 알고 있는지 아닌지 하는 것에 대한 아가씨 나름의 계산이 들어 있었다.

아가씨 머리도 나만큼 자-알-도-는 모양이었다. 그 생각이 들자 나도 이젠 질문을 하고 싶어졌다. 나 자신에 대해 알면 알수록 나 자신이 더 궁금해졌고, 나아가 아가씨가 누군지도 궁금했기 때문이다. 그러나 감히 천사 같은 아가씨에게 시시껄렁한 것을 물어 볼 수는 없고 하여 쉽게 질문을 시작하지 못했다. 아가씨는 밤에 들어오면 피곤하여 늘 코를 골면서 잠들기 일쑤인데, 내가 그런 질문들을 하면 더 힘들어할까 봐서였다. 그래서 아가씨가 묻고 시키는 대로만 했다. 아직은.

봄도 잠시, 여름이 되었다. 아가씨 자취방에 얹혀산 지도 벌써 한 철이 지났나 보다. 이렇게 얹혀사는 게 조금씩 미안한 생각이 들 정도로 나는 건강을 되찾았다. 그래서 낮에는 뭐 할 일 좀 없을까 하여 바깥출입을 하게 되었다. 나의 왼팔에 대한 수배령을 해제하지 않았기 때문에 나는 왼팔을 찾아야겠다는 생각은 한시도 놓치지 않았지만, 그렇다고 내 팔에 대한 욕심 때문에 아무 일도 하지 않으면서 이렇게 천사 같은 아가씨에게 얹혀산다는 것도 미안한 일이었다. 그렇게 미안한 생각은 들어도 막상 할 수 있는 일은 없었다. 팔은 외팔이, 머리는 너무 자-알-도-는 내가 할 수 있는 일은 없었다.

그 날은 하루 종일 비가 왔다. 아가씨가 출근하자 뒤따라 나도 출근을(출근?) 했다. 빗속을 쏘다니며 내가 할 만한 일을 찾았지만 허탕이었다. 왼쪽 어깻죽지가 쑤시고 배도 고프고 하여 다시 집 쪽으로(집?) 발길을 재촉했다. 여기서 산 지도 오래 되어 이젠 아가씨 자취방을 쉽게 찾아 들어올 수 있었다.

집에 돌아와 부엌문을 열자 부엌문 밑에 뭐가 시커멓게 누워 있었다. 커다란 어미쥐였다. 쥐는 비를 맞았는지 하수도에서 나왔는지 온몸이 물에 젖어 있었고 건드려도 꼼짝을 하지 않았다.

쥐는 죽어 있었다. 나는 쥐를 가만히 들여다보았다. 새끼를 밴 듯 배가 볼록했는데 입 가장자리에 피가 묻어 있었다.

피! 저 붉은 피!

순간적으로 몸이 떨렸다. 머리끝이 쭈뼛해지고 등골이 오싹했다. 나는 잽싸게 쥐꼬리를 집어 들고 마당에다 쥐를 획 던져 버렸다. 그리고 방으로 들어가 비에 젖은 옷을 훌훌 벗고 담요를 뒤집어썼다. 식은땀이 나고 이가 덜덜 떨렸다. 그리하여 이 곳에 들어와서 산 뒤로는 처음으로 실지렁이에 구렁이 꿈을 꾸었다. 그런데 이상한 것은 꿈 속에서 아까 본 그 쥐와 구렁이가 싸움을 하는 것이었다. 무슨 이유에서인지 쥐는 죽자사자 구렁이한테 대들었고, 구렁이도 지지 않으려고 기를 쓰며 쥐를 쫓았다. 한참을 그러고 싸우는데 쥐가 먼저 픽 쓰러졌다. 곧이어 구렁이도 지쳤는지 슬금슬금 물러갔다. 깨어 보니 식은땀이 쫙 흘러 있었지만 다행히도 오줌은 싸지 않았다.

서둘러 젖은 바지를 다시 꿰입은 뒤, 얼른 쥐를 찾았다. 쥐는 담벼락 밑에 벌렁 나자빠져 있었다. 나는 헌 신문지로 쥐를 몇 번이나 둘둘 말았다. 그리고 주인집 창고에서 녹슨 삽 한 자루를 찾아 들었다.

집 뒤쪽으로 나 있는 길을 지나자 잡초가 우거진 묵정밭이 나왔다. 도시라고는 하지만 이 도시는 아직 개발이 되지 않아서 주택가 곳곳에 빈터가 많았다. 밭 한 귀퉁이에 물이 고여 있지 않은 곳을 찾았다. 한 손으로 삽질을 한다는 것은 몹시 어려운 일이었다. 그렇지만 될 수 있으면 깊이깊이 파서 죽은 쥐를 넣고 흙을 덮었다.

쥐의 장례를 치르고 나자 몸이 축 늘어졌다. 삽을 어깨에 메고 집으로 돌아와 겨우겨우 씻고 방에 드러누웠다. 그렇다고 잠이 오는 것은 아니었다. 입이 바짝바짝 타고 눈알이 자꾸만 빠지려고 했다. 방 안이 완전히 어두워지도록 그렇게 혼자 누워 있었다.

아가씨의 구두 발자국 소리가 들리는가 싶더니 부엌문이 열리며 아가씨가 들어왔다.

"왜 불도 켜지 않고 계세요?"

아가씨는 언제나 맑은 목소리다. 나는 아무 말도 하지 않고 몸만 뒤척였다. 아가씨는 언제나 그렇듯 내 쪽으로 등을 돌리고 옷을 갈아입었다. 옷을 다 갈아입고 아가씨는 내 곁에 팔을 짚고 앉아서 내 얼굴을 가만히 들여다보다가 깜짝 놀랐다.

"어디 아프세요?"

"아니……."

아가씨는 내 이마를 짚어 보았다.

"아유, 이 열 좀 봐."

아가씨는 실꾸리와 바늘 쌈지 같은 것들이 들어 있는 와이셔츠 상자를 뒤지더니 알약을 꺼냈다. 그리고 물을 가져와 내게 그 약을 먹였다.

나는 얌전한 아이처럼 그 약을 받아 먹고 아가씨의 무릎을 베고 다시 누웠다. 꿈결인 듯 현실인 듯 어디서 나를 부르는 소리가 들렸고, 올망졸망한 자식들을 업기도 하고 걸리기도 하면서 머리에는 광주리를 이고 가는 아낙이 보였다.

어디서 봤더라……. 생각을 더듬었지만 도무지 기억할 수가 없었고, 자꾸만 배가 부른 채 구렁이와 싸우다 죽은 쥐의 모습만 아른거렸다.

뭐라고 소리를 지르자 아가씨가 내 뺨을 어루만져 주었고, 나는 정신이 들었다. 어찌 된 일인지 내 손은 아가씨의 젖가슴을 더듬고 있었다. 지금까지 이렇게 같이 살면서도 정말이지 아가씨에게 이토록 말랑말랑하고 보드라운 살이 있으리라는 것은 미처 생각하지 못했다. 괜히 쑥스러워 손을 쑥 빼고 말았다. 아가씨는 오히려 씩 웃으며 내 머리카락을 뒤로 넘겨 주었다.

그 날 저녁 처음으로 나는 남자가 무엇이며, 여자가 무엇인지를 알았다. 그런데 이상한 일이 하나 있었다. 아가씨가 가슴에 차고 다니는 젖싸개에는 분명 사발 엎어 놓은 것이 두 개씩 붙어 있었는데, 아가씨의 오른쪽 가슴은 말랑말랑한 것이 없고 그냥 내 가슴처럼 밋밋했다. 게다가 내 팔이 떨어져 나간 자리처럼 고르지 못한 살덩이가 금방이라도 잡힐 듯한 뼈를 간신히 덮고 있었다. 정말이지 흉터는 큼지막하게 자리잡고 있었다. 뭐라고 물어 보고 싶은 말이 목구멍을 들락거렸지만, 이번에는 아가씨의 보드라운 입술이 내 입술을 덮치는 바람에 물어 보지도 못했다. 내일은 꼭 물어 봐야지.

약을 먹은 덕분인지 아침에 일어나자 열도 더 나지 않고, 내 몸은 다시 정상으로 돌아왔다.

지난 밤에 평소 안 하던 엉뚱한 짓들을 해서 그랬는지 아가씨는 아침에 늦잠을 자 버렸다. 허둥지둥 아가씨가 출근하고 나자 난 서둘러 아가씨의 속옷 상자를 뒤적여 봤다.

속옷 상자에는 속옷말고도 가지런히 접힌 태극기가 들어 있었다. 옷가지를 뒤져 젖싸개를 찾았다. 분명히 젖싸개의 덮개는 두 짝이었다. 좌우 대칭으로 만들어진 것이 분명했다.

그렇다면……? 아가씬 분명 젖가슴이 하나밖에 없다. 왜 그럴까? 흉터를 보니 무슨 사연이 있긴 있는 모양인데, 내 왼팔과 아가씨의 오른쪽 가슴은 무슨 관련성이 없을까? 물어 봐야지! 물어 봐야지! 나의 왼팔처럼 아가씨의 오른쪽 가슴에도 수배령이 내려졌을까?

흉터로 봐선, 더구나 그 부분을 쓰다듬어도 아무런 아픔을 느끼지 않는 것으로 봐선 아주 오래 전에 그렇게 된 것 같았다. 세상 참, 젖가슴도 훔쳐 가는 세상이구나, 이젠.

나는 하루 종일 아가씨를 기다렸다. 해는 왜 그리도 긴지!

아가씨는 저녁에 시원한 아이스크림을 사 들고 집에 왔다. 아이스크림, 먹어 본 듯도 했다. 시원하고 달콤한 이 맛이 낯설지가 않다. 왜일까? 왜일까?

나는 점점 의문이 많아졌다. 세상 모든 게, 내가 부딪치는 모든 게 의문투성이였다. 이제 새로 자라나는 아이들처럼 나는 그렇게 세상을 다시 배우고 있었다.

아이스크림을 먹고 난 뒤 나는 조심스레 입을 열었다.

아가씬 엄마가 되어 본 적이 있느냐, 아가씬 봉숭아물을 들여 봤느냐, 아가씬 인형을 업어 봤느냐, 아가씬 노래를 잘 하느냐, 아가씬 한 발로 얼마나 오래 서 있을 수 있느냐, 아가씬 풍선을 불어 본 적이 있느냐, 아가씬 고무과자 맛을 아느냐, 아가씬 달밤에 초가집을 본 적이 있느냐, 아가씬 꽃을 꺾어 본 적이 있느냐, 아가씬 두 손으로 세수를 하느냐, 아가씬 분수대 옆에 앉아 봤느냐, 아가씬……, 아가씬…….

그런 내용들을 내 자-알-도-는 머리로 엄숙하게 물었지만 아가씨는 하나도 엄숙하지 않은 표정으로 대답을 했다. 오히려 질문을 하나 시작할 때마다 내 등을 토닥이며 꼭 보채는 어린아이 대하듯 했다. 나는 아가씨에게 물어 보고 싶은 말이 이런 게 아닌데 아닌데, 하면서도 결국 아이들 소꿉놀이하듯 하고 말았다.

소꿉놀이라. 그러고 보니 정말 지금 우리가 살고 있는 게 꼭 그런 식인지도 몰랐다. 소꿉놀이를 할수록 점점 더 늘어나는 아이들의 살림살이. 그러면서 아이들도 자라고, 그 살림의 울타리도 점점 넓어지고 있는 것 같았다. 날마다 자고 나면 나는, 아니 우리는 조금씩 더 어른이 되고 있었으니까.

아가씨가 나에게 했던 것처럼 빙빙 돌려 가며 묻는 것도 쉬운 일이 아니었다. 나는 더 이상 참을 수가 없어서 그냥 용기를 내고 말았다.

"근데, 근데 말야, 나 궁금한 게 하나 있어."

"뭐가 또 궁금해요?"

"여기 말이야……."

나는 조심스레 아가씨의 가슴께를 가리켰지만, 아가씨는 아무렇지도 않게 대답했다.

"아, 그거……. 호랑이가 물어 갔어요."

꼭 어린애를 대하는 말투였다. 나는 이제 그런 식으로 대답하는 건 믿지 않았다. 왜냐하면 나도 이젠 알 건 다 아니까! 아무래도 저 가슴도 내 왼팔처럼 도둑맞았으리라. 누군가 잘 드는 칼로 쓱싹 베어서 팔아먹었으리라. 난 그렇게밖에 생각할 수 없었다. 그런 생각이 들자 지금까지 아가씨가 왜 나에게 잘해 줬는지를 조금은 알 것 같았다.

그 날은 그 정도로 그쳤지만, 나는 아가씨 가슴의 내력을 알아

냈다. 왜냐하면 아가씨가 나에게 길들인 생각하는 버릇이, 뭐든 끝까지 물고늘어지는 습성이 나를 집요한 성질을 지닌 사람으로 만들었으므로. 나는 아가씨에게 그 뒷날도, 또 그 뒷날도 똑같은 질문을 했다. 그러자 아가씨도 할 수 없다는 듯, 아니 내가 이젠 어린애가 아니라는 것을 인정했는지 입을 열었다.

그것은 그러니까…….

십 년 전, 한창 피어나는 여고 2학년 때, 5월 어느 날이었어요. 우리가 살던 이 도시에 난리가 났어요. 사람들은 순박하기 짝이 없었는데 서울에서 이상한 소문이 들려왔어요. 여기 사는 우리를 모두 죽여 버린다는 거예요. 사람들은 설마 설마 했어요. 우리가 무슨 죄를 지었느냐, 높은 사람들이 법을 어겨 가며 자리다툼하면서 나라를 어지럽히기에 우린 그러지 말라고 모여서 떠든 죄밖에 더 있느냐, 그런데 오히려 우리를 모두 죽여 버리겠다고? 여기 사람들은 모두 흥분했지요. 아주 당연한 일이었어요.

그 때 나라는 몹시 어지러웠어요. 그런데도 높은 사람들은 나라를 바로 다스릴 생각은 않고 본때를 보여 주겠다는 둥 오히려 큰소리였어요. 그래서 우린 일어났지요. 그렇지만 어디까지나 의사 표현 정도로만 소리를 질렀어요. 그런데 갑자기 군인들이 들이닥친 거예요. 총칼을 든 군인들이 들이닥쳐서 닥치는 대로 사람들을 막 찌르고 두들겨팼어요. 저도 학교 갔다 오면서 그 광경을 보았어요. 절로 주먹이 불끈불끈 쥐어졌지요. 그렇지만 어떻게 해 볼 수가 없었어요.

그렇게 하루 이틀 지나자 이 도시 사람들은 이대로 있다간 정말로 다 죽겠다 싶어 대책을 세웠어요. 그래서 죽기살기로 놈들에게 대항하여 놈들을 일단 도시 밖으로 몰아 냈지요.

그 때 전 무얼 했냐구요? 여고 2학년이면 얼마나 꿈이 많았겠어요. 그런데 사람들이 다치는 것을 보고 교복을 입은 채로 시민군 차에 올라탔어요. 그러고는 주먹밥 당번을 했지요. 주택가에서 아줌마들이 만들어 놓은 주먹밥을 시내로 나르는 일을 맡았는데, 그 일이 웬만큼 몸에 밴 어느 날 검문소 부근의 갈림길에서 총 소리가 나더군요. 본능적으로 차 바닥에 엎드렸지만, 제가 탄 차 운전사가 총에 맞아 차가 뒤집히고 저는 길 옆 도랑에 팽개쳐졌어요. 나중에 보니 제가 가슴에 총을 맞았더라구요. 그래도 모진 것이 사람 목숨이라, 그 때 죽지 않고 도랑 둑을 타고 벌벌 기어 나와 이렇게 살았지요. 몇 번씩 죽어 버릴까 생각도 했지만 그것도 뜻대로 안 되더군요.

치료하느라 일 년 가까이 누워 있던 병원의 간호사 언니가 잘해 줘서 저도 간호사가 되기로 했어요. 여고 남은 기간 어찌어찌 마치고 나서 간호 보조원 양성소에 들어갔지요.

그 곳을 마치고 간호 보조원 자격증을 따서 병원에 들어갔는데, 그 난리통에 다친 별의별 사람들이 말도 못 하게 많았어요. 가만히 보니까 그 사람들에 비하면 저는 정말 아무렇지도 않은 거더라구요. 그 곳에는 손이며 팔이며 머리를 다친 사람들이 잔뜩 입원해 있었는데, 밤만 되면 침대 밑으로 숨는 사람, 주사기만 보면 어서 피를 뽑아 다친 사람들 살리라고 하는 사람, 헬기 소리만 들리면 이불을 뒤집어쓰고 총 쏘지 말라고 울부짖는 사람, 자동차 빵빵거리는 소리만 나면 만세를 부르는 사람, 하얀 천만 보면 뜯어서 머리에 칭칭 동여매는 사람, 옆 사람이 말만 걸면 웅변을 시작하는 사람 등등 육체적인 고통보다 정신적 상처를 이기지 못하는 사람들이 많았어요.

그런 사람들에 비하면 전 정말 다행이었어요. 가슴에 담긴 꿈 한쪽 떼어 낸 것만으로 그 고통을 가까스로 마무리할 수 있었으니까요……. 너무나 큰 충격에서 쉽게 벗어나지 못하는 사람들을 정성껏 돌봐서 정상적인 사회 생활을 할 수 있도록 뒷바라지를 하다 보니 점점 제 직업에 대한 긍지도 생기고 자신도 붙었지요. 나중엔 병원을 두서너 군데 옮기기도 했지만, 저는 어디를 가나 처음 간호사가 되었을 때의 마음으로 일을 했어요.

그러다가 결혼할 시기가 지나도록 시집도 가지 않은 채 집에 얹혀 있기가 부담스러운데다 다니는 병원도 멀고 해서 방을 하나 얻어 나왔지요.

아무튼 돌아보면 그 난리통이 제 가슴을 하나 훔쳐 가 버린 셈이에요······. 적어도 여고 2학년 때의 꿈 한쪽은 거기에 담겨 있었을 텐데······. 그렇지만 이젠 상관 없어요. 남은 가슴 하나로도 제 꿈은 충분해요. 그리고 그 한쪽 가슴을 잃음으로써 저는 더 많은 것을 얻게 됐거든요. 애석한 것은 저 때문에 오빠가 잘못되어 버린 거예요. 꼭 저 때문이라기보다는 그 때 그 날 탓이었겠지만······. 아니, 오빠 자신의 마음이 너무 여린 탓이었겠지만······.

아가씨는 나를 경찰에 인계한 뒤 마음이 편치 않았다고 했다.

무슨 사연이 있기는 있는데······. 십 년, 십 년 전이면 그 때 그 날······. 피의 열흘이라고 불리던······. 그 때 그 날이라면 아가씨 자신의 인생도 물길이 바뀐 시점이다. 그렇지만 아가씨처럼 바뀐 사람은 그래도 다행이었다. 허리를, 머리를, 옆구리를, 팔을, 가슴을 다친 사람보다도 정신 장애를 갖게 된 사람이 더 문제였기 때문이다. 아가씨는 나를 병원에서 보고 생각했단다. 저 아저씨는 정신 장애가 있을 뿐만 아니라 팔까지 없다. 그렇다면······?

눈앞에 그 날의 장면이 떠올랐어요. 그렇지만 그 장면은 잠깐 스쳐 지나갔고 병원에서 아우성을 치던 환자들 모습이 떠올랐지요. 아비규환 같던 모습들이 지나가자 이번엔 오빠의 모습이 떠올랐어요.

그 때, 비록 몸을 다치긴 했지만 저 자신은 마음을 가라앉히며 일상의 모습으로 돌아가려고 애쓰는데, 정작 다친 곳도 없는 오빠는 그러지 못했어요.

오빠는 그 시절 대부분의 대학생이 그러하듯 시위를 하기도 하고 술을 마시고 늦게 들어오기도 했어요. 원래 활달한 성격이었지만 뭔가 늘 울분에 차 있는 것 같았지요.

오빠는 동생인 저에게 잘해 주었고 저도 오빠를 따랐어요. 그 날이 있기 전 예비 검속이 시작됐을 때, 오빠는 친구와 함께 벌써 피해 있었어요. 이 도시를 벗어나 서울 어디로 숨어들었지요. 그런데 피의 열흘이 끝나고 두어 달이 더 지나도 오빠는 나타나지 않았어요. 간혹 전화가 걸려 오긴 했지만 집안 식구들은 제가 다쳤다는 얘기는 하지 않았어요.

그 해 늦가을, 오빠는 경찰에 잡혀 이 도시로 다시 돌아와 형식적인 재판을 거쳤어요. 별다른 활동을 한 것이 드러나지 않아 오빠는 그 해 일과 관련된 사람들이 처음 석방되던 날 가벼운 형을 받은 다른 사람들과 함께 풀려났어요.

저는 다른 사람들과 마찬가지로, 그 날 그 사건으로 다친 것을 철저히 숨기고 지냈지요. 대부분의 사람들이 그랬어요. 뒷날 곤욕을 치를지도 모르니까요. 병원에서도 일반 환자로 있었어요. 병원 관계자는 물론 다 알고 있었지만, 그 땐 그랬어요. 다쳤어도 함부로 얘기할 분위기가 아니었던 거예요.

집으로 돌아온 오빠는 그제야 제가 그 거리에서 그렇게 됐다는 것을 알았어요. 오빠는 며칠을 밥도 먹지 않고 깊은 근심에 싸여 있더니 어느 날 갑자기 집을 뛰쳐나갔어요. 자신의 비겁함을 크게 후회하는 쪽지만 남겨 놓은 채로요. 오빠는 자신이 비겁하다고 느꼈나 봐요. 그리고 며칠 뒤 반거지가 되어 집에 들어왔는데, 그 때 오빠는 벌써 제정신이 아니었어요. 식구들이 미처 잡을 틈도 없이 집을 뛰쳐나갔고, 마침내는 저만 보면 괜히 머리를 푹 숙이고 부끄럽습니다! 부끄럽습니다! 했어요. 동생인지도 몰라보고.

저는 그러는 오빠를 부여잡고 울며 매달리며 나는 멀쩡한데 왜 그러느냐, 앞으로 부끄럽지 않게 살면 되지 않느냐, 하며 달래 봤지만 오빠는 계속 부끄럽습니다, 부끄럽습니다, 할 뿐이었요. 정신병원에도 입원시켜 봤지만 아무 소용 없었고, 병원에서 퇴원한 지 얼마 지나지 않아 오빠는 또 집을 나갔어요. 그리고 두어 달 뒤, 오빠는 자기가 다니던 학교 옆을 흐르는 천변 웅덩이에서 시체로 발견됐어요.

대학생으로서 적극적인 역할을 하지 못했다는 자괴심에다 친동생인 제가 이렇게 된 게 자기 탓이라고 생각한 나머지 정신분열이 일어났고, 마침내는 돌이킬 수 없는 길을 가고 만 거예요.

그런데 오빠의 죽음은 의문투성이었어요. 웅덩이는 어른이 빠져 죽을 만큼 깊지도 않은데다가, 오빠가 약을 먹었다는 흔적도 없었거든요. 나중에 들으니까 오빠가 시내 중심가의 분수대에 올라가 만세를 부르는 걸 봤다는 사람도 있고, 경찰서 유치장에서 봤다는 사람도 있었어요. 그렇지만 오빠의 죽음은 일단 정신질환을 앓는 대학생의 단순한 죽음으로 마무리되고 말았어요. 그 때 신문은 이렇게 썼지요. '집 나온 정신 질환 대학생 변사체로 발견, 음주 후 실족사로 추정'이라고요.

저는 정신 질환을 앓고 있는데다 팔도 없는 사람을 너무 쉽게 경찰에 넘겨주고 만 것 같은 생각이 들어서 괴로웠어요. 어느 순간, 아저씨가 혹시라도 오빠처럼 되면 어떡하나 하는 걱정 때문에 안달이 나더라구요. 사실 집도 절도 없이 거리를 헤매는 것보다는 시립 보호소에라도 들어가 있으면 밥은 굶지 않겠지 하는 생각도 했어요. 그렇지만 좀더 적극적으로 보호자를 찾아보지 않은 것이 자꾸 마음에 걸렸어요. 병원에 무한정 잡아 둘 수도 없었지만, 먼저 보호자를 찾을 수 있을 때까지 찾아보고 경찰의 힘을 빌릴걸 하는 생각이 오랫동안 떠나지 않았지요. 경찰서에는 아저씨 같은 사람들이 한두 명 오는 게 아닐 텐데, 제대로 처리를 해 줄지 어쩔지 걱정이 된 거예요.

저는 갑자기 이 도시가 거대한 정신과 병동처럼 느껴졌어요. 무딘 사람들만이 미치지 않고 살 수 있을 뿐, 조금이라도 마음이 섬세한 사람이라면 미치지 않고는 살 수 없는 정신과 병동 말이에요! 좀더 강하고 좀더 질겨야 살 수 있지만 누구에게나 강하고 질기라고 할 수는 없잖아요? 너무 갑갑하고 너무 막히고 너무 닫혀 있는 세상이에요. 하지만 이런 생각만 하고 앉아 있을 수도 없었어요. 병실에서는 언제나 또 환자가 기다리고 있었으니까요.

아가씨는 할머니가 손자에게 옛날 이야기를 들려주듯 놀라울 만큼 차분하게 이야기를 했다. 내 자-알-도-는 머리로 생각해 보면 아가씨는 전쟁통에 습격을 받고 살아난 것이었다.

어디선가 본 듯한 전쟁 장면이 내 눈앞을 스쳐 갔다.

어디서 봤더라?

영화인가 텔레비전인가, 아무튼 숲 속에 숨은 군인들이 좁은 길로 들어선 다른 군인들을 향해 무차별 사격 하는 장면과, 높은 빌딩 위에서 아래쪽 골목을 향해 총을 쏘아 대는 장면이 떠올랐다. 그런 장면에서는 포위된 쪽이 여지없이 고꾸라지고 만다. 당연하지, 숨어 있는 놈들이 칼자루를 쥐었으니까.

그러나저러나 아가씨는 오른쪽 가슴을 찾을 생각은 없는 모양이었다. 나는 어떻게든 왼팔을 찾아야 하는데……. 그 때 아가씨가 다시 말했다.

"난 잃은 만큼 얻었고, 오히려 잃은 것보다 더 큰 것을 내 안에 키웠어요."

"잃은 것보다 더 큰 것을 키웠다고?"

나는 무슨 뜻인지 몰라 그렇게 물었다. 아가씨는 부드럽게 웃으며 대답했다.

"더 큰 것…… 사랑이죠."

그 말을 듣자 내 가슴이 왠지 콩닥거렸다.

어디선가 들어 본 그 말!

"사랑이라고밖에 표현할 말이 없어요. 사랑…… 나에 대한, 그리고 다른 사람에 대한 사랑. 그런데……."

아가씨는 거기까지 말하고 한숨을 길게 쉬었다. 부드러움이 걷히고 약간의 쓸쓸함이 얼굴에 스쳐 지나갔다. 나도 이젠 그 정도는 파악할 수 있다. 적어도 상대방의 기분쯤은.

아가씨는 이어 말했다.

"나를 이렇게 만든 사람들, 그 사람들까지 사랑해야 하는데 아직 그것까지 되지는 않아요. 왜냐하면 그들은 계속 사랑을 배신하거든요……."

나는 이 대목에서 걸려 넘어졌다. 어떻게 그들을 사랑할 수 있나. 그런데 아가씨는 그 사람들까지 사랑해야 한다고 한다. 그건 좀 이상하다. 그건 좀 이상하다! 원수는 깔아뭉개서 끝까지 쳐부숴야 한다.

다행히 아가씨도 아직은 그들까지 사랑하는 일이 쉽지는 않다고 했다. 나는 내 팔을 훔쳐 간 원수들에게 수배령을 더욱 단단히 내렸다. 뿐만 아니라 내 마음속에 아가씨의 오른쪽 가슴을 훔쳐 간 원수들에 대한 수배령까지 내렸다. 아가씨는 원수들을 사랑하려고 노력한다지만, 내가 아는 사랑으로는 그렇게 할 수가 없다. 그놈들을 찾아 내서 원래대로 모든 것을 돌려 놓고 혼내 주리라. 혼내 주리라!

그 날부터 나는 잘 때마다 아가씨의 오른쪽 가슴을 쓰다듬는 버릇이 생겼다.

그 밋밋한 가슴, 거기에도 꿈이 담겨 있다고 했다. 아가씨는 자기 가슴을 떼어 간 원수가 누군지 아는 모양인데 찾을 생각을 하지 않는다. 그렇다면 내가 그 원수들까지 같이 찾아서 혼내 주리라. 아가씨가 눈치채지 않게 감쪽같이.

나는 이제 내 일뿐만 아니라 아가씨 일까지 떠맡아 아주 바쁘게 되었다. 그렇지만 마음만 바빴지 실제로는 별 소득 없이 하루 이틀 날만 지나갔고, 점점 아가씨한테 얹혀사는 게 부담되는 일이라는 것만 깨닫게 되었다. 자면서 지렁이와 구렁이 꿈을 꾸지 않고 오줌도 싸지 않게 된 건 다행이었지만, 그 대신 내가 장례 지내 준 쥐의 꿈을 꾸게 되었다.

내 느낌에 계절이 두세 번 바뀐 어느 날, 나는 드디어 아가씨의 방을 나왔다. 내가 장례 지내 준 쥐의 모습이 조금씩 잊혀지는가 했는데, 이젠 아가씨의 배가 곧 터질 듯 걷잡을 수 없이 볼록 불러 버렸기 때문이었다. 아니, 그것보다도 나의 왼팔에 대한 수배령을 도저히 해제할 수 없었기 때문에 거기 그대로 마냥 눌러앉아 있을 수가 없었다.

내가 나가겠다고 하자 아가씨도 고개를 끄덕였다. 그리고 집을 나가는 대로 먼저 산에 올라가 보라고 했다.

나는 아가씨가 이른 대로 우선 산으로 올라갔다.

산, 산은 자신의 품에 도시를 넉넉히 안고 있는 듯이 보였다. 그러던 어느 순간 갑자기 산이 죽은 쥐처럼 배 안에 도시를 담고 있는 것처럼 여겨졌다. 입으로는 피를 토하고 죽어 갈지라도.

산에서 도시를 내려다보았다. 도시는 아가씨의 배처럼 볼록하게 불러 있었다. 멀리 우뚝 솟은 빌딩이 보였다. 아가씨 말에 따르면 옛날에는 신문사가 들어 있었지만 지금은 올망졸망한 사무실들이 한가득 들어 있다고 한다. 아가씨는 그런 것까지 알고 있다. 그러니 모르는 게 뭐 있겠나. 자기의 원수까지 알고 있다. 그러나 내게는 한 마디 귀띔도 해 주지 않는다.

아가씨 말로는 자기 가슴은 저 도시에 아직 살아 있다고 했다. 그런데 자-알-도-는 내 머리로도 그 말은 이해가 되지 않는다. 그렇다면 내 왼팔도 저 도시에 살아 있는가? 아니면 죽어 버렸는가?

산에서 내려다보니 아가씨 말대로 아직 모든 것이 살아 있는 듯했다. 사람도 차도 가로수도 그리고 건물까지도.

나는 약간 감상적인 기분이 되었다. 저 아래의 거리가 무척이나 조용했으므로. 더구나 조용한 그 속에서 모든 것이 쑥쑥 자라고 쉼 없이 흘러가고 했으므로. 나는 무얼 했느냐? 이제 난 그 정도의 질문까지도 할 줄 안다. 내 나이 벌써 몇이냐? 십 년이 흘렀다고 했다. 얼마 전까지도 난 십 년이라는 세월을 몰랐다. 겨우 사흘, 아니면 일주일밖에 몰랐다. 그러나 이젠 안다. 십 년이라는 세월이 어느 정도 긴 것인지도. 그것은 연줄보다도 길다. 하늘로 쑥쑥 차고 오르는 연을 붙들어매 주는 연줄. 십 년은 그 연줄보다도 더 길다. 왜냐하면 십 년은 하루도 쉬지 않고 자라고 있었으므로.

아, 십 년.

내게 십 년은 이미 흘렀다고 했다.

그 긴 세월, 아가씨는 내게 산에 너무 오래 있지 말라고 했다. 거리에 사는 것은 산으로 올라오지 않으므로. 그래서 난 산에서 내려왔다. 십 년이 얼마만큼 높이 있는지를 알았으니까 굳이 거기 더 오래 있을 필요도 없었다. 나는 이제 다시 거리로 내려왔다. 그렇지만 그 거리는 내게 새롭게 다가왔다. 왜냐하면 이제 내가 그 십 년이라는 세월을 연줄로 잴 줄 알고 산의 높이로 따질 줄 알게 되었으므로.

나는 우선 시장으로 가서 순대집을 찾았다. 아가씨는 내게 순대를 사 먹으라고 했다. 그것도 반드시 사 먹어야 한다고 했다. 그러고 나선 계산을 해야 한다고 했다. 계산이라, 먹은 값 치르는 것? 나도 이젠 그 정도는 알기 때문에 그렇게 물었다. 아가씨는 빙그레 웃기만 했다. 매사에 그런 식이었다. 아가씨는 마음에 들건 안 들건 웃기만 한다. 그래서 난 시장통으로 들어섰다. 시장통이라, 사람들이 많이 모여 소리지르고 왔다 갔다 하고 다투고 싸우고 웃고 하는 그런 곳이 시장이리라. 옳거니! 그런 곳은 쉽게 눈에 들어왔다. 그렇다면 다음 차례는 순대집. 순대는 긴 구렁이 같은 것이 광주리에 또아리를 튼 모습을 하고 있는데, 김이 모락모락 난다고 했다.

긴 구렁이, 김이 모락모락, 긴 구렁이, 김이 모락모락.

나는 속으로 새김질을 하며 외웠다. 구렁이야 꿈 속에서 만날 보던 것. 그걸 쉽게 못 찾겠냐. 난 쉽게 찾았다. 당연히.

순대집 나무 걸상에 떡하니 걸터앉아 순대 1인분을 자신 있게 시켜 놓고 사방을 둘러보았다. 허름한 작업복 차림의 젊은이와 장사 보따리를 옆에 내려놓은 중년의 아저씨. 그 곳엔 그 사람들 뿐만이 아니었다. 새 혓바닥처럼 입이 바쁜 여자와 꼬마녀석들 까지 날름날름 순대를 집어 먹고 있었다.

마침내 내 몫의 순대 접시가 나왔다. 나는 젓가락으로 하나를 집어 입에 쏙 넣었다. 언젠가, 아, 언젠가 먹어 본 듯한 그 맛.

그 순간 순대집 벽에 붙은, 무슨 광고지 같은 종이 위에 내 눈 길이 가 닿았다. 나의 자-알-도-는 머리로 거기에 붙은 글씨를 짚어 보았다.

지명 수배자.

나는 거기서 '수배'라는 말을 발견했다. 그리고, 새까맣게 파 리똥으로 얼룩진 얼굴들. 주로 젊은 녀석들. 그것도 남자들 얼굴 뿐. 그들은 모두 수배자이리라.

나는 벌떡 일어났다. 품 속에서 연필을 꺼내 침을 발라 가며 벽에 붙어 있는 종이에다 수배자를 하나 더 그려 넣었다. 얼굴도 없는, 그러나 다른 어느 수배자 못지않게 젊은. 나는, 나의 왼팔을 그 곳에 그려 넣었다.

전과 없음. 잃어버린 곳은 도시의 한 귀퉁이로 추정됨. 십 년이 되도록 연락 없음. 보통 사람의 왼팔보다 굵음. 나이? 나이? 나이는 내 나이를 써 넣었다. 아가씨가 계산해 준 그 나이 서른여섯. 난 이제 이 정도로 어른이 되어 있는 것이다.

이 자리 저 자리에서 순대를 먹던 사람들이 모두 나를 쳐다보았다. 아니, 지명 수배자 명단을 쳐다보았다. 아니, 나의 왼팔을 쳐다보았다. 아니, 내 왼팔의 신상명세서를 읽었다. 그들의 눈빛이 좀 묘했다. 동정하는 것 같기도 했고 흥미가 없다는 것 같기도 했고 별 미친 놈 다 보겠다는 것 같기도 했다.

그랬다. 도시의 사람들은 먹고살기엔 바빴지만 남의 일엔 그냥 곁눈질이었다. 그렇다고 그것이 조금도 서운하거나 못마땅하거나 하지 않았다. 그저 그러려니 했다. 오히려 나도 그들보다더 무관심할 수 있을 것 같기도 했다. 아니, 어쩌면 내가 저 사람들과 별로 다른 게 없을 것 같았다. 십 년 전에 비해 변한 건 별로 없어. 나는 무심코 그렇게 중얼거리며 순대 접시를 깨끗이 비웠다. 그런 뒤 값을 치르고 그 곳을 나왔다.

시장통에는 여전히 사람이 많았다. 사람들 틈을 이리 비집고저리 휘저으며 지나다녔다. 사람들 속에 묻히고 나니 별로 어색

한 것이 없었다. 아무도 날 의식하지 않았고 나도 누구를 의식하지 않았다. 그렇다고 노골적으로 다른 사람들의 팔을 쳐다보지도 않았다. 그저 눈치채지 못하게 슬금슬금 훔쳐보았다. 저 팔이 혹시 내 팔이 아닐까? 나도 이젠 그 정도로 요령이 붙었고 숙련이 되었다.

시장통을 나왔다. 찻길을 보니 차들이 바쁘다. 예나 지금이나 차들은 바쁘다. 바쁘게 지나간다. 이제 나도 그 차들 틈으로 아무렇게나 뛰어들지 않는다. 내 머릿속에도 빨강 파랑 신호등이 들어 있다. 사람들은 신호등을 갖고 살아야 한다. 그래야 탈이 나지 않는다. 찻길 저 멀리 분수대가 보였다. 그러나 물을 뿜어 올리지 않는다. 가만, 분수대가 물을 뿜는 걸 본 기억이 없다. 왜일까? 왜일까? 자-알-도-는 내 머리. 더 좀 자-알 돌아라. 환하게, 모든 것이 빨강 파랑 신호등 바뀌듯 확실하게 돌아 주렴. 그러나 아직 잘 모르겠다.

잘 모르겠다는 생각을 하며 나는 잘 알 것 같은 거리를 쏘다녔다. 잘 알 것 같은데, 잘 알 것 같은데……. 이상한 생각? 맞다. 이상한 생각이다. 자동차들의 불빛이 꼭 횃불 같다는 생각이 들었다. 왜 그런 생각을 하게 될까? 더욱 이상한 것은 자동차들의 경적 소리가 징 소리 같다는 것이었다. 내가 왜 이런 생각을 할까? 울고 싶다. 아가씨라도 옆에 있으면 물어 보고 싶다. 그런데 난 지금 아가씨 곁을 떠나왔다. 왠지, 떠나야 나의 왼팔을 찾을 수 있을 것 같아서. 그 왼팔을 찾기 위해서, 아니 언젠가 만났던 기자 양반의 말을 빌리자면 십 년을 찾기 위해서, 아니 오늘을 찾기 위해서.

아가씨도 말리진 않았다. 내가 스스로 찾아야 한다고 생각하는 모양이었다. 아가씨가 내 기억력을 못 믿어서 전화번호를 적어 코팅까지 한 표찰을 점퍼 안쪽에 단단히 붙여 준 기억이 났다. 그렇지만 아직은 전화할 때가 아니다. 여차하여 전화를 걸면 아가씨가 나를 찾으러 오겠지. 그러나 아직은 그럴 수 없다. 최소한 내 왼팔이 끼고 있던 옷소매 끝이라도 찾아야 전화를 걸 수 있다.

나도 남자다. (이런 말 어디서 들었더라?) 체면이 있지, 체면! 말로는 남자라면서 무조건 여자 신세만 질 수는 없다. 남자? 거참 야릇한 이름이다. 남자가 뭐 하는 놈이냐? 여자보다 잘난 것도 없으면서 체면이나 찾는 남자.

아무래도 좋다. 나도 남자다. 아가씨가 날 남자라 했다. 아니, 남자로 만들어 주었다. 그리고 남자도 여자만큼 강해야 한다고 했다. 최소한 여자만큼, 여자만큼. 암, 강해야지. 아가씨를 봐라, 아가씨를 봐라! 나는 좀더 강해져야 한다고, 좀더 당당해져야 한다고 생각했다. 강해지자, 당당해지자! 자동차 불빛, 자동차

경적 소리, 그런 것들이 분수대를 감싸고 돌자 내 머릿속에 붉은 신호등이 켜졌다. 이리 가지 말고 일단 여기서 멈췄다가 저리로 가 보자. 나는 발걸음을 왼쪽으로 틀었다. 그러자 눈 앞에 커다란 글씨가 턱 들어왔다.

'불법 무기 자진 신고 기간.'

내 앞에 떡 버티고 선 것은 기다란 흰 천에 빨간색과 파란색을 섞어 쓴 기묘한 현수막이었다. 불법 무기는 빨간색이고 자진 신고는 파란색이다……. 나의 자-알-도-는 머리는 여기서 급회전을 하기 시작했다. 빨간색, 파란색. 그런데 핑 하고 엉뚱하게 노란 불이 머릿속에 잠깐 깜빡였다. 그러다 아! 하는 신음이 내 입에서 터져나왔다. 불법 무기! 불법 무기! 그리고 빨갱이! 빨갱이! 나는 잠시 눈을 감았다. 어지러웠다. 그 자리에 그대로 털썩 주저앉았다. 얼마 만인가. 귀에 닳도록 들은 그 소리들!

아직 어둠이 완전히 깔리지 않았지만 우리는 각자가 모는 택시의 전조등을 환하게 켜고 분수대로 가는 차량 행렬에 합류했다. 엊그제부터 시내의 상황이 변해 가는 것을 비교적 일찌감치 접하게 된 우리였지만 설마 설마 하며 영업을 계속했다. 그런데 택시에 태운 손님을 강제로 끌어내려 구타하고, 거기에 항의하는 운전사까지 묵사발이 되도록 짓밟고 두들겨패는 데에는 우리도 더는 머뭇거릴 수 없었다.

　그러잖아도 봄이 되면서 시국이 들썩들썩했지만 우리는 생업에 몰두하며 조심스레 세상 돌아가는 것을 지켜보고 있었다. 회사 내에서 그 동안 쉬쉬해 왔던 모임이 활성화되어 토론도 하고, 경영주와 협상할 때도 능동적인 역할을 했다. 특히 모임을 끌고 가는 우리들 젊은층은 일이 끝난 뒤 거의 날마다 모여서 이야기도 하고 술도 마시고 시국 걱정도 하였다. 그렇지만 끝내는 희망과 암울함이 교차하는 선에서 내일의 일을 위해 각자의 구멍으로 어슬렁어슬렁 기어들어갔다. 잠을 자야 일을 하지. 택시 운전이라는 직업이 하루 2교대제로 되어 있어서, 우린 꼭 밤이 아니더라도 교대 시간을 맞추기 위해 낮에 자야 할 때도 있었다. 그래서 회사 내의 모임이나 겨우 꾸려 가는 선에서 그 봄을 보내고 있는데, 바깥세상은 생각보다 뜨겁고 어수선하였다. 그렇지만 생업이 우선이니까, 우리가 바깥세상 문제에까지 깊이 빠져들 처지는 아니었다.

　그러나 봄이 깊어 갈수록 세상 돌아가는 꼴이 엉뚱했다. 아니 엉뚱하다 못해 개판이었다. 그렇지만 우리는 아직 거리 투쟁에 나서지는 않았다. 거리에선 연일 학생들과 시민들의 시위와 농성이 끊이질 않았다. 분수대를 가운데에 두고 민주화 대회니 민주화 성회니 하는 행사가 열렸다.

일부 군인들의 속셈이 점점 노골화되어, 쥐를 잡으라고 키웠던 고양이가 쥐에는 관심이 없고 오히려 가게의 생선은 물론이요 나아가 주인 자리까지 넘보는 격이 되고 말았다. 학생들과 시민들은 주인 자리를 넘보는 고양이가 되어 버린 정치군인들을 규탄했다. 그러한 규탄에도 아랑곳없이 군인들은 마침내 자기네들이 짜 놓은 대로 정치 일정을 확정하고 그대로 밀고 나갔다. 이에 국민들은 강하게 저항했지만, 놈들의 협박과 회유 아래 저항은 늘 무력하게 주저앉고 말았다. 그러나 이 도시의 학생들과 시민들은 끝까지 포기하지 않고 주인을 물어뜯는 고양이를 때려 잡자고 소리를 높였다.

그러던 어느 날, 나는 기막힌 광경을 목격하였다.

택시를 몰고 시내를 지나가는데, 여자가 한복을 입은 것으로 보아 신혼부부로 여겨지는 젊은 남녀가 차를 세웠다. 그 때까지 시내는 시위로 어수선하긴 해도 그런대로 차는 오갈 수 있었다. 그런데 갑자기 방망이가 나타난 것이었다. 그 방망이는 남자를 먼저 후려치더니, 말리는 여자까지 내려쳤다. 두 남녀는 순식간에 피투성이가 됐지만 나는 어떻게 손을 써 볼 수가 없었다. 그 때 시민들이 우르르 이쪽으로 몰려오지 않았으면 아마 나도 그 자리에서 몽둥이세례를 받았을 것이다. 왜 때리는지, 왜 맞아야 하는지 난 알 수가 없었다. 신혼부부가 시위를 했겠는가!

나는 곧장 그 곳을 빠져나와 회사로 달렸다. 회사에서는 벌써 동료들이 차를 세워 놓고 기가 막힌 목격담들을 늘어놓고 있었다. 우린 그 자리에서 더는 참을 수 없다고 결론짓고, 모두들 차를 몰고 거리로 줄지어 나섰다.

그 날은 그 정도의 차량 시위로 끝냈지만, 이튿날 나는 간편한 차림으로 분수대로 향했다. 거기에는 벌써 수만 명의 시민들이 모여 있었다.

그렇게 나는 그 난리통에 휩쓸리고 말았다. 누가 나보고 어떻게 해라 마라 간섭도 없었고 강요도 없었지만, 나는 스스로 내가 해야 할 일이 뭔지를 알게 되었다. 그리하여 난 굵은 팔뚝으로 시민군의 무기를 집어 들었고, 그들의 대열에 들어가게 되었다.

밤이 또 왔다.

손에 무기를 들었지만 낮보다는 역시 밤이 더 무섭다.

벌써 며칠째인가.

밤은 오히려 공포의 시간이었다. 놈들이 한 짓을 생각하면 절대로 순순히 물러설 것 같지가 않아서였다. 보잘것없는 소총이 놈들의 탱크 앞에서 견뎌 낼 수 있겠는가. 처음엔 놈들을 몰아냈다는 자신감에 아무런 두려움도 없었지만, 하루 이틀 시간이 지나고 나자, 이번 싸움은 정신적으로는 우리가 결국 이길 테지

만 전투적으로는 놈들의 우세한 화력 앞에 오래 견디기가 어렵
겠다는 것이 명백해졌다. 그렇다고 이제 와서 총을 버리고 자진
해산하자는 것도 말이 안 되었다. 그 함성, 그 감격은 어디로 갔
단 말인가.

놈들이 쳐들어온다는 긴급 전달을 받은 나는 총을 오른쪽 어
깨에 걸치고 총의 멜빵 끝을 단단히 부여잡았다. 그리고 놈들이
정말로 오늘 밤 공격을 해 올 것인지 정탐을 나가기로 하고 동료
세 명과 순찰차를 집어탔다. 순찰차는 경찰이 쓰다 내팽개치고
도망가 버린 지프차였다. 앞뒤로 두 명씩 앉았다. 나는 운전사
출신이었지만 운전은 다른 사람이 했으므로 운전사 옆자리에 앉
아 총구를 앞으로 향하게 하고 길을 안내했다.

시내 중심가를 지나 외곽 지역으로 빠지는 길목에 들어서자
놈들이 쳐 놓은 바리케이드가 눈에 들어왔다. 그렇다고 아까 낮
에 보았던 상황과 별로 달라진 것 같지는 않았다. 나는 오늘 밤
엔 별일이 있을 것 같지 않다고 중얼거렸다. 그렇지만 왠지 모두
들 말이 없었다. 밤이니까 더욱 그랬으리라.

차를 돌려 다시 시내 쪽으로 들어오려는데 차 앞으로 쥐새끼
한 마리가 홱 지나갔다. 잠시 차가 멈칫했다. 운전할 때 바퀴 밑
에 뭐가 깔리는 것은 그게 뭐가 됐든 기분이 좋지 않다. 그래서
거의 반사적으로 브레이크를 밟게 된다. 그 때도 그랬으리라.

바로 그 때였다. 갑자기 총 소리가 났다. 우리는 차에서 뛰어 내려 땅에 엎드렸다. 우리 넷은 급히 총구를 총 소리 나는 쪽으로 모으고 경계 태세를 갖추었다. 그러나 우리 뒤쪽에서 더 요란한 총 소리가 났고, 우리는 곧 땅바닥에 나뒹굴었다. 모두 총에 맞은 것이었다.

그 뒤 세 사람은 어떻게 되었는지 모르지만 나는 왼쪽 팔이 떨어져 나가고 말았다. 쥐새끼처럼 길바닥에 내동댕이쳐진 나는 포로 신세가 되어 얼마 후 군 병원으로 이송되었다.

그 날 새벽, 놈들은 기어이 우리의 분수대를 짓밟아 버렸다. 우리의 도시는 겉으로는 다시 평온을 찾았다. 강요당한 평온!

겉으론 조용했지만 그 도시에 수배자는 잔뜩 늘어났고, 불법 무기, 위대한 시민, 질서 회복, 폭력 추방, 국민 화합, 자진 신고 따위의 어설프고 생경스런 표어가 도시의 온 거리에 나붙었다. 속으론 더 시끄러워진 것이다.

나는, 팔 하나를 그 도시에 던져 버렸다. 아니, 내 스물 몇 해의 젊음을 그 도시에 바쳐 버렸다. 더 이상 희망도 꿈도 기대도 내일도 없을 것 같았다.

그렇지만 그 도시엔, 그 거리엔, 그 분수대엔, 나의 왼팔처럼, 나의 젊음처럼 바쳐진 것이 많았다. 억눌림을 당하면 당할수록 속으로는 더욱 뜨거워졌고, 속으로부터 끓어오르는 투쟁은 오히

려 그 때부터 시작되었다. 눈 가진 자, 귀 가진 자, 입 가진 자,
어찌 일어나지 않을 수 있었으랴.

아, 태극기여! 그 분수대를, 그 거리를, 그 도시를 온통 뒤덮던
그 감격이여! 그 물결이여!

으악, 바퀴벌레는 죽었다.

사람이 신발 신은 발로 살짝 비벼 버리자 바퀴벌레는 죽어 버
렸다. 바퀴벌레가 죽은 날, 그 날은 기억할 수가 없다. 그 날은
하찮은 날이므로, 사람에게는.

내가 왜 여기 있지?

희미한 백열등이 천장에 덜렁 매달려 있고, 나는 야전침대에
오른팔과 두 다리가 각각 묶여 있었다. 그러면 왼팔은? 희미한
의식으로 애써 꿈틀여 봐도 왼팔은 내 몸뚱이에 붙어 있지 않다.
설마 설마 했지만 나의 왼팔은 이미 나를 떠난 뒤였다.

고개를 들어 보려 해도 고개는 좀처럼 움직여지지 않고 온몸
이 축 늘어진 채 아무 감각도 없다. 뭐라고 소리를 질러 보려 해
도 마음뿐, 목구멍이 열리지 않았다. 그러나 여기저기서 들려오
는 신음 소리는 귓구멍으로 선명하게 빨려들어왔다. 여기는 병
원인 듯싶었다.

내가 왜 여기 누워 있지?

아무리 생각을 해 봐도 아무 기억도 나지 않았다.

잠시 뒤, 윗도리 호주머니 덮개에 작대기 세 개가 달린, 그리고 머리통이 밤송이인 위생병이 다녀갔다. 그리고 이어서 호주머니 그 자리에 갈매기 두 개를 단 군인과 군의관인 듯한 개기름 얼굴이 들어왔다. 그들이 내게 다가와 팔 다리 묶은 것을 풀었다.

아, 분명히 없다. 나의 왼팔! 나는 속으로 울부짖었다.

그러나 역시 마음뿐이었고 목만 바짝바짝 탔다. 그들은 나를 어디로 데려갈 모양이었다. 이동침대 대신 밤송이 위생병이 나를 둘러업고 병실을 나섰다. 나는 업히는 그 순간 현기증이 났고 어떤 차 안에 뉘어지는 것이 느껴질 즈음 정신을 잃었다. 그런 뒤 시간이 얼마나 흘렀는지 도저히 알 수 없었다.

다시 눈을 떴을 때 나는 차디찬 시멘트 바닥 위에 눕혀져 있었고, 주위에 나말고도 몇 명이 더 아무렇게나 누워 있었다.

가끔 저벅거리는 군홧발 소리만이 심장을 콩콩거리게 할 뿐, 아무 소리도 들리지 않았다. 꼼짝도 않고 누워 있는 내 얼굴 위로 가끔 바퀴벌레가 기어다녔지만, 나는 바퀴벌레에게조차 저항할 힘이 없었다. 바퀴벌레가 하는 대로 나를 그냥 맡겨야 할 뿐이었다.

차츰 옆자리에 사람들이 늘어났다. 그들 가운데 몇몇은 일어나 앉아 있기도 했지만, 나는 도저히 일어날 수가 없어 계속 그

대로 누워 있었다. 군홧발들이 넣어 주는 주먹밥도 먹을 기운이 없어서, 옆 사람이 밥풀 몇 알 입에 넣어 주는 대로 그것만 겨우 씹어 보았다.

주먹밥. 희미한 의식 속에서도 주먹밥을 몇 개씩 집어 먹던 일이 떠올랐다. 머리에 수건 동여매고 차 앞뒤에 태극기 매달고 질주하며 다닐 때 식사는 늘 주먹밥이었다. 거기까지는 생각이 났다. 내 머리는 그 이상의 기억력을 상실한 것 같았다.

그렇게 거기에 누워 지낸 날이 스무 날쯤 지났다. 모진 것이 사람 목숨인지라, 그래도 죽지 않고 그 몰골로도 겨우 입을 열어 말을 할 수 있게 되었다. 그러자 기다렸다는 듯 머리통이 역시 밤송이인 군홧발이 들어와서 나를 밖으로 끌고 나갔다. 군홧발이 끄는 대로 따라간 방 가운데에는 철제 책상이 하나 있었고, 그 위에 눈에 익은 국방색 방망이가 놓여 있었다.

책상 앞에는 군복은 입었지만 계급장도 명찰도 없는, 밤송이 군홧발이 과장님이라고 부르는 저승사자가 앉아 있었다. 아, 난, 그를 저승사자라고밖에 기억할 수가 없다.

저승사자는 종이 뭉치를 앞뒤로 몇 번 뒤적거리더니 나를 빤히 쳐다보았다. 그 눈빛, 나는 이미 주눅이 들었다. 그런데 그 저승사자는 우선 발로 나를 걷어차는 것으로 인사를 했다. 피골이 상접하여 의자에 비스듬히 앉아 있는 것만도 힘든 나를 그는 그 무거운 군홧발로 걷어차 버렸다. 나는 그대로 쓰러졌고, 이어서 방망이가 엉덩이에 철썩 붙었다.

"이 자식, 이거 순 빨갱이 아닌가!"

그 때 난 처음으로 빨갱이라는 소리를 들었다.

그러든 말든 나는 무슨 말이고 몸짓이고, 할 수도 없었고 할 필요도 없었다. 몸도 말을 안 듣고, 또 대답할 틈도 주지 않았다.

저승사자는 옆에 있는 밤송이 군홧발에게 '무기 소지, 극렬'이라고 받아 적으라 하였다. 나는 몇 번 더 발로 얼굴을 걷어차인 뒤 군홧발이 질질 끄는 대로 그 방을 나왔다. 어차피 내 발로 걸어 나가라 해도 한 발짝도 못 움직였을 것이다.

그 곳은 저승 대합실이었다.

성하지 않은 몸으로 재판이라는 걸 받았다.

무기를 소지한 극렬분자로 분류된 나는 내란 선동죄를 목에 걸었다. 내 팔 하나와 내란 선동죄를 맞바꾼 꼴이 되었다. 일사천리로 진행되는 재판은 법을 모르는 내가 보기에도 정말이지 꼭두각시놀음 같았다.

앉아 있기도 서 있기도 힘든 몸뚱이인지라 무슨 판결을 내리든 관심도 없었고 조바심도 없었다. 그저 그 거리의 어딘가에서 섧게 울고 있을 나의 왼팔만이 몹시도 걱정될 뿐이었다.

자기네들끼리 북 치고 장구 치고 하는 재판이 형식적으로나마 끝나자 내란 선동죄를 저지른 내 몸뚱이는 감옥으로 끌려갔다. 물론 그 전에 잠깐 치료랍시고 치료를 받긴 했지만 그건 형식적인 것이었다. 고통을 호소하다 못해 혀를 깨문 채 시멘트 벽에 머리를 짓찧으며 자살 소동을 벌인 탓에 나는 침대에 꽁꽁 묶여 있어야만 했다.

　그 도시, 그 거리, 그 분수대는 겉으로는 다시 숨을 쉬기 시작했다는 말이 들려왔다. 하지만 나는 재판이 끝난 상태인데도 날마다 불려 나가, 그 도시 어딘가에 있어야만 하는 나의 배후와 나의 우두머리를 만들어 내야 했는데, 그들이 원하는 대로 만들어 내지 못한 탓에 나의 감옥 생활은 더욱 괴로워졌다. 나의 등짝은 몽둥이찜질로 성한 날이 없었고, 나는 늘 오줌을 질질 지리며 살았다.

　그 무렵부터 문득문득 지렁이 꿈을 꾸었고, 그 꿈에 이어서 반드시 구렁이 꿈을 꾸었다. 그 긴긴 날들이 이어지는 동안 내 입을 통해 만들어진 지명 수배자 명단은 수도 없이 많았다. 그러나 내 입으로 불어 낸 수배자는 그 도시에 한 명도 없었기 때문에, 나는 정신착란자로 분류되어 마침내 석방이 되었다.

　그러나 그 석방은 완전한 석방이 아니었다. 복지원이라는 그럴싸한 이름이 붙어 있는 곳으로 옮겨졌을 뿐이었다.

그런데 거기, 그 곳에도 저승사자는 웅크리고 있었다. 내 자-알-도-는 머리는 재빨리 알아봤다. 그런 놈들을.

낯선 곳, 낯선 곳이었다.

그렇지만 내 발로 들어온 곳은 아닌 것 같았다. 왜냐하면 사방 천지에 철조망이 쳐져 있었으므로. 담벼락에 철조망이 쳐진 곳은 절대로 낯선 곳이다. 그리고 절대 내 발로 들어오는 곳이 아니다.

우습다. 내가, 아니 우리는 왜 바퀴벌레와 함께 살아야 하는 것이냐? 그 때 내가 들어 있는 방, 아니 동물 우리에는 사람이라고 하기엔 너무나 표정 없는 동물들이 들어 있었다. 그리고 바퀴벌레가 들어 있었다. 그 곳은 방이 아니었다. 우리였다. 돼지 우리 같은. 더구나 밖에는 문을 잠근 채 우리를 감시하는 사람이 있었다.

그는, 회초리를 든 그는 우리를 어디든 따라다니며 감시했다. 작업을 나갈 때건 병원에 갈 때건. 병원은 딱 한 번 갔지만 작업은 날마다 나갔다. 때로는 차를 타고 멀리 외부 작업을 나가기도 했다. 흙이나 자갈을 퍼담아 나르는 일부터 도랑을 파는 삽질까지 해야 했다. 하지만 팔이 하나밖에 없어서 삽질을 하기가 곤란했던 나는 주로 나르는 일을 했다. 그러나 나르는 일도 쉽지 않았다. 한쪽 팔이 없는 것은 불편했다. 한쪽 날개가 없으면 날 수 없듯이, 한쪽 팔이 없으면 균형을 잡을 수 없다. 쓰지는 않더라도 왼손이 붙어 있어야 그나마 균형을 잡아 걸을 수 있다.

여기가 어딜까? 내 왼팔이 숨겨져 있는 곳은 아닌 것 같았다. 더구나 사흘에 하나꼴로 사람이 실려 나갔다. 그런데 신통한 것은 실려 나간 만큼 늘 부족한 법 없이 채워진다는 것이었다. 언제나 만원이었다, 그 곳은.

나는 새로 들어오는 사람들을 유심히 살폈다. 혹시 굵직하게 생긴 나의 왼팔을 달고 다니는 사람이 있나 하고. 그렇지만 아무도 내 팔을 달고 다니는 사람은 없었다. 더구나 팔을 셋 달고 다니는 사람은 눈을 씻고 봐도 없었다.

거기서 나는 늘 배가 고프고 악몽에 시달렸다. 또 해가 뜰 때부터 해가 질 때까지 계속되는 작업은 나를 못 견디게 했다. 어떻게 해서든 저 철조망을 넘어야 한다. 그래야 나의 왼팔을 찾을 수 있다. 처음엔 혹시나 그 곳에 나의 왼팔이 있지 않을까 하는 기대감에 어떤 고통도 참으리라 다짐했지만, 나의 자-알-도-는 머리로 생각해 볼 때 인간이 아닌 동물과 바퀴벌레나 사는 그 곳에 나의 왼팔이 있을 리 없었다. 왜냐하면 동물이나 바퀴벌레한테는 사람의 팔이 필요하지 않으므로.

왼팔을 찾는 것도 찾는 거지만 우선 살아야겠다는 생각이 들었다. 내 자-알-도-는 머리는 그런 생각을 한 것이다.

마침내, 궁리를 했다.

외부 작업을 나가는 날. 그 날, 그 날을 기다리자.

어설프게 행동하다간 맞아 죽는다. 지도요원이니 작업반장이
니 하는 놈들은 저승사자다. 저승사자! 저승사자라는 말 외에는
달리 표현할 말이 없다.

자, 어떻게 이 곳을 빠져나갈까?

내 자-알-도-는 머리는 바빴다. 내 머리는 벌써 저 철조망을
뛰어넘어갔다. 몸은 여기 있어도.

나는 다른 사람과는 달리 외팔이인지라 외부 작업 나갈 때는
식사통(돼지밥통?)을 관리할 때가 많다. 그 점을 이용해야 할
것 같았다. 내 자-알-도-는 머리는 그렇게 생각했다.

그래서 나는 채석장으로 작업을 나간 어느 날, 식사통을 지키
는 척하며 뒤처져 있다가 우리가 타고 온 차 밑으로 기어들어가
한참 웅크리고 있었다. 작업반장과 지도요원들이 동료들을 데리
고 채석장으로 다 올라간 것을 확인한 나는 운전사 눈에 띄지 않
게 차 밑에서 기어 나와 논두렁 밑으로 굴렀고, 수로를 따라 한
참을 기어간 뒤 용케 그 곳을 빠져나올 수 있었다.

정말 기적이었다.

그렇게 하여 나는 그 도시, 그 거리로 다시 돌아왔다. 그러나

갈 곳이 없었다. 아니, 그보다도 우선 그 도시, 그 거리는 내게 갑자기 낯설어져 버렸다. 어디를 찾아가야 할지 무엇을 해야 할지, 내 자-알-도-는 머리도 도무지 쓸모가 없었다. 그렇다고 누구든 나를 찾는 사람도 없었다. 팔을 찾는 일도 지지부진했다. 나는 시도 때도 없이 내 귀청을 울리는 헬기 소리, 총 소리를 견뎌 내며 거리를 무작정 헤매었다.

이 도시로 어떻게 돌아왔는지 정말 신통하긴 했지만, 나를 잡으려는(아마 틀림없을 것이다) 경찰과 헬기와 자동차들 때문에 거지 노릇 하기도 힘들었다. 그래서 될 수 있으면 나 자신을 아주 낯선 곳에 세워 놓게 되었다. 아무도 나를 쫓지 않을 곳으로. 그러나 내가 가 있는 곳이면 나를 쫓는 것도 함께 있었다. 난 수배자였으므로.

그렇게 저렇게 십 년.

그렇지만 난 하루인지 며칠인지 그 세월에 대한 개념이 서지를 않았다.

그러던 어느 날, 동생 친구가 용케도 길거리에서 나를 본 뒤(나를 붙잡은 뒤) 동생을 만나게 되었다. 동생(동생이라고 했다. 그래서 자세히 보니 나와 비슷하게 생겼다)은 나를 집으로 데려갔지만, 그 도시에서 광주리 장사를 해 가면서 자식을 키운 어머니는 화병으로 돌아가시고 없었다. 그 도시에 세찬 비바람이 몹시 몰아치던 날, 뱃속에 응어리진 신음 소리만 몇 광주리 쏟아 낸 채 피를 쏟으며(내가 장례 지내 준 어미쥐처럼 꼭 그렇게) 가 시고 말았다고 했다.

동생은 나에게 잘 해 주었다. 그런데도 나는 늘 가출을 하게 되었다. 왠지 불안해서 집에 있을 수가 없었다. 그리고 무엇보다 도 나는 내 왼팔을 찾아야 했다. 그러다가 엉뚱하게도 아가씨를 만난 것이다.

여기서 지루한 나의 이야기는 끝난다.

지루하다고? 그러나 끝난 건 나의 이야기가 아니다. 지난 십 년 세월이었을 것이다. 나는 그 십 년을 오늘처럼 살았다. 아니, 그 십 년은 그저 오늘이었을지도 모른다. 나는 십 년 동안 하나 도 지루한 줄 몰랐다. 오락가락하는 의식 사이에서 헤매기도 하 고, 또 대부분은 의식조차 멈춰 있었기에.

어쩌면 나는 어제에 묶여 있었다. 아니, 오늘에 묶인 채 멈춰 있었다.

나의 왼팔에 대한 수배령은 오늘을 찾음으로써 해제한다. 나 의 왼팔은 누가 톱으로, 칼로, 아니 총으로 빼앗아 간 것이 아니 었다. 나의 팔은, 나의 왼팔은 그 도시에, 그 거리에, 그 분수대 에, 그 곳 시민들에게 바쳐진 것이었다. 나의 십 년이 끝나는 오늘 나는 그렇게 수정한다. 나의 왼팔에 대한 뒷얘기를, 나를 위한 연구 보고서의 마무리 말을.

나는 이제야 보고한다.

너무나 많이 쏘다니고, 너무나 자연스레 나를 내주고, 너무나 힘있게 나를 던졌던 그 도시, 그 거리. 아니, 이 도시, 이 거리에 내가 평범하게 살아 있다는 것을. 이 도시의 모든 것이 이제 다시 낯설지 않게 되었다는 뒷얘기와 함께.

그리고 나는 덧붙여 알려 준다.

이젠 누구든 나 때문에 눈물을 흘리지 않아도 된다고.

그리고 또 나는 분명히 힘주어 말한다.

나는 지렁이보다 구렁이보다 바퀴벌레보다 쥐보다 더 큰 힘으로 살고 싶다고. 화해는 그들이 하는 것이 아니라 내가 하는 것이므로.

그렇다면……?

나는 이제야 아가씨의 전화번호를 꺼내 전화통으로 간다. 정확하고 힘있게 전화번호 일곱 자리를 또박또박 눌렀다.

잠시 후, 신호음이 멎고 말소리가 들렸다.

"여보세요."

아가씨 목소리였다. 이어서 응애응애 하는, 어린아이의 힘찬 울음소리가 들렸다.

"여보세요. 저예요. 아기를 낳았어요. 팔목이, 특히 왼쪽 팔목이 굵직해요!"

힘찬 목소리, 나의 팔이 쑥쑥 자라는 소리가 전화선을 타고 들려온다. 그렇게 나의 왼팔이 다시 태어남으로써 나는 화해를 하게 될지도 모른다.

그리고 무엇보다도 이제, 나는 정말로 진짜 수배자다.

왜냐하면 나의 왼팔이, 나의 아기가, 나의 아내가, 나의 분수대가, 나의 거리가, 나의 도시가 나를 찾고 있으므로.

그런데 이상하다.

내 뒤를 졸졸 따라다니는 그 모든 것은 나를 충분히 붙잡아 둘 수 있는데도 나를 붙잡아 두려고 하지 않는다. 그저 지켜보기만 한다.

왜 그럴까?

'불법 무기 자진 신고 기간.'

빨강, 파랑의 글씨가 녹아 내린다.

현수막이 바람에 날아가 버린다.

내 머릿속에 빨간 등 파란 등의 신호가 교차한다.

교통 정리는 저절로 된다. 나의 통행을 막는 것은 이제 아무것도 없다.

차들은 힘차게 달린다.

헬기 소리는 이제 총 소리가 아니다.

그와
또
그

그는 어디에도 있고, 그는 또 언제라도 있다.

그는 혼자이기도 하고, 그는 또 여럿이기도 하다.

1

그는 아침 일찍 일어난다. 여느 사람처럼.

그는 아침은 먹는 둥 마는 둥 하지만 화장실엔 반드시 간다.
화장실은 그의 첫 집무실이다. 오늘 새벽에도 문간에 던져 놓은
조간신문을 집어 들고 화장실 문을 소리나지 않게 살짝 잠그고
잠옷 바지를 무릎께까지 내린 뒤 변기에 걸터앉았다. 방문은 안
잠그고 살아도 화장실 문만큼은 잠가야 왠지 마음이 편하다.

이제 그의 하루가 시작된다.

그의 하루는 어제의 탐험에서 시작된다.

어제의 탐험. 신문 속에 눈을 박고 그는 열심히 어제를 더듬는다. 도대체 알 수 없는 세상이다. 어찌나 핑핑 도는지…… . 지독한 난시인 그의 시력으로는 핑핑 도는 세상을 신문에서조차 바로 볼 수 없다.

신문 속에는 그가 살고 있는 이 사회의 모습이 보인다. 그러나 가만가만 그 모습들을 뜯어보면 그와는 상관 없이 생긴 것 같기도 하다.

그러나 그는 쉽게 신문을 버리지 못한다. 그가 이 사회 속에서 쉽게 벗어나 버리지 못하듯.

지옥이다. 하루하루가.

그는 버스 정류장에서 많은 사람을 보았다.

버스가 들어오면 피곤에 지친 듯한, 잠이 덜 깬 듯한 사람들이 우르르 몰려가고, 미처 타지 못한 사람들은 툴툴거리면서 또 다음 차를 기다리느라 목을 길게 빼고, 버스 오는 쪽으로 고개를 반쯤 돌린 채 시계를 보거나 핸드백 고리를 만지작거리며 서 있다. 더러 안경잡이는 안경을 코끝 위로 살짝살짝 밀어 올리기도 했다. 금세 또 미끄러져 내려오더라도.

잠시 뒤 그도 버스를 탔다. 그를 태운 버스는 계속 앞으로 내달렸다. 버스 안에서는 사람들이 내뿜는 체취와 열기가 버스가 내뿜는 기름 냄새와 섞여 콧속을 간질간질 자극해 왔지만, 웬일인지 코보다 뱃속이 더 못 견디게 되었다. 겨우 발 딛고 서 있는 것만도 다행인지라 제자리에 폭 주저앉아 버리고 싶어도 앞뒤 사람 틈에 워낙 꽉 끼여 있어서 몸이 밑으로 내려가 주지를 않았다.

그의 턱 아래에는 키 작은 사내가 담뱃내와 술내를 지독하게 내뿜으며, 게다가 졸려서 그런지 눈을 감고, 아니면 너무 팍팍한 출근길이 괴로워 그런지 이맛살을 찌푸리고 끄덕거리며 서 있었다.

그는 자꾸만 속이 울렁거려 내릴까 말까 망설이면서 천장 손잡이를 잡은 채 버스가 출렁이는 대로 같이 출렁거렸다. 조금만 더 가자. 조금만 더. 아직 변두리를 벗어나지 못해 내리는 사람은 없고 타는 사람만 있어 그의 기운으로는 사람들 사이를 비집고 내릴 형편도 못 되었다. 어차피 사람들이 많이 내리는 도심지 정류장까지 견디며 가야 했다.

왜 이럴까? 아침에 잘못 먹은 것도 없는데 안 하던 차멀미를 다 하고. 그는 이를 악물고 아랫배에 힘을 줬다. 그리고 차근차근 머릿속으로 신문을 뒤적였다. 정치면? 힘센 놈들 만날 억지 부리는 얘기뿐. 경제면? 에잇 씨팔, 배부른 놈들 돈지랄하는 얘기. 외신면? 양코배기들 끊임없이 힘자랑하는 것 뭐 하러 우리

신문에까지 박아. 또 씨팔. 사회면? 야, 죽이는구나 죽여. 허구한 날 죽고 죽이는 일. 칼 든 강도 얘기에 펜대 하나로 남의 살 파먹는 벌레 같은 놈들 얘기. 조간신문에는 어제 삶의 찌꺼기가 모래알 박히듯 촘촘히 박혀 있다. 이 버스 안에 쑤셔 박힌 사람들처럼.

구역질. 구역질. 참자. 음, 음, 음…….

냄새 풍기는 턱 밑의 키 작은 사내가 되레 돌아선다.

살과 살이 맞물려 꼬이는데 내 상판대기 안 보려고 그러는지 몸을 비틀며 돌아선다. 그러든 말든 머릿속 탐험은 계속된다. 별로 유쾌한 탐험은 아니어도 버스에서 내릴 때까지 포기하지 않는 게 그의 오랜 습성이다.

신문에 사람들이 빽빽하게 실려 있듯 이 차에도 사람들이 빽빽하게 실려 있다. 같은 차를 타고 가지만 이름도 성도 직업도 아무것도 모르고, 서로 살을 맞대고 냄새를 공유하고 좁은 공간 나누어 쓰지만 결국 내가 아닌 남. 그러면서도 또 이렇게 맞물려 살듯 차에 탄 순간부터는 우리가 되는 사람들. 그는 머릿속에서 신문을 접었다.

버스가 한강을 지나면서부터 하나 둘 승객들을 토해 냈다. 사람들은 후유 하고 한숨을 쉰다. 지옥 같은 만원 버스 속에서 탈출하는 게 무척 다행이라는 듯. 그러나 또 기다리고 있다. 다만 잠깐잠깐 잊지만 지옥은 또 기다리고 있다. 사람들이 가는 곳이면 어디든. 버스의 승객이 점점 줄어들었다. 그도 운 좋게 자리 하나를 얻어 앉았다. 자리에 앉자마자 얼른 창문을 열고 고개를 내밀었다. 억지로 참던 구역질을 해 버렸다. 뱃속에 들어 있던 지옥이 버스 창문 밖으로 토해져 흩어졌다.

잘 가라, 지옥이여. 웩, 웩, 웩…….

운전사가 거울을 통해 눈살을 찌푸리며 흘끔 쳐다보는 듯하다. 하지만 그는 언제나 앉아서 가는 사람. 아무리 지옥행 버스라도 운전사만큼은 앉아서 간다. 어이구, 이제 조금 살 만하네. 조금 살 만하니까 다시 더듬는다. 어제의 세상살이. 그는 어제 월급을 탔다. 거기서 탁 막혔다. 탐험을 더 할 수 없다. 월급만 생각하면 다시 지옥이다. 탐험의 대상이 되지 않는 지옥. 생각하기 싫다. 탐험이 될 만한 것만 골라서 다시 더듬는다. 하지만 한 번 막히니까 잘 더듬어지지 않는다. 에라, 모르겠다. 졸음이 밀려왔다. 고개를 끄떡거리며 졸았다.

그는 졸아도 버스는 졸지 않고 계속 달렸다. 얼마나 달렸을까. 한참 달리고 난 뒤 버스가 끽 하고 멈췄다. 앞좌석 등받이에 가슴팍을 한 번 찧고 다시 중심을 잡았다. 운전사 양반 돌아보며, 내리쇼, 다 왔소.

그는 둘러보았다. 아무도 없다. 종점이다. 어쩌다 여기까지 와

버렸나? 회사까지는 다시 차를 타야 한다. 그는 얼른 뒷문으로
뛰어내렸다. 그의 좁은 어깨 위로 아침 햇살이 쏟아졌다. 좁은
지옥에서 넓은 지옥으로 또 한 걸음. 햇살은 모른다, 내 사정을.
느닷없이 방귀가 터져 나왔다. 뱃속의 지옥은 끝났나 보다.

그는 가던 발걸음을 멈추고 담배를 찾았다.

그런데 와이셔츠 주머니에 넣어 두었던 담배를 꺼내려고 윗도
리를 벌리자 윗도리 안주머니가 터져 있었다. 그는 깜짝 놀라 오
른손으로 재빨리 왼쪽 안주머니 부근을 더듬었다. 낭패였다. 주
머니는 짝 벌어져 있고 거기 있던 지갑은 벌써 종적을 감추고 난
뒤였다. 누가 이런 짓을? 담배를 한 개비 뽑아 물었다. 쓰다. 도
대체 담배 맛이 나지 않는다.

아까 턱 밑의 키 작은 사내? 맞다. 술 냄새에 담뱃내 풍기며
턱 밑에서 비틀어 대던 그 사내. 그렇다. 그 사내 짓이다. 내 속
이 울렁거릴 때 그는 더듬었다. 나의 최소한의 품위를 유지하게
하던 내 안주머니를. 거기 지갑 속에는 만 원짜리 두어 장하고
천 원짜리 서너 장이 들어 있었을 게다. 어제 월급을 탔고, 아내
한테 용돈을 탄 것이 오늘 아침. 그게 바로 오늘 아침이었다. 그
래서 아직 만 원짜리가 제대로 남아 있을 때다.

내 점심값으로 대부분 지출되는 용돈을 그 사내는 어디다 쓰

려고 훔쳐 갔을까? 그에게도 아내는 있을까? 나는 또 저녁에 아내에게 얼마나 구걸을 해야 할까. 칠칠찮게 소매치기나 당하고……

지갑 속에 또 뭐가 있었더라? 그래, 알량한 명함 쪼가리 네댓 장에 불심검문 때 사람 몸뚱이의 보증을 서 주는 주민등록증. 그런 것이 더 들어 있었다.

픽 웃음이 새나왔다. 그 사낸 쓰잘데없는 것에 손을 댄 거야. 돈 2만 몇천 원으로 며칠이나 살겠다고. 자기 각시 속옷이라도 한 벌 제대로 사 가려나? 그건 잘 모르겠다. 도둑질하는 놈들이 자기 처자식은 끔찍이도 아낀다니까. 내 명함으로 설마 자기 인생을 대신하지는 않을 테고. 주민등록증? 더구나 그런 것은 어디에서도 돈이 되는 게 아니니 그냥 우체통에라도 넣어 주려나? 모르지. 전과 몇 번 이렇게 되면 주민등록증을 위조라도 해서 어디 취직하려고 일부러 그걸 훔쳤는지. 이 사회가 아직 전과자 같은 사람들을 바른 눈으로 쳐다보질 않으니까. 그렇다면 그는 내 사진을 뜯어 내고 자기 사진을 붙여서 나로 행세하며 취직을 해 처자식 먹여 살리며 자-알-산-다? 잘 살 수 있을까? 그렇게 되면 나는, 내가 나냐, 주민등록증이 나냐, 그가 나냐? 경찰은 늘 주민등록증을 나로 취급해 주던데……

그는 바지 주머니에 손을 넣어 버스 요금이 되나 하고 동전을 헤아렸다. 다행히 여러 닢이 손에 잡혔다.

다시 시내 쪽으로 가는 버스를 타고 회사를 가야 하나? 우선 집에 전화해서 별일이 없는지부터 확인해야 하나? 그는 하루에도 두어 번씩 꼬박꼬박 집에 전화를 한다. 그의 아내가 조금이라도 늦게 전화를 받으면 그는 불안하다. 지금 자기가 소매치기를 당했으니 집에도 무슨 일이 났는지…… 불안하다.

그러나 그는 전화를 걸 수가 없다. 분명히 소매치기당했다는 소리가 자기 입에서 튀어나올 것 같고, 그 다음엔, 어휴, 안 들어도 뻔하다. 기차 화통 삶아 먹은 듯한, 70킬로그램이 넘는 아내의 육중한 목소리. 따따따따 —.

에잇. 발길에 채이는 빈 우유팩을 찼다. 우유팩은 길 건너편으로 날아가서 떨어졌고, 그 순간 길 건너 건물 너머의 산을 보았다.

산.

언제나 거기 있는. 그러나 우리는 산이 거기 있다는 것을 늘 잊고 산다. 항상 거기 있는 것은 늘 잊게 마련이다. 아쉬운지 어쩐지조차 모르고 사니까. 아침 산은, 더구나 초록의 옷을 잔뜩 차려입은 산은 아침 햇살 사이로 더 신비하게 비쳐졌다. 가자, 저 산, 저 산으로. 오늘 같은 날은 회사 가는 것이 아니다. 암, 아니고말고. 아침부터 나를 도둑맞았는데 내가 왜 회사에 가서 내 노릇을 하고 앉아 있냐. 그럴 이유가 없다.

자, 나는 저 산으로 간다. 회사 사무실에서도 멀리나마 보이던 산. 그런데 내가 지금 저 산과 아주 가까운 곳에 와 있다. 버스 종점은 늘 변두리에 있으니 그 덕에 지금 내가 여기 와 있지 않느냐.

저 산엔, 저 산엔 소리가 있을 것이다. 나의 억눌리고 답답한 가슴에 시원한 대답을 안겨 주는 소리가 있을 것이다. 뭇 사람들이 아무 의미 없이 외쳐 대는 소음이 아니라 소리가 있을 것이다. 모두의 가슴속에 흐르는 소리, 모두의 가슴속을 하나로 꿰뚫어 주는 소리. 더구나 도시의 사람들, 물건들, 자동차들, 기계들이 시도 때도 없이 뱉어 내는 소음이 아니라 그런 것들에 지친 가슴을 시원하게 해 주는 상쾌한 소리가 있을 것이다.

자, 탐험이다, 이제부터. 세상 탐험이 아니라 소리, 산이 안고 있을 소리를 탐험하는 거다. 지옥은 이 세상에 있다. 이 세상을 품고 있는 저 산에는 지옥이 없을까? 아니, 이 세상에서 한 발짝 물러나 있는 저 산에는 지옥이 아직 생기지 않았을 거야. 암, 암, 암. 그는 시내 쪽과는 반대 방향으로, 회사와는 점점 멀어지는 쪽으로 발길을 재촉했다. 그냥 발걸음이 가벼울 뿐 아무 생각도 없었다.

문득 어린 시절 시골에서 살던 때가 생각났다. 보리가 팰 무렵, 보리밭 깊숙한 곳에 책보자기를 펼쳐 놓고 드러누워 맑은 봄 하늘 쳐다보며 맘껏 공상을 즐기면서 학교를 빼먹던 중학생 시절. 얼굴엔 한창 여드름이 뾰족뾰족 피어올랐고, 늘 먹어도 배가 고팠지. 종다리가 힘껏 공중에 떠오를 때면 더욱 시장기를 느껴 그는 책과 뒤엉킨 도시락을 꺼냈다. 새까만 보리밥에 고추장을 버무리고 총각김치 한 쪽 베어 물면 그야말로 꿀맛이 따로 없었다.

그런데, 오늘은 점심도 없다. 오늘 점심은, 아마도 그로 행세할, 키 작은 사내가 먼저 먹어 버렸다. 그래서 그는 오늘은 굶어야 한다. 그래도 낫다, 지금은. 뱃속이 부글부글 끓지 않아서, 눈알이 핑핑 돌지 않아서. 과장 얼굴, 계장 얼굴, 하이고, 고 상판대기들 오늘은 안 보리라.

오나가나 상판대기들뿐이었다. 집에 있으면 마누라 상판대기, 회사에 가면 고 인간들 상판대기, 신문을 들면 또 사기꾼 같은 인간들의 얼굴들, 아니 상판대기들. 최소한 오늘은 해방이다, 상판대기들에서. 그렇게 되니 참 고맙다.

키 작은 사내. 그로 행세할, 어쩐지 그런 생각이 드는, 그 사내여. 당신은 또 누구의 생활을 더듬고 있는가. 아니, 탐험하고 있는가, 꾼이여!

2

그는 아침 일찍 일어났다. 여느 사람처럼.

그렇지만 다른 사람처럼 정해진 곳으로 출근을 해야 하는 건 아니다. 그래서 아침이면 그의 머릿속은 복잡하다. 오늘은 어디로 갈까? 어디로 가야 밥을 좀 만날까?

그도 역시 화장실엘 간다. 신문을 들지 않은 채.

그는 신문 보기가 겁난다. 가끔 같은 업종의 패거리들이 저지른, 어떨 때는 그 자신이 저질러 놓은 일들이 신문 사회면에 날카로운 칼자국처럼 각인되어 그의 가슴을 찌른다. 덜컥, 가슴이 내려앉고, 눈앞에 섬뜩한 빛이 지나간다. 번개가 스치는 것처럼 천둥 소리, 우르르 쾅! 그래서 그는 신문 같은 건 안 본다. 신문을 보노라면 밥을 챙길 수 없다. 신문은 그에게서 밥을 빼앗아간다.

마음이 약해져선 안 된다.

그의 직업은, 직업? 직업이라고 할 수 있나? 직업이란, 일상적으로 종사하는 업무나 자기의 능력을 바탕으로 어떤 목적을 위해 일하는 것. 그리하여 돈도 나오는 것. 즉 밥을 위해 늘 하게 되는 일이 이름 하여 직업이다. 이렇게 직업을 정의하면 그가 하는 일도 직업이 되는가?

그는 생각한다. 자기가 하는 일도 직업은 직업이라고. 다만 직업치곤 염치 없는 직업이라고.

그도 자기 일을 통하여 밥을 구한다. 그 일 덕분에 자신의 배를 채우고 아내와 새끼들에게 서방과 아비 노릇을 한다. 밥을 물어다 줌으로써.

그의 직업은 1차 산업이다. 손이라는 신체 도구에 면도칼이라는 연장을 결합하여 가장 원시적인 방법으로 다른 사람의 신체에서 밥을 채취하므로. 그렇지만 어찌 보면 3차 산업인지도 모른다. 사람들, 수많은 사람들을 상대한다. 다만 주고받는 거래가 효익과 비용의 관계가 아닐 뿐. 그는 사람들에게서 밥을 가져오고, 대신 허탈감 또는 분노를 안겨 준다. 양적인 거래와 음적인 거래가 동시에 발생한다. 그는 양을 취하고 다른 사람들에게는 음을 안겨 준다. 그것도 거래는 거래다. 사람들을 상대로 한. 그래서 어찌 보면 3차 산업인지도 모른다. 그러나 소득의 재분배, 이런 거창한 역할을 하는 건 아니다, 라고 말할 수밖에. 왜냐하면 그가 밥을 빼앗아 오는 사람이 그보다 반드시 낮게 사는 것이 아니고, 더구나 그가 그들에게서 밥을 빼앗아야 할, 소득을 재분배해야 할 아무런 이유가 없기에. 다만 자기는 마이너스를 안겨 주고 플러스만 취하는 일방적인 거래의 당사자가 될 뿐이다. 그

러나 분명한 건 그 일 덕분에 자기와 가족이 밥을 먹고산다. 그
래서 직업이라고 생각한다.

이제 그의 직업은 다 드러났다. 그의 직업은, 짐작했겠지만,
소매치기꾼이다. 윤리적 판단이 끼어들지 않는다면 직업이라고
할 수 있지만, 역시 직업이란 사회적으로나 윤리적으로 용납되
어야 하는 것이기에 어쩌면 또 직업이 아닌지도 모른다. 어쨌든
그는 밥을 구한다. 밥이 있어야 산다. 그는 그 밥을 교묘한 손재
주와 면도칼을 통해 얻는다.

그는 화장실에 앉아서 오늘의 첫 밥그릇을 어디서 챙길까 궁
리한다. 108번? 88번? 77번? 아니, 지하철? 번뇌다. 아침 이 시
간, 변기에 걸터앉아 하루의 첫 출발을 어디서 할까, 궁리하는
것도 번뇌는 번뇌다. 에이 씨팔, 이 짓 안 하곤 살 수 없나?

어제 저녁에 마신 술기운이 덜 사라졌다. 고약한 술내가 그의
입과 코에서 풍긴다. 그러나 어쩔 수 없다. 대충 양치질을 하고,
아침 일찍 출근하는 대부분의 사내들처럼 마누라에게 눈 몇 번
흘기며 신경질을 부리고 나서, 아침은 대충 뜨는 둥 마는 둥 하
고 버스 정류장으로 발길을 떼어 놓는다.

그는 아내와 새끼들에게는 자기 직업을 차마 소매치기꾼이라
곤 말하지 못한다. 그저 조그마한 회사의 외부 영업 사원, 버스
나 사람이 많이 모이는 곳에서 이것저것 올망졸망한 물건을 싸

구려로 파는 영업직 사원이라고 해 놓고 있다. 그래도 아내는 대충 낌새를 알아채고 있는 듯. 그러나 입 밖으로 그의 직업을, 또는 회사 위치나 이름을 따진 적이 없다. 다행히 새끼들은 아빠가 진급도 못 하고 벌이도 별로 시원치 않은 회사의 말단 사원이려니 할 뿐 아무도 눈치를 채지 못했다. 영업 사원은 워낙 이곳 저곳 옮겨 다니기를 잘 하므로 가끔 집에서 며칠씩 드러누워 있으면 다음 직장을 찾을 때까지 쉬는구나 할 뿐. 역시, 그는 그의 손으로 벌어 온 밥으로 가정 생활을 공유하고 하루의 반을 집에서 서로 나누어 살지만 혼자다! 혼자다! 라고 생각한다.

아침 버스 정류장에는 언제나 그러하듯 아직 잠이 덜 깬 사람들이 껌벅껌벅 맥 풀린 눈동자를 굴리며 서 있었다.

사람들은 될 수 있으면 사람이 덜 탄 차를 향해 뛰어간다. 그러나 그는 다른 사람들과는 반대 방법으로 차를 탄다. 우선 사람들이 빽빽하게 가득 찬 차를 고른다. 그리고 목적지를 보며 모가지를 길게 내뿔을 필요도 없다. 어느 방향으로 가든 사람만 많으면 그만이다. 백팔번뇌의 지옥행이든 팔팔 뛰는 올림픽대로행이든 칠칠찮은 미아리행이든, 사람만 많으면 첫 작업장으로는 그만이다.

첫 작업장에서 실패하면 새로운 곳, 전철 노선도를 더듬으며 지하철역으로 가기도 한다. 동굴처럼, 무슨 배선도처럼 어지러운 지하철 노선도를 보며 이리 끼어들고 저리 끼어들며 탐험하듯 새 작업장을 찾아가기도 한다.

그는 오늘 백팔번뇌의 지옥행 버스를 탔다. 108! 108! 108이다! 번뇌의 세상. 그렇지. 어떻게 살든 번뇌의 세상이지! 사내 하나가, 자기보다 모가지 하나쯤 더 달린 듯 키가 큰 사내 하나가 앞에 서 있다. 누가 물어 보지 않아도 영락없이 확실한 월급쟁이다.

그 사내는 아마 허리가 튼튼하지 못한 모양이었다. 아니면 아침 먹은 게 속을 온통 뒤집어 놓았거나. 멀미를 하는 건가? 오만 상을 찌푸리며 흐느적흐느적, 곧 허리가 부러질 듯, 아니면 목구멍으로 엊저녁에 먹은 것까지 다 게워 낼 듯한 인상이다. 그렇지, 이럴 때 접근한다.

그의 작은 키는 그 사내의 가슴팍 있는 곳에 서 있기 딱 알맞다. 어쩜 조물주는 나를 이렇게 맞춤으로 내보냈을까?

그 사내는 정신이 없다. 서 있는 것만도 대단한 인내와 노력을 요하는 듯하다. 그는 사내의 윗도리를 노렸다. 손가락 사이에 끼워 놓은 면도칼로 쓰-윽 안주머니를 땄다. 따뜻한 감촉의 지갑이 잡혔다. 주의를 돌리기 위해 입을 벌려 엊저녁 술내와 찌든 담뱃내를 사내의 턱 아래 쏟아 놓는다. 그새 딴청을 피우듯 몸을 돌려 자세를 바꾼다. 차는 계속 아무 일 없이 잘 달린다.

그는 다음 정류장에서 내렸다. 일단 한 건 올리면 더 욕심부리지 않고 바로 내리는 게 그의 영업 철학이다. 영업? 철학? 그런 건 아무래도 좋다. 그는 이론 같은 거나 관념적으로 따지는 놈팽이가 아니다. 오직 실천만이 밥이다!

사내의 윗도리에서 챙겨 온 지갑을 열었다. 배춧잎 같은 만 원짜리 두 장에 꾸깃꾸깃한 천 원짜리 석 장. 지옥행 백팔 버스는 언제나 이 정도의 밥을 품고 있는 사람들이 이용한다.

그는 이미 꾼. 척 보면 아는 꾼이다. 뭐가 됐건 이놈의 사회에선 꾼이 되지 않고서는 살 수가 없다.

지갑 속에는 실속도 없는 명함 몇 장에 머얼건 사내의 눈알이 박힌 주민등록증이 들어 있다. 요런 것 가지고 내가 영업할 건 아니니까 명함 쪼가리는 북 찢어서 길가 가로수 밑 쓰레기통에 집어 넣고 주민등록증은 다시 돌려준다. 다행히 아직은 나도 어엿한 주민이다. 서울 특별시장의 직인이 쾅 박힌 주민등록증을 나도 가지고 있다. 아직은, 아니 어쩌면 영원히! 나는 잡히지 않을 거니까. 일부러 잡혀 주기 전엔. 그래서 감방은 절대로 안 간다! 그래서 사내의 주민등록증은 내게 이용 가치가 없다. 남의 나이, 주소, 알아서 뭐 하나? 그래서 크게 인심을 쓰는 척 가까운 곳의 우체통, 그래 우체통이다. 뼈얼건 모자를 뒤집어쓰고 아가리 벌린 채 하루 종일 길거리에 서 있는 우체통에 푹 넣어 버렸다. 지갑은 살짝 실례. 주민등록증이야 얼마든지 다시 발급받을 수 있지만, 그것 다시 발급받기가 조금은 귀찮고 기간도 일주일쯤 걸린다. 그래서 최소한 그 기간 동안 소매치기당한 사람들은 아직 적개심을 품고 있다, 나와 같은 꾼에게. 그래서 얼른 잊어버리라고 주민등록증은 즉시 보내 준다. 우체부를 시켜서, 암시켜서, 우체부 아저씨를! 그러면 웬만한 지역에서는 모두 이삼일이면 주민등록증이 원래 주인에게로 돌아간다.

흐흠, 지옥에서 탈출이다. 늘 하는 짓이지만, 남의 가슴팍 더듬고 있노라면 어서 작업 끝내고 빨리 지옥에서 벗어나고 싶다. 버스가 멈추기가 무섭게 얼른 뛰어내리고 나면 그제야 후유, 안심이다. 비로소 아침 햇살이 느껴지는 순간이다.

어디 가서 국밥 한 술 뜨자. 어차피 누구 입이든 요 배추 이파리는 밥이 되어 목구멍으로 넘어갈 것 아니냐.

몇 걸음 걷자 해장국집이 나온다. 아줌마, 여기 국밥 하나! 아이고, 속쓰려라. 손님, 어젯밤에 과음하셨나 봐? 히히, 그렇소. (당신이 내 속을 알 게 뭐야?) 적당히 그렇고 그런 사내가 된다. 출근하자마자 지난 밤 술독이나 다스려야 하는. 어허, 잘 먹었다.

해장국집을 나서니 멀리 한강이 보이고 햇살은 다시 도시의 길을 점령하고 있다. 모두들 부지런히 사는 듯. 바쁘게 요리조리

걷고 뛰고 더러는 택시를 기다린다.

그는 어디로 갈까, 길 위에서 문득 어깨를 움츠린다. 갈 곳이 없다, 이 시간에. 집에는 못 간다. 보란 듯이 출근했는데. 벌써 몇 번인가 영업이 잘 안 된다고 낮에 집에 들어가서 뒹군 적이 있다. 저녁 시간 때까지.

그런데 저녁에는 영업이 쉽지 않다. 출근 시간은 거의 같은 시간대에 몰려 있어서 한꺼번에 붐비지만, 퇴근 시간은 각양각색으로 저마다 다르다. 그래서 그는 아침엔 꼭, 저녁엔 경우에 따라서 일한다.

그렇다면 오늘은? 집에 가긴 뭣하고 어디 가서 저녁때까지 기다려 볼까? 집에 전화나 해 볼까? 여느 사내처럼 보통 날 아침엔 여보 별일 없지? 응, 나, 오늘은 일이 잘 될 것 같아. 벌써 하루 매상 올렸어. 그렇지 뭐. 응, 응, 알았어, 이렇게 마누라에게 자기를 알리고 걱정해 주고 눙치며 그렇게 산다. 근데 오늘은 전화하기가 좀 이른 것 같다. 조금 더 있다가 하자.

그는 늘 지옥과 자기의 손님을 생각한다. 괴로운 지옥이여! 고마운 손님이여! 당신들 덕에 나는 또 이렇게 살고 있소이다. 세상에서! 세상에서!

3

산이 거기 있었다. 서늘한 가슴으로.

그는 발길을 재촉했다. 어서 이 지옥을 떠나자. 너나할것없이 염라대왕 같은 표정으로 서로를 잡아먹으며 사는 이 곳. 이 곳에는 소리가 없다. 뒤틀리고 억눌린 마음을 풀어 주는 북 소리처럼 부드러운 소리, 가슴속 시린 곳까지 스며드는 소리가 없다.

자, 간다. 진정한 소리로 가슴의 답답함을 뚫기 위해 저 산, 저 산으로!

출근 시간이 조금 지난 듯, 거리에는 사람들이 뜸해지고 시내로 나가는 버스에도 사람들이 별로 타지 않은 것 같다. 그는 거리를 걸으며 힐끔힐끔 가게 진열장이나 가게 안을 쳐다보았다. 거기에서도 사람들은 하루를 준비하는 듯 청소를 하고 진열 상품을 이리저리 옮기고 하며 부산을 떨고 있었다.

아침 시간은 언제나, 누구에게나, 어디서나 바쁘고 또 온갖 탐험을 하는 시간이기도 하다. 어떻게 하면 손님들을 이 가게 안으로 끌어들일 수 있을까. 어떻게 하면 물건들을 손님 마음에 들게 배치할 수 있을까. 어떻게 하면? 어떻게 하면? 머릿속으로 끊임없이 어떻게 하면? 하고 탐험을 한다. 계속. 매일. 쉬임 없이. 먹고살기 위해서……. 더러는 먹고살기 위해서가 아니라고 하기도 한다. 진짜로 일이 좋아서, 아니면 성취감을 맛보기 위해서라고 고상한 이유를 대기도 한다. 그런 건 아무래도 좋다. 어떤 사고방식으로 살든 탐험하는 건 사실이니까.

　이럴까 저럴까. 이렇게 할까 저렇게 할까. 지옥에서는 매사가 그런 식이다. 그래서 서양의 어떤 남정네는 '나는 생각한다! 고로 존재한다'고 했고, 또다른 서양의 어떤 영감탱이는 자기 작품 속에서 '노력하는 한 방황한다'고 지껄였다. 좋다. 뭐라고 둘러대건 대가리 굴리며 열심히 탐험하는 것 아니냐, 어차피 살아 있는 한은. 길가의 가게들을 들여다보며 이 생각 저 생각 하다 보니, 그는 어느새 산 어귀까지 와 있었다.

　산 어귀에는 이제 막 늙어 가고 있는 중늙은이들이 벌써 삼삼오오 모여서 뭐라고들 떠들고 있었다. 더러는 앞니가 두어 개씩 빠져, 그 목숨이 세월 닳듯 저 이하고 같이 빠져나갔구나, 아니면 저 잇새로 젊음이 시나브로 새어나갔구나, 라고 여겨졌다.

　쭈글쭈글한 이마빡의 주름살, 그 골 하나하나마다 탐험할 만한 수많은 삶의 역정을 새기고 있었고, 손에는 슈퍼마켓 비닐 봉지 또는 동네 고깃집 같은 데서 사은품으로나 받았음 직한 싸구려 포대 자루가 들려 있었다. 아마도 점심거리나 참거리인 성싶었다. 그래도 저들은 며느리가 내보낼 때 먹을 거라도 조금은 챙겨 주는 듯.

그들의 어깨 위에도 아침 햇살이 쏟아져 내렸다. 햇살이 쏟아지는 소리가 분명하게 들려왔다. 세상 살아 있는 것은 모두 소리를 낸다. 죽어 있는 것은 소리를 내지 못한다. 그저 남에 의한 소음의 도구가 될 뿐. 치는 대로, 문지르는 대로 나는 소리. 그것은 소음이다. 아, 상쾌한 아침. 소음에서 벗어나자. 지옥에서도!

그런데 산 어귀에는 지나 온 도시의, 아니, 지옥의 찌끼가 아직 남아 있었다. 김밥이요, 김밥! 모자요, 모자! 음료수요! 아침인데도 어디서들 모여들었는지 도시의 거리와 시장통에 널려 있던 물건들이 여기에 또 모여들었다.

먹고 마시고 걸치고 하는 데서 찌꺼기는 태어난다. 찌꺼기는 언제나 종속 변수다. 뭔가 투입하는 데서는 반드시 발생하게 되는 값. 그 매개체는 인간이다. 인간은 어쩌면 찌꺼기를 만들기 위해서 태어난 존재. 그러면서, 찌꺼기 공장으로 살면서, 잘도 잊는다. 지옥의 삶을.

그는 서성거려 본다. 누구 하나 자기를 알아볼 리 없고, 당장 무엇 하나 사야 할 필요를 느끼는 것도 아니면서, 사실은 무얼 살 수 있는 주머니 사정도 못 되면서, 누군가 자기를 쳐다보는 것 같고 또 뭐든 사야 할 것 같고 뭐든 살 수 있을 것 같은 생각에, 산으로 곧장 올라가지 못하고 절 마당처럼 널찍한 산어귀의 한 공간에 자신을 세워 놓았다.

그는 지금 도시의 목구멍 같은 곳에 와 있는 듯했다. 자꾸만 재채기가 나올 듯한 목구멍. 그 목구멍 자리에 지금 서 있다. 신선한 공기가 폐를 돌아서 뱃속에 꽉 찰 때 간질간질한 목구멍, 그 목구멍에 지금 서 있다. 도시의.

그는 어차피 도시인이다. 그러나 그 도시는 그에게 가슴을 닫게 했다. 가슴을 닫고, 오그라들고 오그라들게 하여 이제 병아리 가슴만하게 졸아든 가슴을 그에게 간직하도록 강요했다. 싫었다. 하지만 별 도리 없었다.

그 도시, 그 도시의 골목에서 숨쉬고 살기에 좋은 좁은 가슴이 필요했다. 쉽게 닫을 수 있고 쉽게 졸아들 수 있는 가슴. 좁은 가슴. 그러나 그 가슴속에도 꿈은 있었다. 꿈? 들어 본 지 참 오래됐지만 분명 꿈은 있었다. 그 꿈이 매일 그를 아침 일찍 일어나게 하고 희멀건 얼굴의 사내로 삼십 년을 살게 했다.

그는 지금 만 서른 살이다. 서른 살은 참으로 어정쩡한 나이다. 살아온 날보다는 살아갈 날이 많은 듯 보이기도 하지만, 살아온 날도 참 길게 느껴질 때가 있다. 그래서 쉽게 포기하기도 덤벼들기도 뭣한 나이다. 그렇지만 분명 아직은, 아직은 젊다. 늙은이처럼 살기에는.

산 어귀 한편에서 갑자기 뽕짝 노랫소리가 들렸다. 아침 이 시간에? 커다란 녹음기를 둘러멘, 젊은 여자애도 두서넛 섞인 패가 몰려왔다. 아마 수업 빼먹은 대학생이거나 오늘 비번이라서 하루 쉬러 온 노동자일 것이다.

겉모습으로 사람들의 신분을 파악할 수 있던 것은 1960년대 또는 70년대 이야기다. 지금은 그렇게 해서 사람을 판단하지 못한다. 더구나 말투는, 대학생이고 술집 종업원이고 직장인이고 간에 타락할 대로 타락하여, 아니 평준화되어, 그 사람의 준거집단을 잘 알게 해 주지 않는다.

모두들 소음과 적당히 타협하고 사는 이 시대. 지금은 분명 소음의 시대다. 틀면 쏟아진다. 어디건 무엇에서건. 지금 여기서는 카세트라는 녹음기에서 막 소음이 쏟아진다. 소음이, 노래인지 악인지 고래고래 목을 따듯 외쳐 대는 소리가, 아니 소음이.

산은 막 찡그린다. 산은 귀를 닫는다.

그러나 그는, 귀를 닫지 못한다. 그의 귀는 이미 웬만한 소음에는 적응이 되어 있다. 그래서 닫지 못한다. 아니 닫히지 않는다. 귀가 길들여지면 마음도 길들여진다.

그는 새로 구역질이 날 듯했다.

뱃속은 어쩐 일인지 길들여지지 않는다. 조금만 이상해도 뱃속은 반란이다. 차라리 반란에 길들여지는 게 나을 듯하다.

그는 등산로 입구가 표시된 철제 안내판 옆의 나무 의자에 앉았다. 중늙은이들은 좁은 산길을 따라 한 줄로 올라가고 있었고,

젊은 패거리들은 누구를 더 기다리는 듯 아예 큰 소리로 노래를 따라 하며 매점 옆에 퍼질러앉아 있었다. 저기 저 매점에서도 산을 파는 듯. 산의 모습을 담은 사진이 붙어 있고, 밑에는 영어로, 하필 영어로 상품을 표시한 필름 광고가 붙어 있다. 산을 많이많이 찍어 오라고.

몸이 휘청, 했다. 그의 뱃속에서 반란을 일으키는 소용돌이가 일었다. 그는 일어나서 공중변소를 찾았다. 급히 배를 움켜쥐고 뛰었다. 설사! 설사! 정말로 지옥 탈출이다.

4

그는 세상에서 살고 있다.

인간이니 사람이니 하고 불리는 동물들이 모인 세상에서. 그는 세상이 얼마나 고마운지 모른다. 자기 같은 사람이 먹고사는 건 순전히 세상 덕분이다. 세상이 잘못되어 모두들 도토리처럼 산다면 그는 아마 살아가기가 훨씬 힘들었을 것이다. 그렇다고 지금 사는 게 쉽다는 건 아니다. 지금도 어렵기는 마찬가지지만 최소한 처자식 굶기지 않을 자신은 있다. 세상 속에서라면, 지금 같은.

아침을 일찍 먹고 그의 작업장인 시내 버스에서 벌써 하루 일당을 대충 번 그는, 이 세상 어디에도 천국 또는 낙원은 없다고 생각한다. 그렇다고 이 세상이 모두 그가 작업을 벌이는 버스 안처럼 지옥의 순간으로 채워진 것만도 아니라고 생각한다. 세상은 적당히 지옥과 낙원이 어울려 있는 듯했다. 숨막히는 순간이 있는가 하면 잠시일지라도 살 만한 순간이 있긴 있다.

지옥? 낙원? 등골에서 땀나면 지옥이고, 입으로 담배 맛 느껴지면 그 땐 낙원이라구! 그는 뭐든 쉽게 생각하기로 했다, 가 아니라 늘 쉽게 생각한다.

사람들은 지옥을 탈출하여 낙원에서 살 꿈을 꾼다. 그러나 지옥이 없는 낙원은 이 세상에 없는 듯했다. 적어도 그의 경험으로는. 단지 지옥과 낙원이 동전의 앞뒤처럼, 또는 마누라의 태도처럼 뒤죽박죽. 그러면서도 그것은 오직 하나인 운명일 뿐. 어떨 때는 맑음. 어떨 때는 흐림. 지옥과 낙원도 그러하리라. 오늘 일도 그렇지. 남의 안주머니를 따는 순간은 지옥의 시간이라고 할 수 있지. 특히 '작업'을 마친 뒤 작업 대상자의 의심을 받지 않고 서 있으면서 다음 정류장을 기다리는 그 '순간'과, 그 버스 안의 '공간'에서 탈출하여 후유 하고 안도의 한숨을 내쉴 때는 낙원의 땅에 내렸다고 할 수는 없어도 최소한 지옥에서 벗어났다고 할 수는 있지.

나는 '직업'이 고상하질 못해서 이런 것 갖고 지옥과 낙원을 따지지만 세상만사 다 그런 것 아니겠어. 그렇다고 내가 두루뭉수리주의자는 아니야. 하루에도 지옥과 낙원의 상황과 감정을 번갈아 드나드는 나로서는 가장 실감나는 얘기일 뿐이라서……

그는 벌써 해가 아침 반나절은 되게 솟아오른 것을 느꼈다. 출근 시간이 지난 거리는 한가해서 좋았다.

봄이 익을 대로 한창 익은 계절임을 거리 곳곳에서 볼 수 있었다. 특히 여인들의 옷차림이 가볍다. 짧은 치마는 물론이고 벌써 반소매 차림도 많다. 그들은 늘 조금은 성급하게 군다. 그러나 오늘은 아주 적절한 옷차림이다.

버들가지는 축축 늘어져 있다. 이파리에는 물이 오를 대로 올라 봄이, 아니 벌써 초여름이 주렁주렁 열려 있다.

그는 자신을 고상하다고 느끼지도 않고, 그렇다고 급수 낮은 죄의식을 느끼며 살고 있지도 않은 사람이었다. 그저 적당히 구르며 사는 사람. 눈치껏 밥 챙겨 먹으며 사는 사람. 남에게는 자기 밥값 대신 2만 원이나 3만 원짜리의 분노 또는 좌절감을 안겨주지만 그렇게 해야 그의 처자식은, 아니 그 자신까지, 최소한의 일상적인 삶을 유지할 수 있다.

머리 뒤꼭지가 점점 뜨뜻해지는 것을 느꼈다. 아침 해장국에 적당히 풀어진 뱃속과 벌써 한 건 올리고 난 뒤의 넉넉함, 이런 것이 몰려와 다리도 풀렸다. 아침 햇살이 점점 뜨거워지고 있다.

　어디로 간다? 그러나 걱정도 잠시. 그의 발걸음은 벌써 강 쪽으로 가고 있었다. 아까 건너온 다리가 눈 앞에 길게 누워 있고, 그 밑으로 강물이 유유히 흘러가고 있다.

　저렇게 사는 거야. 샘물, 개숫물, 흙탕물, 잡탕물, 똥물, 오줌물 다 섞여도 흐르기만 한다면, 멈추어 고여 있지만 않는다면 썩진 않아. 썩지는 않지! 흘러, 흘러, 흘러, 무엇이 섞이든 흘러야 돼! 이 사회도 그래서 종말이 오지 않는 거야. 나 같은 놈 너 같은 놈 섞여 섞여서 계속 새로운 날들을 훌쩍훌쩍 디뎌 가며 살기에. 그 날이 그 날인 것 같아도 하루도 같은 날은 없어. 암, 없고 말고! 그런데 갑자기 개똥철학자가 되었나? 그런 쓸데없는 '탐험'은 금물이야. 우리 같은 직업에선 그저 '꾼'이면 돼, 꾼! 꾼! 꾼! 손놀림 잘 하는 꾼 말야. 입놀림이나 대갈통놀림이 아닌.

　그는 동물이고 싶다.

　땅 위에서, 앞으로 기어가는 동물. 머리만이 웃자라 닿을 수 없는 높은 하늘을 향해 부질없는 탐험만 계속하면서 한 곳에 붙박여 발 밑이 허약해지는 나무 같은 식물이 아닌, 동물이고 싶다. 머리만 턱없이 커지지 않고, 몸뚱이만 음지 식물처럼 길게 자라지 않는, 동물. 부지런히 발과 이빨을 놀리며 사는 동물. 그

러면서 마음껏 뛰어다니는 자유, 자유라고 부르자. 그런 자유를
누리며 살고 싶다. 발은 또 얼마나 튼튼한데! 그의 발은, 튼튼한
두 발은 이제 강둑 위에 섰다. 강 양쪽은 둑을 따라 잘 다듬어져
있었다. 파릇파릇한 잔디도 사람 손이 많이 간 듯 깔끔하게 정리
되어 있었다.

사람 손이 가는 건 사실 별로 좋은 게 아니다. 될 수 있으면 손
을 타지 않는 게 좋다. 후후. 그는 자기 손을 들여다보았다. 참으
로 재주 있는 손이다. 그 자신도 신기할 만큼. 잔디밭에 손이 가
면 잡초가 뽑히고 잔디는 다듬어진다. 사람에게 손이 가면? 뭐
가 되었든 내놓아야 한다. 그의 손은 잡초 같은 사람은 건드리지
않는다. 뭔가 있는 잔디만 건드린다. 그의 손은 용케도 잡초와
잔디를 구별한다. 그 스스로는 잡초, 아니 독초일지도 모르지만.

시민 공원이라는 강변의 잘 다듬어진 운동장에서는 울긋불긋
한 제복을 입은 젊은이들이 뛰어다니고 있었다. 아마도 어느 회
사의 단합 대회, 아니 노조 단합 대회 같은 것이 열리나 보다.

양쪽 골대 부근에 현수막이 걸려 있었다. '쟁취하자 노동 권
익! 단결했다 노동 형제!' 그리고 그 밑에는 '○○ 전자(주)'라고
덧붙여 쓰여 있다. 맞다. 오늘 단합 대회 하는 거야. 조그마한 회
사에 무슨 운동장 같은 게 있겠어. 그래서 여기 널찍한 곳으로
나와 하루 뛰기로 한 거야.

아닌게아니라 조금 있자 운동장 가운데로 백 명도 훨씬 넘을 젊은이들이 정렬했다. 그 중에는 여자들도 꽤 끼여 있었다. 누가 마이크를 잡고 뭐라고 한참 떠들고, 앞으로 또 한 사람이 나와 무슨 우승기 같은 것을 주고받자 박수 소리가 요란하고, 함성 소리, 휘파람 소리……. 아, 거기에는 건강한 삶이 있었다. 마음껏 웃고, 떠들고, 손뼉 치고, 그리고 이윽고 두 편으로 갈려 축구를 시작했다.

그는 거기서 더 내려다보고 있기가 왠지 서글퍼졌다. 자기도 튼튼한 두 다리로 힘차게 뛰어 보고 싶었다. 아직 두서너 시간은 거뜬하게 뛰어다닐 수 있을 것 같았다. 그런데, 그런데, 왜? 그는 고개를 저었다. 그는 꾼이다. 꾼도 산업 역군, 장사꾼, 짐꾼, 농꾼, 이런 꾼이 아니고 소매치기꾼이다. 맞다, 치기꾼이다. 늘 스스로에게 떳떳하다고 힘주어 말해 보지만 건강한 삶을 누리는 사람들 앞에서는 어쩔 수 없다. 그가 무슨 용빼는 재주가 있겠는가? 그러나 다른 사람과 비교하는 것은 금물이다. 냉혹한 이 사회를 살아 내기 위해선.

그는 강둑 아래를 걷기 시작했다. 강물이 찰랑찰랑 바람결에 흔들렸다. 그러면서도 쉬임 없이 아래로 흘러가리라. 위에서 아래로 언제까지나. 그것이 역사다. 흐르는 것, 그것말고 뭐가 있겠는가. 사람 사이에서.

잠시 발길을 멈췄다. 불량기 있어 보이는 어린 녀석들 몇이서 웅크리고 있었다. 다리의 교각 아래로 강물이 비켜 가는 으슥한 곳에. 여자아이도 끼여 있었다. 어디든, 남자 있는 곳에 여자가 안 끼는 곳은 없다. 이 세상에선.

기껏해야 열일고여덟 먹었을, 아직은 고등학생 정도밖에 안 될 녀석들이 킬킬거리고 있었다. 그들은 아직 이쪽을 의식하지 않는 것 같다. 뭔가 음산하고 음흉한 기운이 전해져 왔다.

그는 손재주 못지않게 눈치 또는 온몸으로 느끼는 감각이 뛰어났다. 아무나 그런 일을 하고 사는 게 아니다.

녀석들은 돌아가며 뭔가를 마시는 것 같았다. 술? 아니다. 술은 아니다. 술 마시는 자세가 저렇지는 않다. 맞다. 녀석들은 본드 같은 것을 들이마시고 있는 것이다.

예끼, 몹쓸 녀석들, 어린것들이 뭐가 부족해서 대낮에 그런 짓이나 혀. 이놈들아! 그는 자기도 모르게 소리지른다. 야, 이놈들아, 거기서 뭐 해, 시방! 엉! 녀석들은 별로 놀라는 기색이 없다. 되레 여자애 하나가 발딱 일어서더니 아저씨, 담배! 담배 있으면 하나 주세……. 말끝이 잘린다. 벌써 혀가 꼬부라졌다. 눈동자도 핑 돌아갔다. 아니, 허옇게 풀려 있었다.

그는 어이가 없었다. 예끼, 이런 고얀 것들. 다 짜고 난 본드 튜브를 발로 차 버렸다. 마음 같아선 이 녀석들을 전부 강물 속으로 차서 날려 버리고 싶다. 세상이 이제 다 된 거야. 이게 뭐냐. 말랑말랑한 뼈다귀에 환각제나 스미게 하고. 뼈다귀들 다 녹아나서 나중엔 대갈통까지 녹아 버리겠지. 에이, 경찰은 뭐 하냐, 만날. 저런 녀석들 단속하고 선도해야 할 것 아닌가. 선도? 픽 웃었다. 어쩌면 자기 자신도 선도의 대상이 아닌가.

이놈들, 후딱 꺼져! 녀석들은 생각보다 순한 놈들이었나 보다. 군말 없이 비실비실 흩어져 갔다. 녀석들이 앉았던 자리에는 담배 꽁초며 싸구려 주간지며 희한하게 머리를 틀어 올린, 배우인지 가수인지 하는 녀석의 사진이 있었다. 어디 잡지 같은 데서 도려낸 듯한.

그는 생각했다. 어른들이 아무리 타락하고 옆길로 새도 아이들만은 그래선 안 된다고. 장차 이놈의 나라 꼴이 어떻게 될 것인가. 그래서 그 자신도 무슨 짓을 하든 애들은 바로 키우려고 하지 않는가. 암, 애들은 바로 키워야지. 그래야 나라가 살지. 저런 녀석들 부모는 뭐 하는 사람들이냐. 애들이 학교에 가는지 무슨 짓을 하는지 늘 살피고 챙겨야 할 것 아니냐.

그는 다리 밑을 지나 천천히 강 하류 쪽으로 내려갔다. 사내 몇이 해가리개 모자를 쓰고 낚싯대를 드리운 채 시간을 죽이고 있었다. 에이 순! 열심히 일해야 할 시간에 태평하게 낚시질이라니, 도대체 저 더러운 강물 속에서 뭘 건지겠다는 거냐. 그는 픽 웃었다. 자기도 꼭 낚시꾼같이 살고 있는 게 아니냐. 세상이 더럽다 더럽다 하면서도 그는 그 더러운 사람들 틈에서 밥을 건지고 산다. 저들도 그런 심정으로 고기를 기다릴 것이다. 더러운 강물 속에서 결코 한가한 짓거리가 아닐 것이다. 그들 나름대로 뭔가를 기다리는 심정으로, 아니면 뭔가를 기어코 낚아야 할 심정으로 저러고 있을 것이다. 이해된다, 이해돼.

그는 담배 한 대를 피워 물었다. 강바람이 제법 시원하게 가슴을 파고들었고, 저 멀리 강 양쪽으로 우뚝우뚝 솟아 있는 고층 아파트에 햇빛이 반사되어 신비롭게 보였다. 안개인지 스모그인지 하는 것도 오늘은 별로 끼지 않아 정말 도시 전체가 깨끗해 보였다. 하기야 강물도 겉으로는 얼마나 깨끗해 보이냐. 가까이서 자세히 들여다보기 전에는.

도시란 멀리 한 발짝 물러서서 보면 깨끗하고 낭만적이고 환상적이다. 그러나 가까이 가서 보라. 아니, 그 속에서 살아 보라. 얼마나 더럽고 타락하고 음흉한 곳이냐. 낭만은 무슨 낭만.

그는 담배를 비벼 껐다. 요의를 느꼈다. 그는 바지춤을 까고 강물 쪽에 용무를 봤다. 쉬이! 그의 몸 속에 있던 찌꺼기가 쏟아져 나가는 듯했다.

5

그는 이제 아래로 쏟아 냈다.

뱃속이라는 지옥에 갇혀 있던 온갖 오물을 위로 토해 낸 지가 얼마 안 되는데도 아래로 쏟을 것은 또 따로 있었나 보다. 좍좍. 어이구 시원하다. 오물들이 다 쏟아져 나가고 나니 뱃속이 그런 대로 편해졌다. 뭘 잘못 먹어서 오늘 이 고생을 하나? 생각해 봐도 그리 잘못 먹은 게 없다. 그런데도 멀미를 하고 구역질을 하고 이젠 설사까지 하니……. 맞다. 대가리 속에 쓰잘데없는 것들을 너무 많이 쑤셔 박아 놓고 이리저리 온갖 탐험을 너무 많이 하다 보니 그리 됐다. 신경이 너무 곤두서 있다 보니 어지럼증이 일어 멀미를 하게 했고 구역질을 하게 했고 마침내 죽죽 설사까지 하게 했다. 아무튼 이젠 됐다. 몸이 아주 가벼워졌으니.

그는 산길로 접어들었다.

단단한 돌멩이가 발바닥에 밟혔다. 수천 수만의 사람들이 밟고 지나다녔을 돌멩이들. 그러나 아직도 단단하다. 아니, 그것들은 밟히면 밟힐수록 더 단단해져 왔다.

세월, 그토록 많은 세월을 거기 엎드려 있으면서 끽소리 한 마디 없이 그들은 산을 지켰다. 발바닥의 감촉이 따끈따끈했다. 계속 자갈길이 이어졌다. 비록 좁디좁은 가느다란 길이지만, 그 땅

속 깊이는 엄청날 것이다.

　아까 보았던 중늙은이들이 보였다. 역시 나이를 먹어서 발걸음이 가볍지 않았나 보다. 길 옆 너른 바위 위에 걸터앉아 쉬고 있었다. 하긴 바쁠 것도, 힘들여 기를 쓰고 산에 올라갈 필요도 없으리라. 벌써 입에 무얼 물고 오물거리는 사람도 있었다. 끝없이 먹어 댄다, 인간이라는 동물은. 늙어서 저 나이 되었는데도, 성하지 못한 이로도 인간들은 먹어야 산다. 먹고 부대끼고 싸고. 끝없는 순환의 틀 속에서 아무도 벗어나지 못하고 산다.

　중늙은이들 앞을 지나갔다. 그의 다리는 아직 튼튼하다. 최소한 저들보다는. 꼬불꼬불한 길을 따라 한참을 올라갔다. 가끔씩 길 옆 수풀 속에서 놀란 새들이 푸드득 하고 솟구쳐 올랐다. 덕분에 새들이 날아간 하늘을 보았다. 파아랗다. 공해가 어쩌고저쩌고하고 빌딩 숲에 가려 못 보던 하늘. 그런데 지금 여기서는 하늘이 보인다. 파아란 하늘이.

　그는 갑자기 날고 싶어진다. 저 새들처럼.

　새들은 자유를 누릴까? 나보다 많은 자유를? 내게 자유가 있나? 바쁘기만 하고 틀에 박혀 있기만 한 나. 내겐 자유가 없다. 그렇다면 저 새들은? 그들은 자유가 있다. 아무 데고 날아오르고 내려앉고 할 자유가. 최소한은 그렇다. 그러나 이렇게 사람들이 많이 다니는 산 속에 사는 새들은 늘 자유를 침해받는다. 마음놓고 어디에 앉아 있을 수가 없다. 인간이라는 훼방꾼들 때문에. 아, 인간이라는 동물은 스스로의 자유뿐만 아니라 다른 동물의 자유까지 빼앗고 있구나!

잠시 뒤 갈림길이 나왔다.

아 참, 그러기 전에 옹달샘이 하나 있었다. 약수터라고 하는. 비닐 음료수통, 플라스틱통들이 길게 늘어서 있었다. 이 곳도 경쟁이다. 맑은 물 한 모금 마시기도 힘들다. 사람들은 한 모금으로 거기 그대로 두고 만족하지 못한다. 자기 힘으로 지탱할 수 있는 최대한을 담아 가려 한다. 그래서 약수터까지 와서 줄을 서야 하고 기다려야 한다. 세상 참. 그는 기다렸다가 물 한 모금 마시기가 마땅찮고 하여 그냥 지나쳐 온 것이다. 그래서 이젠 선택을 해야 한다. 두 갈래 길. 결국 그는 하나의 길밖에 갈 수 없다.

하나의 길. 별 부담 없이 선택하고 들어서면 그만일 텐데 그는 습관적으로 또 머릿속을 돌린다. 이 길 저 길을 머릿속에서 미리 탐험해 본다. 한참 대가리를 굴려 보지만 알 수 없다. 사람이란 경험한 만큼 확실히 안다. 가 보지 않고 이 길 저 길에 뭐가 있는지 어떻게 알 것인가. 지금 경치 구경하러 왔나? 아니다. 그렇다면 어떤 길이든 무슨 상관이냐. 아무 길이나 가면 그만. 그렇다. 잠시 멍청해졌다. 내가 여기 왜 왔지? 놀러? 도피? 아니야, 아니야. 소리를 듣고 싶어서 왔어. 소리를! 내 가슴에 제대로 울림을 주는 소리를, 소음이 아닌 소리를. 그런데 벌써 마음속에서 소음이 삐그덕거렸다. 예끼! 자, 가자. 아무 길이나.

한쪽 길을 잡아 들어갔다.

어차피 인생은 선택 아니냐. 선택이라는 것은 다른 것을 포기하는 것. 어느 정도 예상이 되는 것들에서는 재고 또 재면서 포기할 것 포기하겠지만 어차피 아무것도 예상이 되지 않는 것에서는 재고 말고 할 게 없다. 그냥 되는대로 가면 그만이다. 되는대로? 그걸 운명이라고 곧잘 그러지. 그러나 운명은 아니야. 불확실성 속의 선택일 뿐이지.

그가 들어간 길은 오른쪽으로 난 길이었다. 길바닥에 돌멩이들이 더욱 많았다. 아직 덜 닳은 듯한. 뾰족뾰족한 것도 밟혔다. 그래도 좋다. 이 얼마나 건강하냐, 돌멩이의 감촉은.

그는 윗도리를 벗어 들었다. 웬만큼 올라온 듯, 땀이 나기 시작한 것이다. 나무와 풀의 향기가 제법 코끝을 자극해 왔고, 해도 점점 달궈져 푹푹 찌는 기분이 들었다.

갑자기 걸음을 멈췄다.

어디선가 사람의 말소리가 들린 것이다. 산길에서는 사람이 무섭다. 한참 올라온 뒤라 사람이 없으려니 했다. 그런데 갑자기 두런두런하는 사람의 말소리가 들린 것이다. 어렸을 적 시골에 살 때, 밤늦게 들에서 돌아오거나 비가 오는 날 하굣길을 혼자

걷거나 할 때, 무서운 것은 귀신이나 도깨비가 아니라 언제나 사람이었다. 불현듯 앞에 사람이 나타나거나 말소리가 나면 그게 가장 긴장되고 무서웠다. 사람이 사람을 무서워하는 것. 그것은 당연한 것인가? 꼭 어렸을 때의 기분이라고 할 수는 없지만 그는 속으로 약간 긴장되었다.

그런데, 하, 저런! 말소리의 진원지는 곧 밝혀졌다. 두 남녀가 나란히 앉아 있었다. 나무에 등을 기대고, 여자의 어깨 위로 남자의 손이 올라가 있다. 그들은 아직 이쪽을 의식하지 못한 채 뭔가 재미난 얘기를 하고 있는 듯했다. 유치하게. 그는 그렇게 생각했다. 왠지 유치하다고. 호호호, 깔깔깔. 그들은 뭐가 그리 좋아서 낄낄거리는 걸까? 괜히 심사가 뒤틀렸다. 어흠! 헛기침을 일부러 크게 했다. 그러나 두 청춘남녀는 아랑곳하지 않았다. 도리어 여자가 남자의 무릎을 베고 드러눕는 것이 아닌가! 고얀 것들.

만 서른 살의 그로서도 전에 그런 기억이 없다. 마누라와 연애할 때. 어쩌면 그 자신은 매우 구식인지 모르겠다. 하지만 저게 뭐야, 훤한 대낮에. 아니, 이 시간에 직장 안 나가고 이런 데서 히히덕거릴 수 있는 놈년들. 도대체 니들은 무슨 복으로 그럴 수 있냐, 엉! 재빨리 그들 곁을 지나쳤다.

사람은 남의 불행에는 동정하고 도와주고 이해해 주기 쉬우나 어쩐 일인지 남의 행복에는 그러지 못하는 것 같다. 행복에 대해서는 질투하고 시샘하고, 어떻게 흠 잡을 것 없나 하고 미리 눈부터 좋게 떠지지 않는다. 괜히 심술이 나서 그들의 행복한, 평화로운 시간을 톡 건드리고 싶어져 버린다. 인간이라는 건 묘한 동물.

그는 발걸음을 재촉했다. 아직도, 아직도, 라고 느껴졌다. 자기 자신 속에 찌꺼기가 많이 남아 있다. 그리고 제대로 들리지 않는 것 같다. 참된 소리가.

약간 굽이진 곳을 넘어가자 편편한 평지가 나오고 조그마한 개울이 흐르는 곳이 나왔다. 느닷없이 캥! 하는 소리가 났다. 소리의 주인공은 개였다.

건장한 사내 둘이서 누런 개 한 마리를 어르고 있었다. 개울 옆 바위틈에서. 사내들 손에는 몽둥이가 들려 있었고 개는 똥개인 것 같았다. 저 개를 어쩌자는 걸까? 그는 자기 자신이 개가 되는 듯싶었다. 목에 사슬을 걸고 긴 밧줄에 매달린. 사내들은 개의 목에 올가미를 씌우더니 근처 소나무 가지에, 제법 굵직한 가지에, 개를 끌어올렸다. 개의 외마디소리. 개는 매달리지 않으려고 필사적으로 몸부림을 쳤다. 그러나 사내들 손에는 몽둥이가 쥐여져 있고, 개는 이미 올가미를 쓰고 있다. 잠시 뒤, 축 늘어진 개.

그는 등골이 오싹해지면서 식은땀이 흘렀다. 자기 자신이 저렇게 매달려 있는 것 같았다. 주는 대로 받아 먹고 충성스럽게 굴다가 쓸모가 없어지면 저렇게, 저렇게……

잠시 후면 개는 새까맣게 그을릴 것이다. 그는 혓바닥이 탔다. 새까맣게 타는 듯했다. 침이 말랐다. 아, 동물이고 싶지 않다. 동물이란 얼마나 잔인하냐. 서로 잡아먹고 잡아먹히고……

그는 자신의 축 늘어진 형상을 떠올렸다. 한 마리 축 늘어진 개가 되어 마침내는 새까맣게 그을려 죽는 환상을 보았다. 아니, 환상을 본 것이 아니었다.

축 늘어진 개가 된 자신의 모습은 환상이 아니었다.

그 해 5월, 저 개처럼 축 늘어지던, 개 같은 사람들. 그는 그 사람들을 떠올린 것이다. 그 사람들 속에는, 물론 그 자신도 포함되어 있었다.

군대에 가려고 영장을 받아 놓고 기다리고 있는 사이 난리가 터졌다. 도시 곳곳에서 벌어지던 살육. 그 살육의 대상에서 자유로운 사람은 아무도 없었다. 조그만 어린아이부터 건장한 장년층에 이르기까지, 그야말로 재수 없으면 개죽음을 당하거나 몽둥이질에 칼질을 당해야 했다. 그래서 그는 개가 꼬리를 내리고 슬슬 피해 다니듯 난리통 내내 피해 다녀야 했다. 가끔 난리통 한가운데로 들어가 본 적도 있지만, 그의 작은 심장으로 그 난리통을 온통 견디기는 역부족이었다.

그는 난리통이 끝난 뒤 곧 입대했다. 훈련소에서 지내는 동안 그는 내내 자신이 개가 되는 꿈을 꾸었다. 사격장의 총 소리는 특히 그를 못 견디게 했다. 총부리에 겨누어진 개가 되는 꿈. 그 꿈 때문에 자다가도 몇 번씩 소리를 지르는 바람에 불침번이 놀라 달려오기도 했다.

그는 귀를 닫고 싶다. 닫고 싶다. 그러나 귀가 닫히지 않았다. 그래서 무슨 소리가 자꾸 들려와 가렵다. 시끄럽다. 가렵다. 소음이 들어와서일 게다. 눈앞에는 자꾸 새까맣게 그을린 개가 네 다리를 쭉 뻗은 채 매달려 있다.

그는 구역질이 났다. 헛것이 아른거렸다.

그는 개구리를 생각했다. 어렸을 때를 생각하면 개구리가 맨 먼저 떠오른다. 그는 늘 어렸을 때를 생각한다. 시골에서 살던 어린 시절, 논둑길을 가다 발견한 개구리. 등에 회초리를 내리치면 쭉 뻗어 버리던 개구리. 얼마나 약한 목숨이냐. 겨우 회초리 한 대에 쭉 뻗다니. 어렸을 때는 그렇게 생각했다.

그러나 이제는 그 자신이 개구리가 된 느낌이다. 아니면 시커멓게 그을린 토종 똥개. 아무래도 그렇다. 그 자신이 그렇다. 회사에서 집 안에서 버스 속에서. 그는 늘 똥개 아니면 개구리다.

잡스러운 것 먹여서 키운 똥개. 그러다가 살이 오르면 잡아먹는 똥개. 아무도 돌보지 않는 개구리. 그러다가 아무 의미도 없이 장난삼아 휘두른 회초리에 전 생명을 내주어야 하는 개구리.

그의 눈꺼풀이 파르르 떨린다. 뭔가? 내 목숨이 저기 저 똥개와 다를 게 뭔가? 더러 행복도 있었다. 그러나 행복은 언제나 잠시였고, 그 행복했던 순간의 몇 배보다 긴 불행의 세월을 보내야 했다. 누구나 그럴까? 그런지도 모르지. 직장이라고 뭐가 빠져라 매달려도 월급이라곤 겨우 두 식구 살아가기도 힘들다. 그래서 아직 아이는 만들 생각조차 못 한다. 아이를 줄줄 낳고 사는 사람들을 보면 그는 부럽다. 도대체 어떻게 해서 그렇게 여러 식구가 먹고살 수 있는가.

나이보다 훨씬 겉늙어 버린 그. 임금 투쟁이라는 것도 해 보고, 그 해 5월을 직접 겪은 사람이라고 곁에서들 부추긴 덕분에 노조 간부도 맡아 봤지만, 그에게 돌아온 것은 임금 인상이나 승진이 아니라 오히려 감봉 처분이나 인사 불이익, 그리고 유치장 신세뿐이었다.

말이 좋아 사무직이지, 같은 직급의 생산직에도 훨씬 못 미치는 월급으로 생산직보다 더 골치 아픈 업무를 수행한다, 그는.

그래도 그는 그 직장을 떠나지 못한다. 도대체 자신이 없다. 새로운 곳에 가서 새롭게 시작한다는 게 도대체 자신이 서지를 않는다. 그런 그가 어떻게 노조 일을 보게 되었는지 스스로도 알다가도 모를 일이다. 그냥 떠밀려, 엉겁결에 떠밀려 맡게 되었던 것이다. 아무튼 엉겁결에 임투 선봉에도 서 보고 닭장차도 타 보고 유치장 구경도 해 보고 진술서도 써 보고 시말서도 써 보고 했다. 사표 써 보는 것만 겨우 면했다.

그는 소시민? 모르겠다.

소시민이든 노동자든 중산층이든 뭐라고 일컬어지든 그게 무슨 상관인가? 상고를 나와, 그것도 야간으로, 겨우겨우 취직하여 그 잘난 대학 나온 계장 과장 밑에서 주판알 튕기며 밥숟갈 챙기고 있는 그. 무슨 의식이, 주관이 남보다 뚜렷한 것도 아니다. 세상이 변하여 이제는 모두들 한마디씩 하고 나름대로 오만 가지 주의와 사상을 챙기고 있지만 그는 도대체 그런 것이 어렵기만 하다. 그저 일한 만큼, 더 이상도 바라지 않는다. 왜 법 쪼가리가 필요하고 이념이 필요하고 운동이 필요한지 모르겠더라. 짧은 기간이었지만 노조라는 데서 일할 때 무슨 이념 무장, 무슨 투쟁 목표, 뜻은 좋은데 이론적으로 따지다 보니 말만 늘어 나중에는 공허한 소음이 되고 말더라. 말, 말들. 그런저런 어려운 말 말고 쉽게 얘기해서 밥그릇 좀 제대로 챙겨 주쇼, 암만 생각해도 내 품삯은 요 정도는 될 것 같소, 이렇게 쉽게 했으면 좋겠더라. 물론 알아야겠지, 무식이 자랑은 아니니까. 하지만 이것저것 알다 보니 정말 일할 맛 안 나더라. 잘 배우고 잘난 사람들, 아는 만큼 행하는 것 봤어? 아는 만큼 행하는 것 봤냐구? 아는 만큼 뒷구멍으로 챙기기 바쁘더구만.

하여튼 그래저래 그는 더 상처받고 더 빼앗기고 꼭 쭉 뻗은 개구리처럼 떨어야 했다. 좀더 강하게 맞붙을 힘도 용기도 그는 잃어버렸다. 왜냐하면 뒤에서 밀어 주고 앞에서 끌어 줘야 할 사람들이 자기 몫 챙기고 나더니 나 몰라라 하고 아무도 뒷수습을 책임지지 않으려고 발뺌을 해 버렸기 때문이다. 그렇게 큰소리치고 똑똑한 소리 지껄여 대던 사람들이 모두. 그럴 리가 없다고? 패배자라고? 허무주의자라고? 뭐라고 해도 좋다. 그는 그 정도의 일에도 벌써 지쳐 버렸으니까.

대가 세지 못한 탓일까? 의식화가 덜 되어서일까? 그는 도대체 어떻게 해야 하는가?

6

그는 동물이고 싶다.

바지를 까고, 있는 힘을 다해 오줌을 힘차게 강물로 흘려 보내고 있는 그는.

그는 물고기를 생각한다. 더불어 낚시꾼을. 물고기는 낚시에 걸릴지 어떨지도 모르면서 미끼에 눈독을 들인다. 그것이 그냥 밥으로만 보인다. 낚시꾼은 물고기가 보이지도 않는데 낚싯대 드리우고 반나절이고 한나절이고 기다린다. 붕어야 잉어야, 물어 다오 물어 다오, 하면서.

물고기가 좋은가 낚시꾼이 좋은가? 미끼만 따 먹을 수 있다면 물고기가 좋고, 고기들 모이는 곳을 손바닥 들여다보듯 훤히 알 수만 있다면 낚시꾼이 좋다. 하지만 둘 다 될 수는 없겠지? 아니야, 둘 다 될 수 있어. 동물이 되는 거야. 둘 다 동물이잖아. 동물이다. 동물! 낚시꾼이고 물고기고 간에 동물? 똥물! 동물? 똥물! 그는 혼돈스럽다. 저 강물은 저대로 흐르게 둔다. 그러면 물고기는? 가만 있으면 강물 따라 흘러 가나? 흐르지 않으려고 기를 쓰면 그 자리에 그대로 있어지나?

그는 그의 고객들을 생각했다. 차가 흔들리는데도 선 채로 눈을 감고 잘도 자는 사람. 물론 팔은 버스 천장 손잡이에 붙들려 있다. 아니면 그 복잡한 차 안에서도 요리조리 몸을 뒤틀며 양복이 구겨질까, 누가 안주머니에 손이라도 댈까, 그냥 눈 끔벅끔벅하며 안절부절못하는 사람.

히히, 꼭 붕어새끼들 같아. 미끼에 잘 걸리는 놈! 미끼에 걸려들지 않으려고 기를 쓰는 놈! 그는 낚시꾼? 히히, 그렇지. 근데 난 말야, 물고기가 어디서 어떻게 노는지 다 아는 낚시꾼이지. 그럼!

어느 날 슬쩍 바지 뒷주머니 열고 챙겨 든 것이 나 같은 놈 잡겠다는 순사 나으리 지갑이었지. 그 지갑 속에는 머리 가르마 매끈하게 탄 사진이 확실하게 붙어 있는 공무원증이 들어 있었어. 밥? 밥도 제법 들어 있더라구. 한 일주일 정도 작업하지 않아도 될 만큼. 그래서 알았어. 박봉에도 그들 대부분은 결코 굶어 죽지 않는다는 것을! 히히, 그 순사 나으리 골 좀 되게 났을 거야. 체면이 있지, 남에게는 말도 못 했을 거구. 보란 듯이 주민등록증이랑 공무원증은 우체통에 넣어 배달해 줬지. 암, 내가 누군데. 그것 하나는 확실하다구. 순사 나으리가 소매치기당할 줄은 몰랐을걸? 하긴 뭐, 기상대 사람들도 자기네들 야유회 간 날이 비 오는 날이었다고 하더구만. 어느 누구도 자신의 일은 장담 못 하는 법. 하필 그 버스에 내가 탈 줄은 그도 몰랐겠지. 자기와 관련된 일은 자기가 가장 잘 알고 자기만은 별일 없을 거라고 재봤자 그렇게 방심하는 순간에 일은 터진다고. 그 순사 나으리, 사복을 입고는 마음놓고 졸고 있었지. 순사인 줄 어떻게 알았느냐고? 신발 보니까 척이더구먼. 경찰화는 보통 구두하고 좀 다르지. 그걸 그냥 구두처럼 신거든. 옷은 사복을 입어도. 어쨌든 나도 조심해야 할걸. 나를 알아본 어떤 녀석이 나를 낚으려 할지 모르니까 말야.

그는 영리한 낚시꾼에 영리한 붕어가 되리라 다시 다짐을 하며 강바람을 실컷 들이마셨다. 그러고 보니 아내의 목소리가 들렸다. 아침에 집을 나설 때 그래도 자기가 마누라 구실 한답시고 조심하세요 어쩌고저쩌고. 별 의미 없이 날마다 듣고 나오는 소리지만, 낚시꾼 미끼에 조심하라는 소리 같기도 하고……. 하긴 뭐, 여느 사내들도 다 그런 소리 듣고 나오긴 마찬가지지. 안녕히 다녀오세요. 안녕히가 뭐냐? 조심하라는 소리 아닌가? 피장파장이구먼. 엎어치나 메치나. 암, 조심해야지. 조심, 조심, 조심. 몸조심이 최고야!

지금쯤 아내는 무얼 할까? 그는 갑자기 아내가 걱정되기 시작했다. 집에 강도라도? 아니, 인신 매매 같은 것도 있잖아? 요즘엔 시장 갔다 오는 길도 안심 못 해! 새끼를 둘씩이나 퍼질러 낳고 산후 조리를 잘못 해서 푸석푸석 부은 듯 퍼진 듯한 아내의 얼굴이 강물 위에 어른거렸다. 강물이 바람에 출렁이는 대로 아내의 얼굴이 일그러지기도 하고 펴지기도 했다. 그도 아내가 애틋했다. 좋은 서방 못 만나서 가슴 졸이고 살아야 하니……. 하긴 뭐, 여느 아내는 별다른가. 가슴 졸이며 서방님 무사 귀가 바라는 거야 다 똑같지.

그는 나약해지지 말자고 다짐, 또 다짐했다. 적은 항상 외부에 있는 게 아니라 내부에 도사리고 있다. 잠시라도 감상에 싸이거나 흔들려선 안 된다. 어차피 세상이 너 죽고 나 살기 아닌가. 그렇지만 이번 주말에는 아내를 데리고 나와 저기 저 보트라도 한번 태워 주자.

언제부터인지 강 옆구리에 말뚝 몇 개를 박고 차일을 치더니 조그마한 보트 수십 척이 등장했다. 아내도 그걸 봤는지 시원스레 노나 저으며 옛날 연애 기분 한번 내 봤으면 했다. 아이구 여편네, 늙어도 철은 안 든다니까. 오늘은 날씨가 좋아서인지 평일인데도 벌써 보트가 몇 척 둥둥 떠다녔다.

남자고 여자고 모두 구명복을 입고 있었다. 사람이란 누구나 모험을 즐긴단 말야. 뱃놀이하는데 구명복까지 입어야 한다면 그런 놀이 안 할 것 같은데, 얄팍한 구명복에 생명을 맡기고 또 그걸 탄단 말야. 참 알다가도 모를 족속이야, 사람이라는 동물은. 암, 동물이고말고. 모험을 즐기는 동물 족속. 유희를 즐기는 동물 족속.

그는 강물 위에서 다시 아내의 얼굴을 보았다. 집에 무슨 일이 생긴 걸까? 그는 약간 조바심이 났다. 금방 약해지면 안 된다고 했는데 왜 오늘은 방정맞게 마누라가 자꾸 떠오르는 거야. 이렇게 정신이 자꾸 흩어지면 일도 못 하는데. 그의 일은 워낙 정신 집중과 순발력, 민첩한 손놀림이 필요한 것이어서 조금이라도 몸과 마음의 자세가 흐트러지면 안 된다. 그런데 웬일일까? 남들 뱃놀이하는 것 좀 봤다고 마누라를 다 생각하고.

그는 역시 동물이다. 사람이라는 동물은 역시 자기 울타리만큼은 지키려고 한다.

그는 오던 길을 되짚었다.

아무래도 집에 전화라도 한번 해 봐야 할 것 같았다. 그도 전화는 놓고 산다. 현대 생활은 전화 없으면 마누라 없는 것만큼이나 불편하다. 낚시꾼은 그새 붕어새끼 몇 마리 건져서 그물로 엮은 망태기에 담아 물에 띄워 놓았다. 그 속에서도 붕어들은 끔벅끔벅 부지런히 입놀림을 하고 있다. 이제 곧 죽어야 할 운명인 줄도 모르고.

본드 마시던 녀석들이 앉아 있던 다리 밑을 지나 축구 시합을 하는 곳까지 다시 왔다. 응원하는 소리가 시골 학교 운동회 소리만큼은 되었다. 선수들은 줄곧 뛰어다녔고 해가리개 모자를 쓴 여자들은 물주전자 같은 것을 들고 이리저리 왔다 갔다 했다. 제법 구색을 갖추었다. 휘익 호루라기가 울렸다. 그러자 한쪽에서 와 하는 함성과 박수가 터져 나왔다. 아마 그쪽 팀이 이겼나 보다. 그리고 선수들이 돌아오자, 그·중 한 명을 잡고 헹가래를 쳤다. 주장? 수훈 선수? 그건 잘 모르겠다. 아무튼 기성 축구 선수

단이 하는 것을 흉내는 다 내고 있지 않은가. 그는 픽 웃었다. 하지만 웃음이 길지 못했다. 그는 지금 아내가 걱정되어 안부 전화를 하러 가는 중인 것이다.

운동장을 지나 매점 있는 곳까지 왔다. 그 옆에 공중전화가 있다. 공중전화는 두 대 설치되어 있는데 하필 한 대는 고장이었고, 한 대는 다른 사람이 쓰고 있었다.

그는 기다렸다. 키가 작달막한 여자가 전화를 걸고 있는 중. 누군가와 낄낄거리며 별로 급하지도 않은 통화를 하고 있는 듯. 그는 애써 점잔을 떨었다. 길어야 3분이겠지. 그런데 전화는 쉽게 끝나지 않았다. 50원짜리를 집어 넣었는지 잔액 표시에 30원이 남아 있었다. 찰칵, 20원이 넘어가고 10원이 남았다. 3분은 무지하게 길었다. 기다리는 사람에게는.

그 작달막한 여자는 뭐가 그리 좋은지 점점 늘어지고 있었다. 알아맞혀 봐, 알아맞혀 봐. 농담 따먹기를 하는지, 원······. 10원 남았으니 곧 끊겠지. 근데 그게 아니었다. 왼손은 수화기를 계속 든 채, 오른손으로 바지 주머니를 뒤지더니 10원짜리 한 개를 쏙 집어 넣었다. 어이쿠, 새로 20원이 되었다.

그는 그녀가 그럴수록 조바심이 났다. 남은 바빠 죽겠는데 누구 약올리나. 이봐요, 아가씨! 벌써 세 통화째요. 그러건 말건 그녀는 신경 쓸 것 없다는 듯 계속 조잘대기만 했다. 쾅쾅, 전화

박스를 발로 두어 번 찼다. 신경질이 났다는 표시로. 아가씨는
송화구에 손을 대서 막고는 갑자기 뒤를 돌아봤다. 왜 그래요?
남 전화하는데! 그는 어이가 없었다. 세상이란 이런 건가. 남이
야 어떻든 자기 사정만 있는 건가. 하긴 뭐 그 자신도⋯⋯ 태연
히 남의 속을 얼마나 썩였던고. 그런데, 이놈의 죄의식이 문제
다. 왜 아무 때나 불끈불끈 죄의식이 솟는 거야. 그의 직업에서
죄의식은 금물이다. 그래 가지고서는 아무 일도 못 하는 거야.
좀 뻔뻔해지자구. 지금까지처럼.

두어 번 더 전화 박스 아랫부분을 찼다. 아가씨는 별 사람 다
보겠다는 듯 대거리도 않는다. 그 사이 그래도 할 말을 다 하고
수화기를 쾅 하고 걸어 놓았다. 마치 전화기에 화풀이나 하듯이,
뾰로통해 가지고. 아가씨는 전화 박스에서 나와 축구 시합하는
패거리 쪽으로 뛰어갔다. 거참, 젊은 여자 성깔하고는⋯⋯. 그
는 혀를 끌끌 찼다. 자기 자신이야, 에헴 신사지. 요래 가지고 어
디 전화통 견뎌 나겠어.

그는 10원짜리 두 닢을 주화 투입구에 쏙 밀어넣었다. 잘도 먹
는군. 뚜-우, 뚜-우, 뚜-우, 뚜-우, 네 번씩이나 신호가 가도 전
화를 받지 않는다. 혹시⋯⋯. 그는 재발신을 누르고 다시 번호
를 꾹꾹 눌렀다. 틀리지 않게, 하나하나 확인하듯 입으로 번호를
중얼거리면서. 다시 뚜-우, 뚜-우, 뚜-우, 뚜-우⋯⋯. 신호가

여러 번 가도 전화를 받지 않는다. 평소에는 딱 세 번 울리면 전화를 받는다. 전화를 늦게 받았다간 그의 불호령이 떨어질 테니. 그런데 오늘은 웬일이지? 이렇게 여러 번 신호가 가도록 전화를 안 받은 적이 없다. 더구나 아침에 나올 때 어디 간다는 얘기도 없었다. 어디 갈 때는 항상 미리 얘기를 했다. 무슨 일이 생긴 걸까? 그는 조바심이 났다. 여느 사내처럼.

다시 한 번 더 번호판을 눌러 봤지만 역시 전화를 받지 않는다. 수화기를 힘없이 걸어 놓고 밖으로 나왔다. 갑자기 강물이 뒤집어지는 것 같았고 현기증이 났다. 잠시 자리에 쭈그려 앉았다. 오늘 왜 이러지? 왜 이렇게 불안하지? 갑자기 어지럽기까지 하고.

그는 망설였다. 집에 들어가 봐?

아니야, 잠깐 시장에 갔을 거야. 조금 있다가 다시 걸어 보자. 아니야, 무슨 일이 났어. 이렇게 전화를 안 받은 적이 한 번도 없었어.

아직 전화 설치비가 만만치 않던 때, 어렵사리 돈을 마련하여 자신들 명의의 전화가 개통되던 날 그와 그의 아내는 뛸 듯이 기뻤다. 이제야말로 그들도 사람 사는 세상에 들어온 기분이 들었다. 밖에 나가 있으면 그는 그대로 아내는 아내대로 얼마나 궁금하고 걱정되던가.

아내는 원래, 못 배운 시골 출신이 그러하듯 식모 일에—가정부라고 할까? 말이 무슨 소용이냐, 실제가 중요하지—공장 주방 일, 식당이며 통닭집 종업원 일을 하다가 그를 만났다. 그가 일정한 거처도 없이 떠돌던 때 늘 가던 철교 옆 허름한 밥집에서 그녀를 알게 된 것이다. 그 밥집에서 얼굴 몇 번 부딪쳤는데, 몇 달 지나 엉뚱한 곳에서 우연히 만났다. 정말 우연이었다. 그 무렵에는 그 밥집조차 규칙적으로 드나들 처지가 못 되었기 때문이다.

어느 날 버스에 올라타 슬쩍슬쩍 그의 고객을 찾는데 뒤꼭지가 가렵지 않은가. 홱 돌아보니 그녀가 거기 서 있었다. 아는 체를 하고 출근하는 길이라고 하고 어쩌고저쩌고 수작을 했다. 그녀는 마침 그 날이 쉬는 날이어서 무슨 일을 보러 가느라 그 차를 탔던 모양. 체면이 있지, 직업 정신에 무조건 충실할 수는 없었다. 사람을 안다는 건 때로는 불편한 거구나, 그래도 한편으로는 괜찮은 거구나 하고 생각하며 이런저런 얘기를 하다 보니 그녀가 내릴 곳을 지나쳤고, 그는 목적지가 있는 것도 아니고 하여 그냥 그녀가 내리는 곳에서 내렸다. 그리고 점잖게 그녀를 다시 오던 방향으로 차를 태워 보냈고, 다음에 만날 것을 약속했고, 그렇게 그렇게 하여 이야기가 되고 입술을 주고받고 하여 살림까지 차려 버린 것이다. 식이라고 따로 올릴 형편도 안 되고 하여 산꼭대기에 월셋방 하나 겨우 마련한 뒤 그 방에서 촛불 켜 놓고 수돗물 한 그릇 떠 놓고 두 손 모아 절하고 부부가 되어 버렸다. 서로가 피차 외롭고 의지할 데 없던 인간들인지라 쉽게 정을 주고받을 수 있었으리라.

그는 열심히 '손재주'를 부렸고, 그녀는 그가 한 푼이든 두 푼이든 밖에 나가 벌어 오는 게 그저 신통하여 살림하는 재미에 푹 빠질 수 있었다. 여자가 밖으로 나대며 벌어 봐야 얼마나 벌겠는가. 역시 돈벌이는 남자가 해야 돼. 그래서 그녀는 그 때부터 집 안에 들어앉아 살림하고 자식새끼 낳고, 그런 사이 방도 좀 넓혀 가고, 그렇게 여느 아낙처럼 살림 재미에 빠져들었다.

그녀는 그의 성질을 누구보다 잘 알게 되어 그가 걱정할 일은 만들지 않는다. 그이는 밖에 나가 하루 종일 고생한다, 나야 집에 들어앉아 있으니 그이 전화라도 제대로 받아야지, 내가 제때 전화를 받지 않으면 그이가 얼마나 걱정하겠어. 그녀는 이처럼 전형적인 순종의 아내가 되어 있다. 전통적인 여느 아낙네처럼. 어디 나갈 일이라도 있으면 미리 얘기하고, 시장은 그의 전화를 받고 나서 후딱 다녀오고. 그래서 그의 전화가 오기 전까지는 거의 외출을 하지 않는다. 그런 그녀가 오늘은 무슨 일이 생겼을까? 그것도 아직 오전 중에. 어디 나갔을 리는 없고. 아냐, 전화 기다리다가 오지 않아서 급히 나갔는지도 몰라. 급한 일? 급한 일이라도 생겼을까? 급한 일? 애들이 아픈가? 아침에 나올 때까지는 멀쩡했다.

그렇다면 마누라가 아픈 걸까? 아파도 잘 내색 않는 성미라 아무 말 않고 있다가 병원에 간 걸까? 아까 버스에서 일 끝내고 내렸을 때 바로 전화해 볼걸. 정말 걱정이다. 집에 강도라도 들어왔으면 어떡하지? 하도 흉측한 세상이라서……. 아냐, 앞집에라도 갔을 거야. 심심해서. 아, 마누라도 심심할 거야. 하루 종일 집에만 갇혀 있으니. 정말 이번 주말에는 밖에 데리고 나와 바람이라도 쐬게 해 줘야겠다. 강바람이라도.

그는 다시 전화통으로 갔다.

10원짜리 동전 두 닢을 꺼내 주화 투입구에 철컥 집어 넣었다. 그런데 웬걸, 동전을 덜컥 먹어 버린다. 수화기를 내리쳤다. 그러나 동전은 튀어나오지 않았다. 다시 동전을 넣었다. 들어가지 않는다. 고장이다. 전화통마저, 어떻게 된 거야. 갑자기 그의 어깨가 굳어지는 듯. 키 큰 사내가 등 뒤에서 콱 움켜잡는 듯했다.

7

그는 도대체 어떻게 해야 하는가?

지나치게 소심한 탓일까? 산 속에까지 와서 또 소심해져야 하는가. 그놈의 소심증. 그걸 버리자고 이리 뛰쳐들어온 것 아니냐. 웽웽 귓가에서 맴도는 소음들을 떨쳐 버리자. 자신을 찍어누르는 것들, 그것들은 모두 소음이다. 크게 입 벌려 제대로 된 소리 한번 질러 보지 못하고 오히려 자기를 짓누르는 온갖 소리들, 소음들에 시달려야 하다니. 하루를 벗어나 하루보다 더 고통스러워져서야 되겠는가.

하루를 벗어났으면 지금까지 묻어 있는 찌꺼기 정도는 툴툴 털어 버릴 수 있어야지. 묻어 있는 찌꺼기. 우리는 늘 그런 것들에 시달린다. 과거의 기억들. 그러한 것이 뇌 속 곳곳에 박혀 내일을 방해하기도 한다. 그런 걸 씻어 내자구, 이 산 속에 들어왔으면.

우선 조금 전에 본 목매달린 개. 시커멓게 그을린 운명. 그것부터 잊자. 잊는 자만이 행복해질 수 있다. 정부에서도 과거사는 늘 잊어버리라고 하지 않는가. 그런데 우리 모두는 잊지 못한다. 한번 뇌리에 박히면 그것이 정당한 여과 장치를 거쳐 저절로 잊혀져야지, 억지로 잊자 잊자 해서는 결코 잊혀지지 않는다. 목매달린 개. 그을린 개. 그리고 쭉 뻗은 개구리. 파르르 다시 몸이 떨린다.

이른바 유신 시절 말기이던 고등학교 3학년 때, 낮에 사환으로 일하던 개인 건축사 사무실의 업무차(심부름차?) 시내에 나갔다가 대학생 시위대와 마주친 적이 있었다. 그 때 시위대를 향해 쏘아 올리던 최루탄 가스와 진압 경찰들의 곤봉이 떠올랐다. 그 땐 대학생은 왜 시위를 하고 경찰은 왜 곤봉이 필요한지 잘 몰랐다. 왜 끌고 가고 왜 끌려가야 하는지는 더더욱 잘 몰랐다. 그 정도는 아무것도 아니었다. '그 해 5월'의 사람들은 실컷 두들겨 맞은 개가 목덜미를 붙들린 채 질질 끌려가서 시커멓게 그을려 버리던, 꼭 그런 모습이었지. 이번엔 경찰이 아니라 군인들에게. 그야말로 그래야 되는 이유도 없이 말이야. 사람이고 개고 뭐가 달라. 다른 건, 경찰이나 군인이라는 사람들은 보통 사람이 아니라는 것. 하긴 옷이 다르지 사람이 다르겠냐만, 옷이 가끔 그 사람의 역할마저 결정지어 버리는 게 인간사.

그 때, 자기 자신이 도망쳐 나온 개처럼 여겨졌다. 그러나 꿈 속에서는 늘 그가 회초리로 괴롭히던 논두렁의 개구리가 떠올랐다. 쭉 뻗어 버리던, 아무 이유도 모르고, 아니 아무 이유도 없이, 그저 회초리의 횡포에 죽어 가던 개구리. 이제는 그 자신이 점점 그 때의 개구리가 되어 가고 있는 듯. 아무튼 그 때부터, 그리고 그 도시에 난리통이 있고 나서부터 더더욱 그는 늘 그런 착각에 시달렸다. 뭐가 뭔지 모르겠다, 세상이란.

산 속은 점점 조용해져 갔다. 도시에서 멀어질수록 사람들의 발걸음도 그만큼 뜸해진다. 그는 정신을 수습했다. 수습이라. 그게 어디 그렇게 쉽게 되는가. 그냥 도망이라고 해 두자. 도망. 참 편리한 것이다. 해 보다가 안 되면 튄다. 그게 도망이다. 조금 더 산 속으로 도망을 갔더니 꽹과리 소리가 들리고 바위 밑에 흰 옷 입은 사람이 보였다. 아니 저건 또 뭐냐? 한 여인은 열심히 절을 하고 옆에서는 꽹과리 비슷한 것을 두들겨 대고 있었다.

참, 오나가나 난리구먼. 또 무엇을 저렇게 비는 거냐? 국태민안? 남북통일? 의원 당선? 부장 승진? 만수무강? 남편 출옥? 아들 출옥? 고시 합격? 입시 합격? 남편 시앗 떼기? 이놈의 시대엔 참 빌어야 할 것도 많다. 덕분에 무당도 조선 시대보다 더 많아졌을 거다. 수요가 있는 한 공급은 끊기지 않는 거니까.

무당, 무당, 무당. 그 무당들 덕분에 그래도 이 사회가 유지되는 걸까? 이만큼이라도? 그래 좋다. 무당이라도 이 사회를 건질 수, 아니 지킬 수 있다면. 정치무당, 회사무당, 노조무당, 교회무당, 절간무당, 총장무당, 학생무당, 지게꾼무당, 창녀무당, 무당! 무당! 무당들! 그들은 모두 역사적인 사명을 띠고 이 땅에 태어났다. 이 땅에 태어난 이상 이 땅의 모든 고민을 그들은 해결해야 한다. 와, 위대하신 무당님들이여!

조금 더 올라가자 그제야 조용해졌다. 지저귀는 새 소리와 풀벌레 소리말고는 들리는 소리가 없다. 아직도 그의 내부에서 들리는 소음은 빠져나가지 않았지만 적어도 외부의 소음은 줄어들었다.

아이쿠! 보일 듯 말 듯한 수풀 속에 금줄이 쳐져 있다. 바위 앞에 사람은 없는데, 사과 쪼가리, 떡 쪼가리가 몇 개 놓여 있고 그 앞에는 새끼줄로 금줄이 쳐져 있었다. 이 산 속에까지 와서 사람들은 금해야 할 것이 많은 걸까? 되는 것보다는 안 되는 게 훨씬 많은 세상, 이제 산 속 이 깊은 곳에도 들어가선 안 되는 곳이 있다. 언제부터 우리는 모든 걸 이런 식으로 생각해 왔을까? 가슴이 답답해졌다. 귓구멍에서 자꾸 소음이 꽹과리질을 쳤다. 꽹! 꽹! 꽹! 견딜 수 없을 만큼의 소음이다.

산 속, 이 깊은 곳에도 소리가 없다. 그가 찾는 제대로 된 맑은 소리가. 오나가나 소음만 있을 뿐이다. 소리란 들리는 것만이 아니라 보이기도 한다. 이 산에도 이제 소리가 다 빠져나가고 소음만 남았나 보다. 무엇이, 무엇이 나를 이토록 괴롭히는가. 그는 나무 그늘을 찾았다. 나무 그늘 아래 적당한 높이의 바위가 있는 곳, 그 곳에 걸터앉았다. 부질없음. 삶이란 너무나 어처구니없는 것. 그는 지금 꿈을 좇고 있는지도, 환상을 그리며 살고 있는지도 모른다. 제대로 된 소리를 찾자고.

산은 그 자체로는 제대로 된 소리를 간직한 곳이고 제대로 된 소리를 들려주는 곳이다. 그러나 산을 찾는 인간들 때문에 산은 더 이상 안식처가 못 되었다. 잠시 잠깐의 도망처만 되는 듯.

그는 조바심이 났다.

이마의 땀을 닦으며 바위 아래 잔디에 윗도리를 깔고 드러누웠다. 높다란 하늘이 그의 눈에 박혀 왔다. 저 하늘이라면 소리가 있을지 몰라. 하지만 그의 조바심은 하늘을 상대로 소리를 나누고 있게 하지 않았다. 하늘은 너무나 먼 곳에 있었다. 하늘나라, 흔히 하늘나라라고 하지만 그놈의 나라엔 아무도 가 본 사람이 없다. 무당들이 자기 나름의 하늘나라를 팔고 있지만 거기 갔다 온 사람들은 아무도 없고, 하늘은 그저 언제까지나 높기만 한 것이다. 조바심, 이제 어떻게 할 것인가.

회사에서는 아마 소동이 났을 것이다. 전화 한 통화면 될 텐데, 연락도 없이 출근을 하지 않았으니 집으로 또 얼마나 전화를 해댔을까? 그의 아내는 또 얼마나 놀라 있을까? 아침에 분명히 제 시간에 나갔는데요. 그럼요, 아무 일 없었어요. 평상시와 똑같이, 예, 똑같았어요. 아내는 떨리는 음성으로 그렇게 말할 것이고 회사에서는 이 친구 어디로 샌 거야, 엉, 싱거운 사람 같으니. 그가 소중해서가 아니라 그가 하다 만 일, 그가 하다 만 그놈의 일들이 제 시간에 처리가 되지 않아 모두들 한마디씩 해댈 것이다. 형식적인 걱정의 말을 아내에게 한마디 했을 것이고, 자기네들끼리 업무 때문에 무더기로 짜증을 냈을 것이다. 그리고 지금쯤은 점심 시간이 되어 언제 그랬냐는 듯 밖으로 쏟아져 나와 단골 식당에 가서 점심 한 그릇씩 비워 가며 그를 양념삼아 희희 낙락거릴 것이다. 그 작자가 회사 간다 하고 땡땡이친 거야. 마누라 놀라는 거 봐. 아냐, 집에 있어, 마누라가 괜히 그러는 거야. 지금쯤 늘어지게 낮잠 자고 있을걸, 아마. 어쩐지 요즘 태도가 이상하더니만. 어쩌고저쩌고 저마다 마음대로 최대한의 상상력을 발휘하며 점심 식탁의 반찬거리로 삼을 것이다. 아니면 아내가 무슨 일로 점심때쯤 회사로 전화를 걸어 자기를 찾을 것이고, 회사에선 오늘 출근 안 했습니다 할 것이다. 그러면 아내는 놀라자빠질 것이고, 회사 사람들은 그 친구 쇼 한번 잘하는데, 일하기 싫어서 결근해 놓고 이젠 마누라를 시켜 전화까지 하게 하고, 히히, 할 것이고……

누워 있는 그의 얼굴 위로 나비 한 마리가 날아왔다.

나비.

너무나 가볍고, 너무나 하찮게 생겼다.

그렇게 생겨서 얼마나 살다 또 갈꼬. 그래도 살아 있는 동안은 훨훨 잘도 날아다닌다. 그는 일어났다. 조바심이나 내고 있을 수만은 없었다.

그는 윗도리를 집어 툴툴 턴 다음 어깨에 걸쳤다. 가자. 이놈의 산 속이라고 뭐가 있을 줄 알았더니 속만 더 시끄럽구나. 이렇게 시끄러울 바에야 차라리 내려가자. 내려가서 부딪쳐 보자.

갑자기 시장기가 몰려왔다. 확실히 점심 시간인 듯. 그러나 어쩔 것이냐, 그에게 준비된 점심은 아무것도 없다. 산을 내려가면 간단히 요기라도 할 수 있는 데가 있겠지만, 그의 점심값은 그나마 아침에 버스에서 만난 키 작은 사내가 가져갔다.

그는, 키 작은 그 사내는 지금쯤 내 밥값으로 제 뱃속을 채우고 있겠군. 허 참, 그 친구 천 원짜리 두어 장만이라도 남겨 주고 가져가야 할 것 아냐. 더불어 사는 세상, 그런 말도 몰라? 에잇, 도둑치곤 가장 하급이군.

그 사내는 구토를 하지 않을까? 그 사내는 소음에 시달리지 않을까? 남의 점심을 빼앗아 자기 뱃속을 채우면 그 음식들은 반란을 일으키지 않을까? 나는 내 밥 먹고 조심하며 다녀도 뱃속에서 늘 반란을 일으켜 위아래로 쫙쫙 찌꺼기를 쏟아 내야 하는데 그 사내는 그렇지 않은 건가? 나는 소심해서, 그 사내는 강심장이라서? 하긴 뭐 내 밥이라고 어디 처음부터 내 밥이었겠냐만. 그 사내는 전혀 소리도 못 느낄까? 보나마나 이 차 저 차 옮겨 타며 수많은 사람의 가슴을 더듬어서 밥을 빼앗고 대신 분노만 안겨 주는 작자일 터인데, 그는 전혀 소리를 못 느낄까? 양심? 양심이라면 어디 그 사내만 문제겠냐. 양심대로라면 이 사회에서 애초에 그런 사내가 나오질 않았겠지. 범죄는 범죄가 발생할 만한 사회적 여건이어서 생기는 것이라는데. 더 큰 도둑은 아예 허가가 나 있으니까 괜찮고, 좀도둑은 허가가 안 나서 문제라면 문제겠지…….

꼬르륵, 그래도 그렇다, 그 사내. 오늘 내 점심값은 남겨 놓았어야지. 꼬르륵, 아이구 마누라 등쌀, 계장 과장 상판대기. 그 사내 덕분에 또 일거리만 생겼군. 괜히 회사는 빼먹어 가지고. 소심증. 아까 산에 올라올 때는 다 잊어버렸는데, 오히려 그 사내가 고맙기까지 했는데, 덕분에 산에 가서 하루 쉬면서 소리를 좀 듣자고까지 했는데, 이게 뭐야. 내려갈 때는 그냥 꼬르륵꼬르륵 배고픈 소리만 달고 내려가자니 너무 멀게 느껴졌다. 이상하다. 올라갈 때는 힘든 줄 몰랐는데. 우선 아내에게 전화를 하자, 집에 별일 없는지. 별일이야 없겠지. 나 있는 곳, 오늘 내 일은 말하지 말자. 얼마나 유치하고 소심한 짓이냐. 응, 그저 그래, 별일은 없고, 이따 집에 가서 얘기할게. 그 정도로 얼버무려 놓자.

내려오는 길에 보니 사람들이 많았다. 하긴, 아침 일찍보다는 낮에 더 오겠지. 역시 산도 그가 생각하는 산이 아니었다. 조용하고, 아늑하고, 어딘가 깊은 울림을 들려주는 곳, 그런 곳이 아니었다. 산은 이미 식욕이 왕성한 사람들이 짭짭거리거나 꼬르륵거리는 소음으로 뒤덮여 있었고, 세상의 일을 여기까지 끌고

와서 해결하려는 무당의 고객들로 인하여 시끌벅적했다. 제대로
된 소리를 들려주는 곳이 아니었다. 누가 이렇게 만들었나? 역
시 인간이라는 동물들 짓이겠지. 동물들은 별수없어. 더구나 머
리 검은 동물들은. 식물들 좀 봐. 조용히 그 자리에 서 있잖아.
찌꺼기를 뱉길 하나, 소음을 만들길 하나? 곳곳에서 음식들 펼
쳐 놓고 찌개 끓이는 냄새, 서로 즐거운 듯 히히덕거리는 짓거
리, 한편에서는 금줄 쳐 놓고 빌고 비는 소리. 온통 난리였다. 그
러면 그럴수록 눈살이 찌푸려지는 게 아니라 배가 고팠고 가슴
이 답답했다.

　꼬르륵, 이젠 이놈의 밥통이 문제다. 언제나 이놈의 밥통이 문
제다. 오나가나 걸핏하면 반란이나 일으키면서, 또 텅 비워 놓으
면 비었다고 이 난리. 그는 고개를 꼿꼿이 세워 옆은 안 보려고
애를 썼다. 앞만 보자.

　그런데 그놈의 코가 문제다. 냄새는 보지 않아도 맡아지는 것.
눈을 감아도 냄새는 무슨 음식인지 알게 해 준다. 절실함. 절실
하면 온몸이 초능력을 발휘한다. 키 작은 그 사내. 얼마나 밥이
절실했으면 내가 전혀 낌새도 못 채게 능력을 발휘해 버렸을까.
그의 후각은 참으로 대단했다. 내 안주머니에서 벌써 밥 냄새를
맡아 버리다니.

　거의 산 어귀에 다다랐다. 다리가 후들후들 떨렸다. 그것도 운

동이라고. 하긴 뭐, 생전 가야 오늘만큼 걸을 일이 있었나. 만원
버스 서서 가거나 지하철역에서 계단 오르내릴 때말고는 줄곧
책상머리에 앉아 주판이나 튕기고 있었으니.

매점 옆에는 역시 공중전화통이 있었다. 그는 곧장 그리로 갔
다. 이것저것 생각할 것 없이. 주머니를 뒤져 달랑달랑한 동전
몇 닢을 꺼냈다.

그는 이제 전화를 건다.

표정은 심각한 찌푸림. 이맛살이 찌그러져 있다.

이제부터는 아내와의 싸움이다. 소음 전쟁. 필요 없는 소리는
죄다 소음이다. 그런데 인간은 그 소음을 못 들으면 불안하다.
늘 들리던 소음이 뚝 끊기면 막 불안해한다. 그러면서도 한편으
로는 소음에서 벗어나려고 애를 쓴다. 그 이중성! 그 모순성!

그의 아내는, 조금 있으면 전화 저편에 나올 그의 아내는 좀
넉넉하다. 아니 푸짐하다. 최소한 외관상으로는. 그런데 속은 푸
짐하지 못해서, 뾰롱뾰롱해서, 그의 여린 가슴에 가끔 대못을 박
고 가끔씩 그의 좁은 어깨 위에 절망을 얹어 놓는다. 그는 아내
앞에 서면 늘 왜소함을 느낀다. 아내는 아직 애를 낳지도 않았
는데 70킬로그램이 넘는 육중한 몸매를 자랑한다. 키는 그가 훨씬
크지만 몸무게는 막상막하다. 남자치곤 그리 많은 무게를 챙기
고 있지 못한 그이기에.

그의 아내와 그는 고등학교 때부터 알았다. 그가 건축사 사무실에서 사환 노릇을 하며 야간 상고에 다닐 때, 그의 아내는 그가 늘 심부름 가던 대서소에서 사환 노릇을 하며 야간 여상에 다니고 있었다. 그의 아내가 한 학년 아래. 그녀는 의미 있는 눈웃음을 치며 가끔 호떡집에서 만나자 그러곤 했다. 그럭저럭 학교 가기 전에 근처 포장마차에서 김밥 같은 것을 같이 사 먹기도 했다. 그런데 그 정도 사귀었다고 결혼까지 생각할 남자가 어디 있겠는가. 일생을 통해 결정적이었던 실수는 못생긴 그녀에게 발목을 잡혔다는 것. 분명 그는 발목을 잡혔다. 우선 그는 그녀보다 최소한 코는 잘생겼다. 그녀의 코란, 순대집이나 족발집 같은 곳에 가서 진열장의 그 무엇을 보면 웃음이 나오는 그런 코다. 그는 그녀가 그런 곳에서 무얼 시켜 먹으면 돼지가 돼지를 먹는구나, 라고 가끔 생각했다.

그런데 그가 학교를 졸업하고 두어 해 직장 생활 하다가 '그해 5월'이 끝나자마자 군대에 갔을 때, 하필 그녀가 부대로 면회를 와 버린 것이다. 입대한 뒤로 편지는 몇 번 주고받았지만 면회는 생각도 하지 않았었다.

해도 저물어 가는 연말. 부대에서는 훈련을 결산하고 그럭저럭 하는 일 없이 경계 근무만 제대로 하고 있을 때였다. 그 때 느닷없이 그녀가 출현한 것이다. 두툼한 털양말이랑 속옷에 먹을 것까지 잔뜩 챙겨 가지고 말이다. 그는 감격해 버렸다. 끔찍스런 개꿈에 시달리던 신참 생활이 이제 겨우 지난 때라, 그간 얼마나 그리웠더냐, 따뜻함이! 사람이! 정이! 그런데 그녀가 출현해 버린 것이다.

한 마디 귀뜸의 편지도 없이 무작정 봉투에 쓰여진 주소 하나 들고. 그 또래 여자애들의 치기 어린 짓이었는지는 모르지만, 어쨌든 그로서는 정말 세상에 태어나서 가장 큰 행복감을 — 그래, 행복감이었어 — 맛보았다.

그 때 눈이 엄청 왔었지. 부대 앞마을로 나와서 그녀랑 눈 덮인 산을 바라보며 지난 얘기를 하는데, 꼭 동화 속 주인공 같더라구. 그래서 앞뒤 잴 것 없이 이 여자다, 제대하면 이 여자랑 살아야지, 하고 만 거야. 근데 그게 실수였어. 제대해 보니 더 예쁘고 성격 좋은 여자가 많더구먼. 그런데 그 소심증, 왠지 빚을 지고 있는 듯한, 옛날에 고생할 때 날 기억해 주고 찾아 주었다는 데 대한 양심 문제 같은 거, 그런 것 때문에 그럭저럭 만나고 어쩌고 하다 결혼까지 결심해 버렸지.

그런데 제대해 보니 그녀는 와! 엄청 불어 있더구먼. 원래 좀 통통하긴 했었지만, 그것보다도 그 성질! 아이구, 살아 보니 강원도 산골 눈 덮인 마을에서 본 주인공이 영 아니더라구. 그래도 어쩔 것이여, 월하노인이 꽉 붙들어매 버렸는걸.

그는 습관처럼 잠시 전화통 주위를 돌아보고 수화기를 들었다. 아무도 그를 눈여겨보는 이가 없었다. 그래도 그는 주눅이 들어 있다. 집에 전화할 때마다 괜히. 소심증이다. 뚜우-뚜우-뚜우, 찰칵. 그의 아내 목소리가 들렸다. 여보세요. 응, 당신? 나야. 별일 없지? 집엔 별일 없는데, 당신 지금 어디 있어요? 응, 나, 여기, 여기가……. 왜? 아까 회사에서 전화가 왔는데, 당신이 집에 들렀느냐고 묻더라고요. 그래? 걱정 마. 지금 회사 들어가는 중이야. 밖에 볼일 보러 나왔다가. 응, 응, 알았어.

찰칵. 수화기를 놓았다. 그의 아내가 먼저. 그저 만날 하는 소리. 저녁에 일찍 들어오세욧! 술 마시지 말고! 그놈의 화통 삶아먹은 소리. 잘 나가다 꼭 그 대목에 가면 저런다니까. 그래도 내가 회사에 결근했단 소리는 안 했구먼. 약은 사람들. 그도 후유. 지금 별일 있는데, 킥킥. 그 말은 다행히 목구멍 밖으로 뱉지 않았다. 거의 밖에까지 넘어왔지만.

그런데 회사에선 왜 내가 결근했다고 하지 않았을까? 나를 생각해서 그런 건 아닐 테고, 또 어디에다 어떻게 이용해 먹으려고 그러나? 오늘 괜히 객기 부리고 출근 안 해서 내 함정에 내가 빠졌나? 또 소심증.

도시의 소음이 모두 그에게 몰려온다. 달려든다.

소음을 피할 수 없을까?

그는 바지 주머니에 두 손을 푹 찌른 채 어떻게 해야 할까 잠시 망설였다. 기어이 다시 도시로 돌아왔다. 그래 봐야 몇 시간이나 떠나 있었나? 겨우 한나절. 그래도 기어이 돌아왔다. 이 소음의 거리로.

무작정 걸어 보자. 걷다 보면 무슨 수가 생기겠지. 한낮의 나른함이 도시 전체에 꽉 차 있었다. 차들도 느릿느릿, 아침의 분주함은 어디론가 싹 가시고 없다.

깊은 생각? 깊은 생각도 없다. 그저 걷고 싶다. 그 옛날, 벌써 옛날이라고 할 수밖에, 아내와 연애할 때 할 일도 없으면서 무작정 거리를 쏘다니던 시절, 그 때가 떠오른다. 그 때는 자신도 아내도 그 도시를 떠나 더 큰 도시, 서울로 옮겨 와 있었다. 그러니 어디를 쏘다녀도, 하루 종일 쏘다녀도, 아는 사람 하나 만날 일이 없었다. 아무튼 꼭 그래서만은 아니었겠지만, 발이 부르터서 물집이 생겨도 마냥 쏘다니던 시절, 그런 시절이 있었다. 그녀와 나 사이에도. 사람이라는 게 또 항상 불행하기만 한 것은 아니지 않은가.

멀리, 아침에 올랐던 산이 버티고 서 있다. 벽이다. 모든 것이, 이 도시의 모든 것이 저 산처럼 버티고 서 있다. 그의 주위 어디에고.

사람들은 모두들 위대해 보였다. 그렇지만 그에게 사람들은 언제나 벽이다. 도대체 뚫고 들어갈 수 없는 벽이다. 왜들 그러는지 모두들 가슴팍에 철판을 대고 사는 것 같았다. 그들은 조그마한 일에도 심각해한다. 그들은 하찮은 일에도 거창한 이론을 갖다 댄다. 그들은 사소한 일에도 목소리를 높인다. 벽이다. 저 산처럼. 떡 버티고 있는 저 산처럼. 아침의 산이 아니라 한낮의 산. 지금의 저 산처럼. 요사스러운가? 하긴 요사스러운 것이 어디 뱃속뿐이랴.

　그의 옆으로 젊은 여자가 서너 살쯤 되어 보이는 어린애를 걸리며 지나가고 있었다. 까꿍까꿍. 손뼉을 치며 저만큼 떨어져서 어린애를 불렀다. 어린애는 좋아라 활갯짓을 하며 엄마를 쫓아갔다. 이 도시의 거리에 영 어울리지 않는 풍경. 그 풍경을 지금 보고 있다. 그의 긴장된 표정 위로 웃음이 잠깐 스쳤다. 그도 아기를 갖고 싶다. 그러나 그의 아내는 반대다. 어떻게 된 영문인지 아이 욕심이 없다. 서울 타향살이에 애까지 딸리면 어쩌자는 것이냐며 난리다. 집 살 때까지 애를 갖지 않는다나 어쩐다나. 희망이 와르르 무너진다. 어린애의 웃음소리와 함께.

　그의 월급으로는 평생을 모아도 집을 살까 말까다. 집 사면 환갑쯤 될걸? 그 때는 애를 낳고 싶어도 낳을 수 없겠지. 아내는 그걸 노리는 걸까? 아니야, 아마도 나보고 돈을 많이 벌어 오라는 걸 거야. 그런데 현재의 내 직장에서는 뾰족한 수가 없다. 아무리 발버둥쳐 봐야 두 식구 먹고 적금 넣기도 힘들다. 주택부금 같은 거라도 하나 부어야 될 텐데. 총각 때 시작한 적금도 벅차서 아직 주택부금 같은 건 생각도 못 한다. 무능력? 이런 걸 보고 무능력이라고 하나? 할 수 없다. 무능력이라면 무능력자 노릇을 감수할 수밖에. 남들은 이 재주 저 재주 피우며 잘들 사는데.

아이야, 아이야, 까꿍, 까꿍. 남의 애를 보고 그냥 그래 보았다. 저 애는 너무나 먼 곳에 있다. 나 같은 사람에게는. 아무나 아빠가 되는 게 아닐 거야.

아침의 키 작은 사내. 그 작자가 자꾸 걸린다. 그 사내는 아이가 있을 거야. 그토록 절실하게 용감하게 사는 사람은 애까지 먹여 살릴 수 있거든. 나는 그 짓도 못 한다. 아무나 하는 게 아니야…….

그럭저럭 회사 근처까지 걸어와 버렸다. 차를 타도 한참 걸리는 곳을 그는 그냥 걸어와 버렸다. 어디로 간다는 생각조차 없었는데 그의 발은 익숙하게도 그를 회사까지 데려와 버린 것이다. 이제 어찌할꼬. 여기까지 오긴 왔는데……. 소심증, 또 그것이 발동한다. 그냥 들어갈 수가 없다. 상판대기들 때문에. 그래도 어떻게 하나? 여기까지 와 버렸는데……. 에이, 모르겠다. 전화나 한번 해 보자, 일단. 탐색, 아니 탐험이다. 그의 방식으로 말하자면.

탐험을 한다. 머릿속으로 열심히. 어제 계수는 맞춰 놓았고. 어음장? 결재 서류? 대충 정리해 놓고 퇴근했지 아마. 오늘 할 일은? 거래처에 외상 대금 독촉하는 것하고……. 그렇지, 엊그제 부장이 접대비로 가져간 돈 오늘 계산 맞춰 놓아야지. 이리저리 열심히 숫자 옮겨 적어서. 그렇다면 지금 전화를 하면 누가 받을까? 계장? 과장? 부장은 확실히 아닐 테고, 계장 아니면 과장. 그 작자들 지금 점심 먹고 들어와 책상 위에 발을 걸치고 잡담이나 하고 있겠지. 뭐라고 하지? 왜 출근 못 했다고 하지? 아침에 집에서 나온 건 확인했으니……. 그렇다면, 그렇다면……. 소매치기당했다고 할 수도 없고 산에 갔다 왔다고 해? 그건 더더욱 안 돼. 꼭 정신병자 취급받기 알맞지. 자포자기. 늘 쓰는 방법이다. 머릿속으로 열심히 이것저것 탐험해 보다 안 되면 에라 모르겠다, 모르는 것이 약이다, 당하는 대로! 닥치는 대로 해 버리고 마는 게 그의 오랜 습성이다.

근처 다방으로 들어갔다. 그러나 차 주문할 돈도 없고 또 차 마시고 싶은 생각도 없다. 그저 그 다방의 공중전화, 공중전화를 이용하자는 것뿐.

다방 문을 밀치자마자 어서 오세요 어쩌고저쩌고. 그 인사말

일랑 다방 문 밖으로 밀어내 버리고 그는 얼른 공중전화통 앞에 가서 섰다. 포기다. 수화기를 들고 동전 집어 넣고. 탐욕스럽기도 해, 이놈의 전화통은. 꾹꾹 잘 받아 먹는단 말야. 신호가 간다. 한 번, 두 번, 세 번. 긴장, 포기, 긴장, 포기. 찰칵. 저쪽에서 여보세요, 한다. 네에, 저예요, 김 양이요. 지금 어디세요? 뜻밖에도 김 양이 받았다. 어휴, 한숨 돌렸다. 내 전화를 기다리고 있었나? 잽싸게 알아보고 어디 있는지부터 파악하려 든다. 어디라고 할까? 순간적으로 머리가 핑 돈다. 그래, 좋다. 밀고 나가자. 응, 김 양이구나. 여기, 병원인데, 별일 없어? 별일 터졌어요. 어디 병원이세요? 왜 이제 전화하세요? 난리 났어요! 난리? 예. 무슨 난리? 부도났어요. 부도? 예, 계장님이랑 같이 계세요? 계장님? 아니, 계장님은 왜? 계장님도 오늘 안 나오셨어요. 계장님도? 예. 정말로 두 분이 같이 계신 거 아니에요? 혼자야! 그럼 잠깐 기다리…… 그러는 사이 삐익 3분이 지나 버렸다. 수화기를 그냥 내려놓았다. 지옥의 사자와 통화한 것 같았다.

좀 생각을 해 봐야겠다. 부도라니? 계장도 출근을 안 했다니, 무슨 소리야, 도대체? 김 양이 누굴 바꿔 주려고 했던 모양인데, 과장 아니면 부장이겠지. 그런데 계장은 왜 출근을 안 했을까? 부도는 왜 나고? 아직 그런 일 한 번도 없었는데. 왜 계장이 나하고 연결이 되지? 일단 다방을 나왔다. 다방 사람들 눈초리도 있고 해서, 차도 안 마시면서 전화만 계속 쓸 수가 없었다.

다방을 나와 왼쪽으로 꺾어서 걸어 나갔다. 조금 올라가면 지하상가가 나오고 그 상가 입구에 공중전화가 있다. 지상의 전화는 너무 시끄러워서 통화하기가 힘들다. 전화만큼은 지하에 있는 게 조용하다. 밖의 소음이 차단되므로.

다시 전화통 대하기가 겁난다. 그러나 기왕 이렇게 된 것, 수화기를 든다. 첫 신호가 가자마자 동전이 넘어간다. 부장 목소리다. 당신 지금 어디야? 예, 병원인데요. 아니, 어제까지 멀쩡하고 아침에 출근한다고 나섰다면서 병원은 무슨. 예, 그런 사정이 조금……. 당장 들어와! 무슨 일인데요? 몰라서 물어? 엉망으로 해 놓고. 엉망요? 뭐가요? 계장은 어딨어? 예? 계장님요? 잘 모르겠는데요. 둘이 해 처먹었지? 예? 해 처먹어요? 뭘요? 이 사람 웃기지 말라구. 벌써 증거 다 확보해 놨으니까. 당신 도망 다녀 봤자야. 금방 잡힐 테니까. 그냥 회사로 와. 와서 해결해! 그는 가만히 듣고 있다가 수화기를 내려놓고 말았다.

도대체 알 수 없는 일이다. 해 처먹다니? 뭘 해 처먹었나, 내가? 그리고 도망이라니. 내가 왜 도망이야, 도망은? 그냥 하루 결근이지. 은근히 부아가 치밀었다. 그런데 이상하다. 계장은 왜 출근 안 했지? 정말로 계장이 해 처먹은 거 아냐? 그래 놓고 내게 뒤집어씌운 거 아냐? 하필이면 왜 이런 날 내가 결근을 했나? 가슴이 덜컥 내려앉았다.

그는 결백하다. 회사 돈이라면 단 1원도 축낸 게 없다. 오히려 일일 결산 때 돈이 잘 맞지 않으면 만 원이고 오천 원이고 물어 넣었으면 넣었지. 그런데 계장은 달랐다. 설렁설렁 지출 명세서 없이 돈을 인출해 갔다가 며칠 뒤에 맞춰 놓곤 했다. 그냥 눈감으면 그 정도는 가능했다. 장부 처리는 잘 해 놓고 시재액만 나중에 맞춰 주면 됐으니까.

그런데 계장은 갈수록 그렇게 며칠씩 이용하는 돈의 액수가 늘어났다. 그 돈으로 증권 투자를 하는 눈치였다. 증권이 오를 때는 하루 이틀이면 시재액이 그냥 맞춰졌으므로 별 문제가 없었다. 그러나 요즘에는 그렇게 되지 않는다. 주가가 하락한 지 벌써 몇 달째다. 가끔 하루 이틀씩 양념으로 오르는 날이 있긴 했어도 그 정도로는 어림없었다. 계장은 아마 요즘 자기도 모르게 회사 돈에 손을 댄 모양이었다. 그렇다면 난 상관 없는 일이잖아. 오늘 무단 결근한 것말고는. 그런데 계장은 왜 하필 이런 날 같이 결근하고 말았나? 물귀신처럼 같이 물고 들어가려고? 어차피 막지 못할 일 언제 터지더라도 터질 일이었으므로 지금쯤 터뜨려 버린 건가? 손해를 만회하려고 두 번 세 번 회사 돈 빼내서 주식 매입한 게 꽉 물려 버렸는지도 모른다. 정말, 그렇게 되도록 자기는 왜 몰랐을까? 아, 맞다. 아까 김 양이 부도라고 했지. 진작에 입금해야 할 돈을 계장이 갖고 있다가 거래 은행에 입금시키지 않고 슬쩍해 버렸는지도 모른다. 그래서 은행에서 연락이 오고 회사에선 난리가 나고……. 대충 그렇게 머릿속으로 탐험을 해 봤다. 피곤한 일이다. 정말 그랬다면, 그는 어떡해야 하나 생각했다. 액수가 얼마나 될까? 잡힌다고 했지? 하긴 공금 횡령죄로 벌써 경찰서에서 수배 중인지도 모르겠군. 그래서 집에 들렀느냐고 묻는 전화를 했고.

어디로 가나, 이렇게 되면. 회사? 집?

8

키 작은 사내, 그는 움찔했다.

커다란 그림자가 그를 가리고 있었다.

어떻게, 그가? 아찔했다. 겨우 굳은 어깨를 펴고 고개를 살짝 돌려 봤다. 아니었다. 차림을 보니 운동장에서 축구를 하던 건장한 사내였다. 그는 헐떡거리고 있었다. 아직 숨이 차는지. 아마 어딘가 급히 전화할 일이 생겼나 보다. 그는 후유, 한숨을 돌렸다. 오늘은 왜 이렇게 덜컥덜컥 내려앉지?

그는 강둑 위로 걸어 올라왔다. 아무래도 집에 무슨 일이 난 거야. 일진이 좋을 것 같아 흥얼거렸는데 이게 뭐냐. 마누라는 마누라대로 속썩이고, 고객은 고객대로 뇌리에서 쉽게 떠나지 않으니.

둑을 지나 횡단보도 앞에 섰다. 차가 씽씽 지나갔다. 강변도로여서 좀 한적한 탓이리라. 한참을 기다려도 길이 트이지를 않는다. 망할 놈의 것, 신호등도 없어. 더 기다릴 수만도 없어서 왼손을 들어 차를 저지하는 자세를 취하며 건널 채비를 했다.

막 차도에 내려섰는데 흙을 잔뜩 실은 대형 트럭이 막무가내로 지나갔다. 러닝셔츠만 입은 운전사와 조수 녀석. 높은 운전대에서 내려다보며 낄낄거리며, 아주 으쓱거리며, 지나가 버린다. 젠장맞을 것. 뛰어들어 버릴 수도 없고. 그 다음, 버스가 지나갈 차례. 버스 운전사도 그와 같은 통행인 하나쯤은 관심 밖인 듯, 그 차체만큼이나 무표정한 얼굴로 휑 지나갔다. 바람이 일었다. 하마터면 넘어질 뻔했다. 오늘 왜 이러는 거야, 정말. 그렇다고 성질대로 할 수도 없다. 골재 채취 차량 한 대가 지나가고, 관광버스 세 대가 연속으로 지나가고 나서야 조그마한 차가 멀리 보였다. 역시 만만한 건 저런 거야. 그는 육감으로 순식간에 그렇게 판단하고 얼른 차도로 뛰어들었다. 일방통행의 강변도로. 뒷부분이 잘려 나간 듯한, 빨갛고 조그마한 반 토막짜리 승용차가 끼익 섰다. 그러나 그는 차가 서는 것과 동시에 쓰러졌다. 어이

쿠, 제대로 비명지를 새도 없이. 순식간에 도로가 막혔다. 줄줄이 차들이, 형형색색의 차들이 멈추어 섰다. 그의 의식도 같이 멈추어 섰다.

그는 반 토막 빨간 차의 운전사에 의해 길 옆으로 옮겨졌고, 도로는 잠시 후 뚫렸다. 그의 머리에서 흘러나온 핏자국 위에 꾹꾹 바퀴 자국들을 찍어 놓으면서. 길은 벌써 모든 것이 정상. 길은 트였어도 그의 의식은 아직 트이지 않았다. 반 토막 빨간 차의 운전사, 재수 없다는 듯한 표정. 그러나 사고 지점은 어찌 됐건 횡단보도였던지라 보행자보다는 운전자에게 더 책임이 주어지는 곳. 더구나 훤한 대낮. 뺑소니도 칠 수 없고. 어쨌든 가해자가 명명백백하게 결정되었다.

운전사는 그를 태우고 몇몇 병원을 찾았으나 번번이 거절당했다. 신원이 불확실하고 보호자가 아니라는 것. 비정한 놈들, 피를 질질 흘리는 걸 보면서도 뒷일만 생각하는 놈들. 어찌어찌 하여 좀 한갓진 병원에 그를 데려다 놓고, 운전사는 그의 호주머니를 뒤졌다. 피해자의 가족을 부르긴 해야 하니까. 주머니를 뒤지니 주민등록증이 들어 있는 지갑이 나왔다. 지갑엔 만 원짜리 서너 장이 들어 있었다. 그 만 원짜리 가운데 두 장은 오늘 아침 일당이었고, 나머지는 아내가 그에게 건네준 용돈일 것이다. 지갑 제일 작은 칸에서 명함이 나왔다. 명함은 모서리가 닳을 대로 닳아 오그라졌고 땟국이 줄줄 흘렀다. 그래도 그 명함의 이름과 주민등록증의 이름이 일치하여 다행이었다. 가족을 불러 합의를 해야 되고 간호도 맡겨야 했다.

운전사, 명함에 적힌 대로 번호를 눌렀다. 그런데 사무실이라고 적힌 곳의 전화에서는, 잘못 걸었거나 없는 전화번호라는 금속성 목소리가 수화기를 타고 흘러나왔다. 한 번 더 돌렸다. 역시, 지금 거신 번호는 어쩌구저쩌구 똑같은 소리였다. 운전사, 다시 자택이라는 곳의 번호를 돌렸다. 전화를 받지 않는다. 두번 세 번 걸어도 받지 않는다. 할 수 없는 운전사, 그의 수술이 끝나자 병원 쪽에 자신의 신분을 밝히고 신분증을 보여 주어 직장 확인받고, 잠시 뒤 병원을 나갔다. 다행히 그는 생명에 지장은 없고 두어 달 입원 치료하면 될 정도였다. 운전사, 먼저 차의 피 묻은 시트를 갈고 돈을 마련해 왔다. 보험 처리하면 이래저래 골치 아플 것 같아 피해자와 직접 타협하고자 했다.

그러는 동안 병원에서 보호자에게 연락해 보호자가 와 있었다. 얼굴이 푸석푸석하지만 순박해 보이는 그의 아내였다.

그의 아내, 아침에 그가 출근한 뒤 얼마 안 돼서 전화를 받았다. 그이가 웬일이랴, 나가자마자 전화하게. 아무 생각 없이 수화기 들고, 당신이유? 아니었다. 수화기 저쪽에서는 아들녀석의 담임 선생이 기다리고 있었다. 아들녀석이 아침에 등교해서 교실에도 들어가지 않고 애들하고 그네 타다가 떨어져 팔을 삐었다는 것. 허겁지겁 입고 있던 그대로 학교로 달음박질. 아들녀석은 벌써 담임 선생 손에 이끌려 학교 지정 병원에서 뼈를 맞추고 석고를 댄 뒤 붕대를 칭칭 감고 있었다. 아들녀석은 과자 봉지 쥐여 주자 아픈 줄도 모르고 마냥 좋아한다. 철딱서니없는 것. 오늘은 일진이 왜 이럴까? 그의 아내 입에서는 한숨부터 나왔다. 가해자에게 뭐라고 대들어야 할 것 같았지만 막상 가해자를 보니 할 말도 없었다. 병원비 다 대고 일 못 하는 기간만큼 생활비 대 주겠노라, 그리고 후유증 있으면 치료비 더 대겠노라 했다. 가해자는 꽤나 선선한 편이었다.

그의 아내는 어찌 보면 잘 되었다고 생각했다. 병원에 누워 있는 동안은 가슴 내려앉는 일이 없겠군. 오늘 하루 얼마나 놀랐는가. 한꺼번에 십 년이 늙어 버리는 듯했다. 학교에서 병원에서 두 번씩이나 가슴 철렁이게 하던 전화. 전화가 때로는 흉물이기도 하다.

9

그는 어디로 가야 할까, 망설여졌다.

머릿속에 경찰의 굳은 인상들이 들어와 박혔다. 나를 경찰에서 벌써 잡으러 다닐까? 이대로 회사로 들어갈 수는 없고, 그렇다고 그를 그라고 보증해 줄 신분증도 없다. 회사에선 신용 또는 인격을 이미 도둑맞았고, 출근길에선 오늘 점심을 포함한 몇 끼니의 밥값과 그로 행세해 주던 증명서들을 도둑맞았다.

도둑, 이 세상엔 맨 도둑뿐이었다. 그렇다. 아침에 머릿속에서 탐험하듯 더듬다가 내뱉던 말이 생각난다. 펜대 하나로 사람 못 살게 구는 놈. 그런 강도가 멀리도 아니고 그의 곁에 있었다. 무슨 권세 줄이나 꽉 잡고 있는 높은 나으리도 아닌, 그의 직책보다 겨우 한 계급 높은 자리의 계장이라는 작자. 그 인간이 그에게 펜대 하나로 강도질을 할 줄이야. 졸지에 그 인간의 펜대 끝에서 그는 공범이 되고 말았으니, 아무튼 낭패다. 이 처지를 누구에게 하소연하나? 아내에게도 친구에게도—생각해 보니 그는 친구도 별로 없다—말할 수 없을 것 같다. 어떻게 해? 어떻게 해? 조바심은 바짝바짝 나는데, 한껏 솟아오른 한낮의 달궈진 태양이 그의 머리꼭지 위에 햇살을 쏟아붓는다. 머리꼭지가 가렵다. 근질근질. 태양열까지 받으니 조바심도 솟아오른다. 솟아오를 데라곤 머리꼭지 이상은 없고 하여, 그의 머리꼭지는 지금 격전을 치르고 있다.

무거운 머리를 이고 무거운 다리를 끌고 어디로 가야 한담?

골똘히 생각에 잠겼다. 그렇다고 내부에서 맑은 소리가 흘러나오는 것도 아니다. 비실비실하고 있는데, 바로 앞에서 끼익— 영업용 택시가 선다. 눈알이 튀어나올 대로 튀어나온 운전사 양반이 차창 밖으로 고개를 내밀며, 야, 이 새끼야! 죽고 싶어 환장했냐? 신호 보고 다녀, 쌍! 그리고 휑 지나간다.

고개를 들어 보니 그는 지금 거리 한복판에 서 있다. 차들이 쌩쌩 질주한다. 건너다가 보니 빨간 불이 켜져 있다. 그의 머릿속에도 온통 빨간 불이 켜져 있다. 위험하다. 겨우 정신을 수습해서 횡단보도를 건너왔다. 교대를 하는지 한 무리의 전투 경찰이 두 줄로 서서 발을 맞추며 그의 곁을 지나갔다. 저벅! 저벅! 가슴이 덜컹했다. 그도 군대 생활을 했지만 도시의 거리에서 만나는 제복은 늘 불길하다. 경찰복이든 군복이든. 심장 가운데가 저벅! 저벅! 짓밟히는 듯했다.

사람의 홍수. 그들 경찰이 지나가자 사람들이 몸에 부딪쳤다. 벽이다. 부딪치는 사람마다 그에게는 벽처럼 아득하게 높이, 두껍게, 단단하게 느껴졌다.

그는 어느새 네거리까지 왔다. 네거리, 여기가 어디? 밑으로 지하철이 다니는 시내 중심지였다. 지하철을 탈까? 네거리에서는 늘 망설이게 된다. 버스를 타자니 길을 두 번 건너야 되고 지하철역으로 들어가자니 오르내리는 계단이 싫다. 모르겠다. 되는대로. 어차피 호주머니 속에는 동전도 달랑달랑. 다시 머리 위의 태양이 따갑다. 지하도로 들어가자.

그런데 가슴이 덜컥했다. 지하도 입구에 사복 경찰들이 지키고 서서 오가는 사람들 중 젊은이들만 골라 검문 검색을 하고 있다. 그는 아직 젊다. 늘 검문의 대상이 되었다. 어떡하지? 나를 잡으려고 그러는지도 몰라. 부장 말이 금방 잡힌다고 했잖아. 그를 대신할 신분증 쪼가리 하나 없다. 차라리 잘 되었나? 주민등록증 잃어버렸소, 그렇게 대답해? 안 돼! 그러면 더 의심받아. 그러면 어떡해? 무단으로 저기를 뚫고 지나갈 순 없어. 어쩔 수 없다. 태양열에 머리꼭지가 익더라도 건널목을 두 번 건너자. 두 번쯤 건넌 뒤엔 집으로 가? 안 돼. 이 무감각. 지금 집으로 갈 수도 없잖아. 그러면 또 어떡해? 아이구, 날이면 날마다 어떡해야 하나.

턱 건너다보니 절터라고 했는데, 어떡하나 하고 또 턱 건너다보니 신문사 건물이 눈에 들어왔다. 신문사 건물. 그가 아침마다 첫 집무로 시작하는 세상 탐험. 그 모든 것이 저 건물 안에서 가공되어 나온다. 아니 그런데, 네거리 왼쪽 신문사 건물 뒤편에서 로마의 병정 또는 이순신 장군의 투구 같은 차림을 한 경찰들이 쏟아져 나왔다. 이젠 신문사에서 경찰도 가공해 내보내나? 잠시 어리벙벙. 덜컥, 조바심, 소심증, 날 잡기 위해서! 그렇다. 날 잡아서 신문사에 데려가 기사를 쓰기 위해서! 튀자. 이럴 땐 튀는 거야! 내가 왜 잡혀.

그는 죽을힘을 다해 튄다. 튄다! 튄다! 신문사 뒤쪽에서 한 떼의 사람들이 쏟아져 나왔다. 함성. 구호들을 외치지만 뭐라고 하는지 잘 모르겠다. 그저 하늘에서 땅을 향해 내리꽂는 주먹질. 그리고 외침, 외침, 외침만! 그는 하늘을 쳐다보았다. 머리가 핑 돌았다. 그는 사람들을 바라보았다. 갑자기 그들이 부러워졌다.

순식간에 결론을 내렸다. 아니다! 도망갈 필요가 없다. 내가, 내가 왜 도망을 가? 난, 도망갈 이유가 없어! 잡히다니, 내가 왜 잡혀? 난 잡혀갈 이유도 없어! 그렇다. 저 사람들 속으로 섞여 들어가자. 그래야 한다. 저 자신만만한 사람들 속으로 뛰어들어야 한다. 저들 대부분은 바쁜 회사일도 제쳐두고 거리로 나왔을 것이다. 나처럼 엉금엉금 돌아다니다 나온 게 아닐 것이다.

네거리를 두 번 건널 필요가 없다. 대각선으로 질주!

뜨거운 햇살과 거리의 열기가 버무려져 그의 심장은 더욱 빠르게 뛰었다. 마침내 그는 사람들 속으로 들어갔다. 아마 오늘도 시위 계획이 있나 보다.

올 봄 들어서는 유난히도 자주 거리 집회가 열린다. 경찰은 갈수록 거칠어지는데 시위자들은 경찰쯤은 조금도 두려워하지 않는다. 그도 시위자들이 하는 대로 따라 했다.

그 동안 시위 현장을 몇 번이나 목격했지만, 더구나 '그 해 5월'의 난리통도 겪었지만, 그는 늘 외로운 방관자였다. 뭐가 뭔지, 왠지 소심해져 버렸다. 그런 그가 노조 간부는 어떻게 했는지. 그런데 오늘은 그렇지 않다. 적극적, 무척 적극적이다. 처음에는 사람들 속에서 ……하라! ……타도! 하고 겨우 따라 하다가 나중에는 맨 앞이었다. 아마 그렇게 노조 간부도 했나 보다.

앞에 나서서 선창하는 주동자! 주동자! 그는 어느새 주동자가 되어 있었다. 우르르 한 떼의 로마 병정들이 몰려오고 최루탄 터지는 소리가 시끄럽다. 콧물. 재채기. 눈물. 숨막힘……. 그에게 쏟아지는 몽둥이질. 발길질.

그는 어렸을 적 논둑길의 개구리를 떠올렸고, 이내 곧 개구리가 되어 쭉 뻗어 버렸다. 논둑길 위로 나비 떼가 날았다. 피는 길바닥 위를 흥건히 적셨고, 그는 시위 군중에 의해 병원으로 옮겨졌다. 두 군데 세 군데를 거친 뒤 허름한 병원으로.

아무도 그가 누군지 몰랐다. 그를 대신할 것은 아무것도 없다. 사람들은 흩어졌고 그 날 저녁 석간신문에 '시위 격렬, 신원불명의 회사원 차림 중상자 발생'이라는 기사가 가공되어 나왔다. 그는 머리를 붕대로 칭칭 감아 버렸다. 그의 얼굴은 곁에서는 찾아볼 수 없다.

그는 의식이 들 때마다 ……하라! ……타도! 했다.

그럴 때마다 소음이 들렸다. ……하라! ……타도! 그러나 곧 잠잠해졌다. 그는 이제 중환자다. 오늘 일진은 그를 중환자로 만들어 병원 침상에 누워 있게 했다.

편리한 세상, 아니 무서운 세상. 엄지손가락 지문 하나로 그는 신분을 되찾았다. 그의 아내는 그 큰 덩치로 병원을 휘젓고 다니며 당신! 여보! 했다. 아마 속으로는 꽤나 사랑했었나 보다.

그의 신분이 찾아지자 그는 깊은 잠 속으로 빠져들었다. 이제 점점 그를 잃어 간다. 다시 신분증이 그를 대신한다─병원 환자 카드. 이제 카드가 그다. 그는 계속 더 깊이 잠들어 가고.

10

그와 또 그, 키 큰 사내와 키 작은 사내는 이제 한솥밥을 먹게 되었다. 얄궂은 운명, 아니 만남이었다. 그러나 그들 둘은 아직 모른다. 환자 카드만이 그들을 대신한다.

둘은 머리 전체를 흰 붕대로 칭칭 감고 있어 서로를 석고상 같다고 생각한다. 내 모습이 저럴 거야.

그들은 하루 종일 누워서 보낸다. 둘 다 외상을 당한 환자. 그러나 생명에는 지장이 없다.

이젠 침대 윗부분을 세웠다.눕혔다 하며 하루를 보내지만 화
장실 가기는 힘들다. 걸을 때마다 골이 흔들리는 것 같다. 그들
은 하루 종일 말도 할 수 없다. 입 있는 데가 아직도 얼얼하고,
그나마 붕대로 입 주위까지 칭칭 동여매 놨다. 고무 호스가 겨우
위장을 달래 주는 처지.

하루.

이틀.

사흘.

나흘…….

열흘쯤 지났다.

차츰 그들은 나아졌다. 아-암, 현대 의학 기술이 얼마나 발전
했는데, 나아지고말고!

그들은 화장실도 다닐 수 있고, 일어나 앉아 있을 수도 있다.
그들은 서로 인사했다. 아직 입을 열어 말을 하기는 곤란하다.
그러나 손은 자유로웠다. 종이를 놓고 연필로, 어쩌다가 여기 왔
소? 교통사고로요, 당신은? 난 잘 모르겠소. 예? 잘 모르다니
요? 글쎄, 무슨 소리가 들렸었는데……. 그 날은 그 정도로 끝.

그들의 아내끼리는 벌써 친해졌다. 동병상련이라고, 교대로
병실을 지키며 바깥일을 나눠 보았다.

키 큰 사내만 모르지, 키 작은 사내와 아내들은 안다. 그가 뭐하다 여기 왔는지를. 시국 사범, 그는 어느새 시국 사범이다. 회사 돈 훔쳐서 운동권 뒷돈 대 주고 시위 주동하고 노조 간부 하고 하는 그런 사람. 언론에 의해, 아니 그보다 먼저 회사에 의해, 경찰에 의해, 그는 사람이 바뀌어져 있었다.

키 작은 사내는 차라리 그가 부럽다. 얼마나 떳떳하냐.

나는 내놓고 운동이고 시위고 할 형편도 아니다. 아니, 오히려 싹 쓸어 버려져야 할 대상이다. 나도 차라리 키 큰 사내처럼 살다가 다쳤으면 얼마나 좋을까? 자괴감. 살다가 또 이렇게 자기 자신이 창피하고 부끄럽게 느껴진 적도 별로 없었다. 남들 시위하는 현장에서도 자기는 그저 구경이나 하고, 아니 불편하다고 짜증이나 냈다. 개새끼들 먹고살 만하니까 별 지랄들을 다 하네! 무심코 그렇게 내뱉곤 했었다. 그런데 난 지금까지 누구 덕분에 먹고살았나. 인간 기생충!

늘 신문기자들이 들락거린다. 그러나 그에게서는 한 마디도 들을 수 없다. 본인이 아무것도 모르겠다고 하니. 뇌를 다쳤나? 키 작은 사내는 그렇게 생각했다. 쯧쯧, 안됐다. 아직 젊은데. 곤봉에 발길질에 방패에 찍혔나 보다―기자들의 말을 종합해 보니. 어쩔 땐 아주 심각한 것 같고 어쩔 땐 보통 환자 같은 키 큰 사내. 그는, 그의 의식은 한 점과 다른 한 점 사이를 왔다갔다한다. 외로운 투쟁. 의식과 무의식 사이에서 겉의 상처는 그래도 점점 나아졌다.

차츰 그와 또 그는 머리에 감은 붕대를 턱 있는 곳부터 조금씩 풀었다. 둘 다 외상은 많이 좋아졌다는 증거. 덕분에 입으로 밥을 먹고 입으로 말을 할 수 있게 되었다. 입으로 먹고 입으로 말하는 것을 아주 당연한 것으로 알고 있을 때는 입의 고마움을 몰랐다. 무엇을 잃어 봐야 그것의 존재 가치를 정당하게 평가하게 된다.

아, 입으로 먹고 말할 수 있으니 얼마나 자유로운가! 키 작은 사내, 그는 의식이 아주 멀쩡하다. 키 큰 사내, 그는 아직도 왔다 갔다한다. 그러나 눈으로 보이는 상처는 별로 깊지 않은 듯. 둘은 이제 많이 친해졌다. 아직 깊은 얘기는 서로 하지 않지만, 하루 종일 가장 가까이에서 지내는 처지가 별로 어색하지 않고 오히려 서로 잘 되었다고 생각한다. 얼마나 따분했을까, 저 사람이 없었으면!

붕대가 점점 벗겨지자 서로의 얼굴 윤곽도 조금씩 드러나기 시작했다. 의식이 정상인 키 작은 사내는 붕대가 벗겨질수록 고민이 생겼다. 아무래도 키 큰 사내를 어디서 본 듯했다. 맞다. 사고나던 날의 고객이었던 것 같다. 저 얼굴의 저 윤곽에 안경만 씌운다면. 그러나 아직 단정할 수는 없다. 얼굴 전체를 벗겨 봐야 안다. 그런데 붕대가 한 겹씩 벗겨져 얼굴 부분이 조금씩 더 드러날수록 그에게 더 친근감이 생겼다. 그러나 키 큰 사내는 키 작은 사내를 전혀 알아보지 못한다. 아직도 환자 동료, 말벗 정도로밖에 생각하지 못한다.

그런데 키 작은 사내는 경찰관을 봐도 아무렇지 않고 오히려 뭔가 쾌감을 느끼는데, 키 큰 사내는 경찰관만 보면 침대 밑으로 숨어들거나 이불을 뒤집어쓴다. 화장실 가는 길에라도 만나면 화장실에 들어가 한 시간이고 두 시간이고 나오지를 않는다. 가끔 병실에 경찰관이 찾아온다. 키 큰 사내의 행적을 조사하기 위해서. 물론 기자들도 끊임없이 들락거리고.

하지만 키 큰 사내는 말해 주거나 보여 줄 수 있는 것이 아무것도 없다. 그래서 매일 같은 말뿐이다. 난 어떻게 된 건지 모르겠소! 그래도 그에 대해 어떤 결론이 났나 보다. 경찰관이며 기자들의 발걸음이 점점 뜸해진 것을 보면.

키 작은 사내, 그도 키 큰 사내가 궁금하기 짝이 없다. 그의 발달된 육감으로도 도저히 잡히지를 않는다. 그가, 그가, 그가!

잠시 잃어버렸던 그의 신분증은 그 동안 그의 집에 얌전히 돌아가 있었나 보다. 키 큰 사내의 아내가 그것을 가지고 병실에 들어섰다. 이제 의문의 여지가 없다. 그는 그 날 아침 그의 고객이었다. 이렇게 동료 환자로 서로 만나게 될 줄이야!

키 작은 사내는 마음이 아팠다. 키 큰 사내의 아내에게서 사고 당일 그가 회사에 결근했다는 소리를 듣는 순간 아찔했다. 아마 자기 탓이었으리라. 그는 어떤 식으로든 자기 직업에 대해 합리화를 하며 변명할 거리를 갖추며 살았지, 아직까지 회의하거나 후회하거나 불만을 품지 않았다. 어차피 세상은 뜯고 뜯기며 사는 것 아니냐! 그렇게 쉽게만 생각했다. 그런데 이제 갑자기 그 자신이 싫어졌다. 부끄러워졌다.

그들은 거의 동시에 머리의 붕대를 풀었다. 실오라기 하나 없이. 완전해졌다. 더 이상 추측이 필요 없다.

키 큰 사내, 지금은 비록 안경 없는 맨얼굴이지만 그는 그 버스 안의 그다. 그 날 아침의 고객!

뭐라고 변명을, 아니 사과를 하고 싶다. 그러나 그는 전혀 그를 알아보지 못한다. 오히려 그는 그를 걱정해 준다. 어떤 나쁜 놈의 차에 치였느냐고. 그럴수록 그는 그가 안타까웠다. 어떻게 하면 그에게 자기를 알아보게 할까, 아니 그 날의 기억을 되살릴 수 있게 할까. 사과는 완전히 대등한 처지가 됐을 때 해야 의미가 있다. 아직은 그는, 가해자다. 키 큰 사내는 피해자고.

키 작은 사내, 그는 키 큰 사내에게 자기 자신도 모르게 더 잘해 주게 되었다. 화장실도 같이 가고 병원 앞 잔디밭에서 가벼운 놀이도 같이 하고 가끔 병원 휴게실에서 텔레비전도 같이 보게 되었다. 그런데 일상 생활과 일상 언어는 거의 정상인데, 그는 그 날을 기억하지 못했다. 더욱 알 수 없는 것은 텔레비전에서 시위 장면이나 경찰관 복장이 나오기만 하면 몸을 부르르 떨며 아무 데고 숨으려 든다는 것이었다. 그러나 그 장면이 지나고 나면 또 지극히 정상이다. 그럴 만한 죄를 지을 인물도 못 되는 것 같았다. 더구나 병원에 출입하던 경찰이나 기자들의 말을 빌리면, 그는 거의 혐의를 벗은 것 같았다. 특히 회사 공금을 빼돌렸다는 것은 오해였던 것 같다. 다른 사람 때문에 뒤집어쓴. 단지 노조 활동을 했고, 좀 과격하게, 라기보다는 시위대의 선봉에서 주도적인 역할을 했다는 것, 그것이 아직 문제였다. 그러나 그것도 시간이 지나자 새로운 사건, 새로운 뉴스에 묻혀 그는 점점 저들의, 뭔가 힘을 마음대로 휘두르는 이들의 촉수에서 벗어나 있는 듯했다.

그런데 그는 아직도 이상하기만 하다. 소리가 들린다고 했다가 소음 때문에 심장이 터진다고도 했다. 무엇보다도 이상한 것은 병원에 입원하던 날의 상황을 전혀 기억하지 못한다는 것이었다. 거짓? 위장된 행동? 뭔가를 숨기기 위한? 그러나 그런 것같지도 않다. 그 동안 경찰과 기자들의 숱한 질문 속에서도 표정하나 변하지 않고 모르겠다고 일관되게 대답했다. 어떤 가식이나 거짓 없는, 그야말로 자기 자신도 답답하다는 표정이었다. 그

표정 때문에 경찰이나 기자들도 이젠 발길을 끊었다. 뭔가 진실을 나름대로 판단한 성싶기도 했다.

그러나 어찌 됐건 그는 지금 환자다. 아직은 외상을 당한 외과 환자다. 퇴원날을 기다리고 있는. 얼마 안 있으면 퇴원할 것이다.

그는 엊저녁에 잠을 못 잤다. 가슴이 터진다고 난리였다. 소음 때문에! 소리를 들어야 한다고. 키 작은 사내는 점점 그에게 다가갔다. 아무래도 그가 끼어들어야 할 듯했다.

11

한 달, 그리고 보름쯤 더 지났다.

그 사이 외상은 다 나아서 둘은 퇴원하게 되었다. 키 작은 사내, 그는 그의 생애 중 가장 편안한—역설이 아니다. 사실 그랬다—시간들을 보냈다. 그 동안 다소간의 자책감이 그를 괴롭히긴 했지만 그것도 시간이 지나자 조금 무디어졌다. 단지 키 큰 사내가 안됐을 뿐이었다. 그래서 퇴원하더라도 그의 동무가 되어 입원하던 날의 기억을 되살려 주자, 그리고 서로가 대등한 처지가 됐을 때 사과를 하자, 그리고 용서를 빌자, 그리고 진짜 친한 동무가 되어 보자! 그렇게 생각하며 지내니 자책감을 어느 정도 달랠 수 있었다.

지난 한 달 보름의 병원 생활. 힘들게 남의 밥그릇 빼앗지 않아도 정해진 밥그릇 챙길 수 있었고 그의 마지막(장담하자. 마지막이라고!) 고객에게 그 동안 그가 했던 모든 것을 사과할 기회를 어쩌면 가질 수도 있다. 그렇게 하고 나면 그는 정말로 홀가분해질 것 같았다. 키 큰 사내에게는 기억을 되살려 주고 나는 과거를 버릴 수 있게 해 주시오! 키 작은 사내는 정말로 다시 태어나고 싶었다. 이 굵직한 팔뚝에 걸맞은 일을 하고 싶다. 손가락 몇 개로 슬쩍 얄팍하게 사는 것이 아닌.

하루 이틀 간격으로 그들은 퇴원했다. 입원할 때와는 달리, 키 큰 사내를 찾는 경찰이나 기자들도 없었다. 이 사회란 쉽게 끓고 쉽게 식어 버리니까. 그래도 그게 얼마나 좋으냐. 키 작은 사내는 옛날에 그가 저지른 일이 신문에 날 때면 가슴이 덜컥했던 일이 떠올랐다. 하지만 한 달만, 아니 열흘만 지나면 사회도 또 그 자신도 그런 일일랑 까맣게 잊어버리지 않았느냐.

그는 오히려 아쉬웠다. 키 큰 사내와 조금 더 같이 지내며 그를 돌봐 주면 좋았을 텐데. 그러나 곧 아니라고 분명히 고개를 저었다. 이 곳에 갇혀 있어선 그나 나나 아무것도 할 수 없다. 자, 떠나자, 이 병원을. 그리고 그와 나의 새로운 만남을 시도하

자. 그는 결심했다. 그의 기억을 찾아 주고—자기를 기억하게 하는 것이 실마리다—내 과거를 청산하고 비로소 정식으로 동무가 되는 것이다. 정식으로 동무가 되어 그를 도울 수 있는 데까지 도우며 정말 건강한 웃음이 있는 생활을 하고 싶다. 그를 통해 나의 과거를 청산하고 그리고 그의 뇌 속에 나의 새로운 모습을 새겨 주고 싶다. 아니, 내 고객들 모두에게.

퇴원하고 사나흘쯤 지난 어느 날, 키 작은 사내는 키 큰 사내를 데리고 우선 이곳 저곳을 다녀 보려고 했다. 가만히 앉아서 말로만 옛날을 더듬어 본들 아무 의미 없는 소음의 교환밖엔 되지 않는다. 직접 가 보자. 연출해 보자. 옛날 그 기억의 자리에, 희미하나마 실마리가 되는 것이 있을 것이다. 지나 온 그 자리, 그 시간엔! 자, 어디로 갈까?

한 달 보름 전보다 사람들 표정이 더 굳어 있는 듯했다. 한 달 보름이라는 시간은 이 나라에서는 꽤나 긴 시간이다. 하루가 다르게 세상이 핑핑 돈다. 요즘 이 나라에선.

네거리에 섰다. 어디를 가나 네거리는 많다. 그런데 밀려오고 밀려가야 할 차가 보이지 않는다. 신호등 불빛만 파랑으로 노랑으로 빨강으로 바뀌고 있을 뿐. 아, 차들은 어디에서 질주하고 있을까? 아니면 멈춰 있을까? 그는, 키 작은 사내는 사람들을 읽었다. 굳은 표정. 어쩐지 저런 표정은 재수가 없었다. 저런 표정이 많은 날, 그는 빈털터리로 집에 들어가야 했다. 옛날, 아니 두어 달 전 얘기지만, 사람들이 굳어 있으면 그의 영업은 힘들어졌다. 사람들이 모두 촉각을 세우고 자기 자신들을 지키고 있으므로.

그와 또 그는 네거리를 그냥 건넜다. 차도 다니지 않는데 신호고 뭐고 기다릴 필요가 없었다. 그들이 네거리 한복판을 채 지나기 전 궁궁궁 하는 북 소리가 울렸다. 와 하는 함성 소리. 그들은 어리둥절했다. 잠시 후 한쪽 길에서 사람들이 쏟아져 나왔다. 대부분 젊은이. 넥타이를 맨 중년의 사람들도 더러 보였다.

갑자기 키 큰 사내, 그가 돌진했다. ……하라! ……타도! 지금까지의 눈빛이 아니었다. 뭔가 진지한, 그리고 힘찬 목소리. 그러나 키 작은 사내는 잽싸게 그를 잡았다. 저러다가 또 다칠라. 그를 데리고 네거리 아래를 관통하는 지하도로 내려갔다. 거기에는 경찰이 있었다. 키 큰 사내가 갑자기 안주머니를 뒤졌다. 그리고 손으로 뭐를 꺼냈다. 신분증! 그걸 한 손에 확실하게 쥐었다. 그러나 경찰을 봐도 병원에서처럼 숨거나 도망을 가진 않았다. 그를 증명할 신분증을 믿는 것일까? 키 작은 사내는 서늘한 웃음이 나왔다. 신분증이 사람을 증명해 준다면? 자기 자신은 얼마나 많은 사람을 훔친 셈이 되는가! 그 생각을 하니 두려워졌다. 사람을 훔치다니, 내가!

왠지 경찰은 예전처럼 검문도 하지 않고 사람들을 막지도 않았다. 싱겁다. 싱겁다. 키 큰 사내는 혼자 중얼거렸다.

지하도를 빠져나오자, 지하도 출구(입구이기도 한) 앞에 공중전화통이 둘 있었다. 그들은 각각 한 군데씩 차지하고 전화를 걸었다. 이제 점점 옛날의 그들로 돌아가는 걸까? 전화를 걸고 나오자 먼저 나와 있던 키 큰 사내, 갑자기 자기 회사에 가자고 했다. 좋다, 어디라도 따라가자.

키 작은 사내는 생각했다. 자기가 저 사람보다 나이는 많지만 동무가 되는 데에 나이가 무슨 소용이냐. 진정으로 마음이 통하고 서로를 이해하면 되는 거지.

한참 걸어 나오자 버스가 다녔다. 둘은 버스를 기다렸다. 그와 또 그, 같은 버스를 탔다. 그의 회사 쪽으로 가는 버스는 빠른 속도로 달렸다. 시내 쪽으로, 또는 다른 세계로. 키 작은 사내는 키큰 사내의 턱 밑에 섰다. 역시 그는 키가 작아서 웬만한 사람 앞에서는 항상 턱을 쳐다보며 서게 된다. 그 때 키 큰 사내 입가에서 엷은 웃음이 새어나왔다. 조금은 씁쓸한. 그러나 곧 크게 웃었다. 하! 하! 하! 키 작은 사내도 유쾌하게 따라 웃었다. 사람들이 그들을 쳐다봤다. 그런데 버스 속 사람들의 표정은 굳어 있다. 밖의 사람들처럼. 그들의 웃음이 묘한 대조를 이루었다. 한 번 터져나온 웃음은 마침내 서로를 확인하게 했다. 새 동무로.

키 작은 사내, 사과했다. 그러나 키 큰 사내, 사과받을 일이 없는 것 같았다. 그래서 또 웃었다. 벌써 오래 전부터 알고 지내는 사람들처럼 아주 당연하게. 둘은 서로에게 기댔다.

버스가 잠시 휘청거리고, 버스가 멈췄다. 여기서 차를 돌린다는 운전사의 말. 시내 쪽으로 가는 길이 막혀 있다고 한다. 사람들이 쏟아져 내렸다. 그와 또 그, 그들도 내렸다.

버스에서 내리자 경찰과 사람들이 대치하고 있는 모습이 눈에 들어왔다. 키 큰 사내, 아까처럼 소리지르지 않았다. 대신 입 속으로 욕을 뱉었다. 저 개새끼들! 둘은 말없이 시위대 한쪽으로 스며들었다.

팽팽한 긴장. 사람들은 아무 소리도 지르지 않았다. 그렇지만 키 작은 사내와 키 큰 사내의 가슴속에서는 궁궁궁 북 소리가 울려 왔다. 둘은 똑같이 그 소리를 들었다. 사람들은 아직도 조용하다. 그 사이 피잉, 펑, 최루탄이 날아들었다. 사람들, 아랑곳없다. 끄떡하지 않고 앞으로만 나아갔다. 그와 또 그의 가슴속에서는 계속 궁궁궁 북 소리가 울렸다. 뭔가 제대로 된 소리다. 그는, 키 큰 사내 그는, 이제야 듣는다. 또 그는, 키 작은 사내 그는, 오랫동안 몸에 밴 육감으로 알아차린다. 제대로 된 소리를······.

그와 또 그, 그리고 사람들의 머리 위로 수많은 최루탄이 계속 날았다. 피잉-펑. 그러나 키 큰 사내와 키 작은 사내, 그 둘은 최루탄이 날고 터지는 소리도 북 소리로 들었다.

사람들, 흐트러지지 않는다. 계속 앞으로! 앞으로! 아무도 서로에 대해 묻지 않는다. 아무도 앞으로에 대해 염려하지 않는다. 아무도 뒷일에 대해 두려워하지 않는다. 오직 현재만이, 나와 너와 그와 또 그가 모두 하나가 되는 이 순간, 이 순간의 현재만이 있을 뿐이다. 그렇게 한참을 걸어 나가기만 했다.

그와 또 그, 서로 손을 꽉 쥐었다. 두 사람의 손바닥에서 땀이 쥐어짜졌다.

갑자기 호루라기 소리, 사이렌 소리. 경찰의 행동 개시가 있다. 사람들, 그래도 흩어지지 않는다. 그 자리에 그대로 주저앉는다. 그와 또 그, 서로 부둥켜안은 채 꿈쩍 않고 앉아 있었다. 그들 위로 피잉-펑 하는 소리, 휘-익 하는 소리, 앵앵 하는 소리가 지나갔다.

그러나 그들에게 모든 소리는 북 소리로 들렸다. 그리고 마주 잡은 손 안에 모든 소리가 북 소리가 되어 쥐여졌다. 그와 또 그, 더욱 꼭 껴안았다. 그리고 힘차게 울었다. 세상에 태어나 처음으로 마음놓고 우는 듯이.

그들 위로 나비 떼가 날아왔다.

잡스러운 소리는 북 소리만큼이나 부드러운 나비의 날갯짓 소리에 묻혀 버렸다.

해가 길다.

초여름 날씨보다 후끈한 열기가 그들을 감싸안고 있었다.

6월이었다.

일상의
빛으로
되살아나는
'5월 광주'

1

1980년 광주의 기억은 우리 소설의 원죄적 화두라 해도 과언
이 아니다. 정의와 진실의 기치를 내걸고 부정한 권력과 맞선 민
초들의 삶을 형상화한 정도상의 「십오방 이야기」(1987)와 홍희담
의 「깃발」(1988)에서부터, 일상의 무의식으로 가라앉은 역사의
의미를 한 소녀의 내면을 통해 길어 올린 최윤의 「저기 소리 없
이 한 점 꽃잎이 지고」(1988), 광주의 기억을 아우슈비츠 학살과
교차시킴으로써 예술의 본질과 인간 구원의 문제로까지 심화·
확장한 정찬의 「슬픔의 노래」(1995), 또 알레고리와 극 사실주의
및 전통연희 양식을 가로지르며 우리 근현대사의 비극을 집요하
게 탐색해 온 임철우의 「직선과 독가스」(1984) 「사산하는 여름」

(1985) 『봄날』(1997) 『백년여관』(2004)과 같은 작품들에 이르기까지, 80년 광주는 우리 소설의 중심에 오롯이 음각되어 있다.

이제 여기에 박상률의 작업을 포개어 놓는다. 그는 오랫동안 자신의 내면에 묶어 두었던 광주의 실타래를 조심스럽게 풀어내고 있다. 박상률은 시, 소설, 창극, 청소년 문학, 동화 등 문학의 테두리에서 가능한 모든 방식을 동원해 광주의 의미를 곱씹고자 한다. 이는 지금까지 없었던 시도로, 그만이 할 수 있는 고유한 방식이다. (시, 소설, 극, 청소년 문학, 동화, 고전 번역 등을 유목하는 그의 멀티 플레이를 보라!) 그에 의해 광주의 기억은 다채로운 문학 양식의 결을 따라 입체적으로 되살아난다.

『나를 위한 연구』에는 서사 형식으로 광주를 다룬 세 편의 작품이 묶여 있다. 여기에서 작가는 일상 속으로 스며든 광주의 의미를 되새기고 있다. 이제 이 세 편의 소설을 통해 삶의 희망으로 비상하는 '5월 광주'의 모습을 음미해 보기로 하자.

2

「아기 업은 소녀」는 일상 속으로 스며든 광주의 의미를 형상화하고 있다. 먼저, 화자의 일상을 따라가 보자. 화자의 현재적

삶은 '뜨거운 된장찌개' 속의 맛없는 건더기, 즉 '겉으로 바쁜 척 열을 내며 살지만 기실은 뜨거운 국물 속의 간이 배지 않은 건더기 같은 생활, 또는 일상'으로 비유된다. 그 이유는 서울의 직장 생활을 위해 '그 해 봄날'에 대해서 '아무것도 모르는 사람으로', 비록 '고향에서 일어난 일이지만 그 때는 어려서 뭐가 뭔지도 몰랐다는 식으로 얼버무리며' 살아가고 있기 때문이다. '그 해 봄날'을 압살시킨 일상에서 살아남아야 했기 때문이다. 이는 '사무장'을 싫어하면서도 현실적으로 어쩌지 못하고 마지 못해 따르는 화자의 모습과 포개진다. 조금 더 작품 속으로 들어가 보자.

'그 해 5월' 이후, 어머니가 죽자 아버지는 정신을 놓고 가족의 울타리를 떠난다. 풍비박산이 난 가정은 열세 살의 화자에게 알몸으로 노출된다. 이 때부터 화자는 일상의 삶 속에 깊이 빠져든다. 갓난아이까지 포함해서 돌보아야 할 동생이 셋이나 되었고, 그 아이들의 엄마, 아빠 노릇까지 해야 했다.

이렇듯 엄마의 뜻하지 않은 죽음은 단란했던 가정을 산산조각낸다. 하지만 세월은 부서진 가정이나마 부서진 그대로 아물게 해 주었다. 삶의 조건(운명)은 어리다고 봐주거나 피해가지 않았다.

부서진 가정을 기우며 근대적 일상을 견디는 화자에게 그림

한 장이 눈에 들어온다. '아기 업은 소녀.' 이 그림을 통해 화자는 '그 해 5월'과 대면한다. '열세 살'의 과거와 '스물다섯'의 현재가 '아기 업은 소녀'를 통해 포개진다. 포개지는 장면은 슬프지만, 아름답다. 이 슬픈 아름다움이야말로 작품 전체를 지배하는 아우라다. 잠시 엿보기로 하자.

　이 책상 저 책상에서 여직원들이 두들겨 대는 컴퓨터 자판 소리만이 사무실을 꽉 채우고 있는 형광등 불빛 속으로 날아다니는 느낌이었다. 나는 불빛 속에 날아다니는 자판 소리에서 아까 저녁 먹을 때 본 '아기 업은 소녀'의 배경인, 화강암의 느낌이 잔뜩 묻어나는 바위의 질감을 떠올렸다. 마치 정이나 송곳으로 바위 표면을 무수히 쪼아 만든 느낌을 주던 그림의 배경. 그 느낌이 타다닥거리는 소리 속에서 묻어났다. 이어 컴퓨터 자판을 두들기는 소리가 화강암 바위 표면을 쪼는 소리와 겹쳐졌다. 알 수 없는 일이었다. 그림이 소리 속에 들어 있다니.

　(중략)

　타다닥, 타다닥…….

　그런 어느 순간 나는 깜짝 놀랐다. 귓전을 울리는 저 소리. 저 소리는 틀림없는 총 소리였다. 그 해 봄날에 들었던 총 소리였다. 아! 서울까지 와서, 사무실 안에서까지 총 소리를 듣다니!

그 총 소리는 엄마를 데려간 소리였다.

—「아기 업은 소녀」 (19~20쪽)

일상 속에 스며든 '광주'의 이미지가 오롯이 부각된 장면이다. 사무실을 날아다니는 컴퓨터 자판 소리에서, '아기 업은 소녀'의 배경을 이루는 '화강암 바위 표면을 쪼는 소리'를 연상하고, 거기에서 '그 해 봄날'의 총 소리를 듣는 장면이다. 사무실 안에서 들려오는 총 소리는, 끈질기게 화자의 무의식을 따라다니는 광주의 소리다.

청각과 시각을 교차시키는 이미지의 연금술은 그림 속의 소녀와 화자를 포개어 놓는 데 성공한다. 여기에서 정이나 송곳으로 '화강암 바위 표면을 쪼는 소리'는 자판 소리(일상/현재)와 총 소리(광주/과거)를 매개하는 이미지다. 이는 화가가 자신의 내면을 담금질하는 소리(일상의 외로움과 고독을 정면으로 응시하며 견디는 것)임과 동시에, 고통스러운 과거의 상처를 불러내어 현재화하는 작업을 상징한다. 이는 작가/화자가 '지금 여기'에서 광주의 의미를 반추하는 작업과 동궤에 놓인다.

그런데 흥미로운 점은 그림의 색조와 질감이 화자에게 편안함을 준다는 사실이다. '황량하지만 편안한 느낌' 혹은 '쓸쓸함과 따뜻함'이 공존하는 미묘한 분위기. 화자는 자신보다 훨씬 전에 살다 간 화가가 어떻게 엄마 모습을, 게다가 '아기 업은 소녀'에서 보이는, 지난날 자신의 뒷모습까지를 저렇게 똑같이 그려 놓았을까 감탄한다. 이러한 편안함은 화가와 화자 사이를 이어 주는 고독한 내면의 끈, 즉 진부한 일상을 견디는 힘의 교감에서 비롯되는 것이다.

한편, 화자를 성추행하는 사무장의 모습은 과거의 삶이 현재에도 비슷한 방식으로 되풀이되고 있음을 보여 준다. 사무장은 광주 진압 작전에 나갔던 군인이었다. 그는 광주를 통해 권력을 획득한 독재 정권의 '선진 조국 창조'라는 구호를 실현하고 있는 인물이다. 근대의 메커니즘은 자본의 논리로 옭아맨 일상 속에서, '관리자-직원'의 '지배-종속' 관계를 끊임없이 재생산한다. 이렇듯, 80년 광주에서의 폭력은 오늘날까지 눈에 보이지 않는 억압으로 재현되고 있다. 화자가 근무하는 세무사 사무소의 사무장은 세무사의 사촌 동생인데, 직원들의 채용 문제에서부터 회식 문제에 이르기까지 전권을 휘두르며 직원들의 밥줄을 쥐고 있다.

사무장이 화자에게 행하는 성추행과 성폭력은 '그 해 5월' 광주에 진입해 '아직 봉오리도 채 맺히지 않은' 화자의 가슴을 주무르며 낄낄대던 '외지' '수컷'의 행위와 겹쳐진다.

방향을 정하지 않고 무작정 걸었다. 아랫도리가 뻑적지근했다. 게다가 술 탓인지 속이 메스껍고 어지러웠다. 길바닥에 털썩 주저앉고 싶었다. 그러나 나는 정신을 다잡으며 옆에 있는 나무에 기대어 조심스럽게 쭈그려 앉았다. 무릎을 세우고 그 위에 팔꿈치를 세운 채 두 손으로 턱을 받치고 한참 있었다. 어느새 나 자신이 그림에서 본 '앉아 있는 여인'이 되고 말았다.

(중략)

나는 쭈그려 앉은 채 '귀로'를 찾고 있었다. 그러나 '앉아 있는 여인'이 되고 만 내가 끝내 움직이지 않는 그림이 되면 어쩌나 하는 느낌이 들었다.

(중략)

아빠는 귀로의 어디쯤에서 오그라진 뒷모습으로 이 낙엽처럼 서성거리고 있을까.

—「아기 업은 소녀」 (51~52쪽)

인용문은 사무장에게 성폭행을 당한 후, 거리로 나선 화자의 내면을 묘사한 장면이다. 어느덧 화자는 '아기 업은 소녀'에서 '앉아 있는 여인'으로 변모한다. 스스로가 '그 해 5월'이 앗아간 어머니가 된 것이다. 광주의 슬픔에 한층 다가간 셈이다. 하지만 여기에서 멈추지 않는다. 화자는 '끝내 움직이지 않는 그림'으로 주저앉지 않기 위해 스스로를 채찍질한다. 이는 슬픔 그 자체에 머무르지 않으려는 의지의 표출이다. 곧이어 아버지가 나라에서 나온 보상금을 집어던지던 장면을 떠올리며, 사무장이 성폭행의 대가로 가방에 넣어 둔 돈다발을 어둠 속으로 내던진다. 광주에 대한 보상금 몇 푼이 성폭행의 대가로 지불된 돈으로 바뀌는 대목이다.

'어둠' 속에서 '귀로'를 찾고 있는 화자의 모습은 고단한 여정을 예비한다. 하지만 이 여정은, 아버지/어머니의 삶으로 대변되는 광주의 기억을 온몸으로 포월(匍越)하는 과정을 함축함으로써, 일상 속에 묻혔던 지금까지의 모습을 탈피하고 새로운 삶을 향한 첫걸음을 시사한다.

이렇듯 「아기 업은 소녀」는 광주에 대한 '고발 → 분노 → 화해'에 머물던 지금까지의 관점을 넘어, 과거의 슬픔과 상처를 새로운 삶의 자양분으로 흡수한다. 이를 통해 광주는 '지금 여기'에서 새롭게 부활한다.

표제작 「나를 위한 연구」는 기억상실자이자 왼팔이 없는 불구자이며 노숙자인 화자가, 과거의 기억을 서서히 회복해 가는 과정을 통해, 무의식(꿈)의 영역에까지 침투한 광주의 비극을 탐사하고 있는 작품이다. 화자는 잃어버린 '왼팔'을 찾아 헤맨다.

이러한 행위는 '오늘을 찾으려는 수배령'에 다름 아니다. 과거의 기억을 회복하지 못한다면, '지금 여기'의 삶을 되찾을 수 없기 때문이다.

이 작품에는 광주의 상흔을 지닌 한 간호사와의 만남을 통해 서서히 기억을 되찾는 화자의 내면이 아름답게 주조(鑄造)되어 있다. 그녀의 삶으로 조금 더 들어가 보자.

그녀는 여고 2학년 5월 어느 날, 가슴에 총을 맞는다. 난리통이 여고 2학년 때의 꿈 한쪽을 훔쳐 간 셈이다. 그러나 그녀는 남은 가슴 하나로도 충분하다고 생각한다. 가슴을 잃음으로써 더 많은 것을 얻었기 때문이다. '그 해 5월'의 충격에서 쉽게 벗어나지 못하는 사람들을 정성껏 간호하여 정상적인 사회생활을 할 수 있도록 뒷바라지하다 보니 삶의 보람이 싹튼 것이다. 잃은 것보다 더 큰 것을 그녀의 안에 키운 셈이다. 그것은 자신에 대한 그리고 다른 사람에 대한 사랑이다. 그런데 그녀는 자신을 이렇게 만든 사람들까지 사랑하지는 못한다. 그들은 계속 사랑을 배신하기 때문이다.

화자는 이러한 백의의 천사와 동거하며 세상을 다시 배운다. 하지만 천사의 도움에도 한계가 있다. 잃어버린 왼팔과 기억 그리고 오늘을 스스로 되찾아야 하기 때문이다. 천사는 자기 가슴은 저 도시에 아직 살아 있다는 말을 하며 화자를 떠나보낸다.

이어 화자가 도시를 방황하며 기억을 되찾는 과정이 그려진다. 화자는 '그 해 5월' 당시 택시 기사였다. 생업이 급해서 직접적으로 시위에 참여하지 못하던 화자는 막 결혼한 신혼부부가 이유도 없이 진압군에 폭행당하는 기막힌 장면을 목격하고 난리통에 휩쓸린다. 누가 어떻게 해라 마라 하는 간섭도 없었고 강요도 없었지만, 스스로 해야 할 일이 뭔가를 알게 되었기 때문이다. 그리하여 굵은 팔뚝으로 시민군의 무기를 집어 들었고, 그들의 대열에 들어가게 되었다. 그리고 총에 맞아 왼팔이 떨어져 나간다.

이윽고 진압군은 '분수대'를 짓밟아 버린다. 그리고 도시에는 '강요당한 평온'이 찾아온다. 화자는 무기를 소지한 극렬분자로 몰려 내란 선동죄라는 죄명을 뒤집어쓰고 수감된다. 팔 하나와 내란 선동죄를 맞바꾼 꼴이다. 이어 정신 착란자로 분류, 석방되어 복지원으로 옮겨지고 곧 탈출하게 된다. 그리하여 그 도시, 그 거리에 다시 돌아온다.

여기서 지루한 나의 이야기는 끝난다.

지루하다고? 그러나 끝난 건 나의 이야기가 아니다. 지난 십 년 세월이었을 것이다. 나는 그 십 년을 오늘처럼 살았다. 아니, 그 십 년은 그저 오늘이었을지도 모른다. 나는 십 년 동안 하나도 지루한 줄 몰랐다. 오락가락하는 나의 의식 사이에서 헤매기도 하고, 또 대부분은 의식조차 멈춰 있었기에.

어쩌면 나는 어제에 묶여 있었다. 아니, 오늘에 묶인 채 멈춰 있었다.

나의 왼팔에 대한 수배령은 오늘을 찾음으로써 해제한다. 나의 왼팔은 누가 톱으로, 칼로, 아니 총으로 빼앗아 간 것이 아니었다. 나의 팔은, 나의 왼팔은 그 도시에, 그 거리에, 그 분수대에, 그 곳 시민들에게 바쳐진 것이었다. 나의 십년이 끝나는 오늘 나는 그렇게 수정한다. 나의 왼팔에 대한 뒷얘기를, 나를 위한 연구 보고서의 마무리 말을.

—「나를 위한 연구」 (142~143쪽)

화자는 팔 하나를, 아니 스물 몇 해의 젊음을 그 도시에 바친 셈이다. 그 도시엔 화자의 왼팔과 젊음처럼 바쳐진 것이 많아, 그것을 되찾기 위한 투쟁이 다시 시작된다. '화해는 그들이 하는 것이 아니라' 우리들이 하는 것이다. 이러한 과정을 거쳐 화자는 자신의 과거를, 기억을, 왼팔을 되찾는다. 이는 이 거리에 자신이 살아 있다는 보고를 하는 것이며, 이 도시의 모든 것이 이제 낯설지 않게 되었음을 의미한다.

마침내 화자는 천사에게 전화를 건다. '여보세요, 저예요. 아

기를 낳았어요. 팔목이, 특히 왼팔목이 굵직해요!'라고 말하는
천사의 힘있는 목소리에서 화자는 자신의 '왼팔'이 다시 태어나
고 있음을 감지한다.

그는 이제 진짜 수배자가 된다. 왜냐하면 그의 왼팔이, 그의
아기가, 그의 아내가, 그의 분수대가, 그의 거리가, 그의 도시가
그를 찾고 있으므로.

「그와 또 그」는 지갑을 소매치기 당한 회사원 '그'(키 큰 사
내)와 그것을 훔친 소매치기 또다른 '그'(키 작은 사내)의 일상
을 겹쳐 놓은 작품이다.

하루하루가 지옥이라고 생각하는 키 큰 사내는 버스 안에서
소매치기를 당한다. 아침부터 자신을 도둑맞았다고 생각한 사내
는 회사에 가지 않고 산으로 향한다. 산에는 도시를 뒤덮고 있는
소음이 아니라, 자신의 억눌리고 답답한 가슴에 시원한 대답을
안겨 주는 소리가 있을 것이라 믿었기 때문이다. 이어 산이 안고
있을 소리에 대한 탐험이 시작된다.

그는 산에서 개를 잡는 모습을 목격하고, 축 늘어진 개가 되었
던 자신의 모습을 떠올린다. '그 해 5월' 저 개처럼 축 늘어지던,
개 같은 사람들. 그 사람들 속에는, 물론 그 자신도 포함되어 있
었다.

군대에 가려고 영장을 받아 놓고 기다리는 사이 난리가 터졌다. 개가 꼬리를 내리고 슬슬 피해 다니듯 난리통 기간 내내 피해 다녀야 했다. 그는 난리통이 끝난 뒤 곧 입대했다. 훈련소에서 지내는 동안 총부리에 겨누어진 개가 되는 꿈을 꾸곤 했다.

이후 키 큰 사내의 일상적 모습은 늘 '똥개'가 아니면, 유년시절 '아무 이유도 모르고, 아니 아무 이유도 없이, 그저 회초리의 횡포에 죽어 가던 개구리'와 다름이 없었다. 이는 그 해 광주에서의 모습이 현재까지 이어지고 있음을 보여 준다. 임금 투쟁이라는 것도 해 보고, '그 해 5월'을 직접 겪은 사람이라고 곁에서 부추긴 덕분에 노조 간부직도 맡아 봤지만, 그에게 돌아온 것은 임금 인상이나 승진이 아니라 오히려 감봉 처분과 인사 불이익, 그리고 유치장 신세뿐이다. 야간으로 상고를 나와, 겨우 취직하여 그 잘난 대학 나온 계장 과장 밑에서 주판알 튕기며 밥숟갈을 챙기고 있을 따름이다.

결국 그는 산 속에서도 소리를 찾지 못한다. 오나가나 소음만 있을 뿐이다. 산을 찾는 인간들 때문에 산은 더 이상 안식처가 되지 못한다. 잠시 잠깐의 도망처가 되었을 따름이다.

그는 산을 내려가 도시와 부딪쳐 보자고 결심한다. 이러한 '도시 → 산 → 도시'의 여정에 '광주'가 매개되어 있다는 사실은 주목을 요한다. 광주의 기억은 지금까지의 삶을 되돌아보고,

지옥 같은 일상의 맨얼굴을 응시하라고 손짓한다. 이렇듯, 광주
는 그를 '외로운 방관자'에서 삶의 '주동자'로 변모시키는 계기
를 마련한다.

　　그 동안 시위 현장을 몇 번이나 목격했지만, 더구나 '그 해 5월'의
난리통도 겪었지만, 그는 늘 외로운 방관자였다. 뭐가 뭔지, 왠지 소
심해져 버렸다. 그런 그가 노조 간부는 어떻게 했는지. 그런데 오늘
은 그렇지 않다. 적극적, 무척 적극적이다. 처음에는 사람들 속에서
⋯⋯하라! ⋯⋯타도! 하고 겨우 따라 하다가 나중에는 맨 앞장이었
다. 아마 그렇게 노조 간부도 했나 보다.
　　앞에 나서서 선창을 하는 주동자! 주동자! 그는 어느새 주동자가
되어 있었다. 우르르 한 떼의 로마 병정들이 몰려오고 최루탄 터지는
소리가 시끄럽다. 콧물. 재채기. 눈물. 숨막힘⋯⋯. 그에게 쏟아지는
몽둥이질. 발길질.
　　그는 어렸을 적 논둑 길의 개구리를 떠올렸고, 이내 곧 개구리가
되어 쭉 뻗어 버렸다. 논둑 길 위로 나비 떼가 날았다. 피는 길바닥
위를 흥건히 적셨고, 그는 시위 군중에 의해 병원으로 옮겨졌다.

—「그와 또 그」 (232쪽)

한편, 키 작은 사내(소매치기)는 병원에서 키 큰 사내를 만난

다. 키 큰 사내를 알아본 키 작은 사내는 가슴이 저렸다. 뭐라고 변명을, 아니 사과를 하고 싶은 생각이 들었다. 키 큰 사내에겐 기억을 살려 주고, 자신은 수치스러운 과거를 버릴 수 있게 해 달라고 기원한다.

퇴원을 한 그들은 친구가 된다. 그와 또 그는 같은 버스를 탔다. 그 때 키 큰 사내의 입가에 엷은 웃음이 새어나왔다. 조금은 쓸쓸한. 그러나 그는 곧 크게 웃는다. 키 작은 사내도 유쾌하게 따라 웃는다. 터져나온 웃음은 마침내 서로를 확인하게 한다. 버스에서 내리자 경찰과 사람들이 대치하고 있는 모습이 눈에 들어온다. 둘은 말없이 시위대의 한켠으로 스며든다.

팽팽한 긴장. 사람들은 아무 소리도 지르지 않았다. 그렇지만 키 작은 사내와 키 큰 사내의 가슴속에서는 궁궁궁 북 소리가 울려 왔다. 둘은 똑같이 그 소리를 들었다. (중략) 뭔가 제대로 된 소리다. 그는, 키 큰 사내 그는, 이제야 듣는다. 또 그는, 키 작은 사내 그는, 오랫동안 몸에 밴 육감으로 알아차린다. 제대로 된 소리를…….

그와 또 그, 그리고 사람들의 머리 위로 수많은 최루탄이 계속 날았다. 피잉—펑. 그러나 키 큰 사내와 키 작은 사내, 그 둘은 최루탄이 날고 터지는 소리도 북 소리로 들었다.

사람들, 흐트러지지 않는다. 계속 앞으로! 앞으로! 아무도 서로에 대해 묻지 않는다. 아무도 앞으로에 대해 염려하지 않는다. 아무도 뒷일에 대해 두려워하지 않는다. 오직 현재만이, 나와 너와 그와 또 그가 모두 하나가 되는 이 순간, 이 순간의 현재만이 있을 뿐이다. 그렇게 한참을 걸어 나가기만 했다.

그와 또 그, 손을 서로 꽉 쥐었다. 땀이 두 사람의 손바닥에서 쥐어짜졌다.

갑자기 호루라기 소리, 사이렌 소리. 경찰의 행동 개시가 있다. 사람들, 그래도 흩어지지 않는다. (중략)

그러나 그들에게 모든 소리는 북 소리로 들렸다. 그리고 마주잡은 손 안에 모든 소리가 북 소리가 되어 쥐어졌다. 그와 또 그, 더욱 꼭 껴안았다. 그리고 힘차게 울었다. 세상에 태어나 처음으로 마음놓고 우는 듯이.

그들 위로 나비 떼가 날아왔다.

잡스러운 소리는 북 소리만큼이나 부드러운 나비의 날갯짓 소리에 묻혀 버렸다.

—「그와 또 그」 (245~246쪽)

산에서조차 찾지 못한 '제대로 된 소리'를 도시의 시위 현장에서 되찾은 셈이다. 이 북 소리는 키 큰 사내와 키 작은 사내를 이어 주는 소리이며, 나와 너, 그와 또 그를 우리가 되게 하는 소리이다. 이는 최루탄 터지는 소리, 호루라기 소리, 사이렌 소리마저 끌어안는 '부드러운 나비의 날갯짓 소리'이다. 이 '나비의 날갯짓 소리'야말로 광주의 기억이 일상의 빛으로 되살아나는 이미지가 아닐까?

3

이제 박상률과 함께한 광주로의 여행을 끝내야 할 시점이다. 필자는 『나를 위한 연구』에 실린 세 편의 소설을 통해, 광주로 가는 길이 과거로 향해 있지 않고, 현재와 미래로 열려 있다는 사실을 깨달았다.

우리 문단에서 광주는 다루어질 만큼 다루어졌다는 평가가 암묵적으로 승인되고 있다. 피해자의 입장에서 가해자를 고발하는 형식이나, 가해자 또한 피해자라는 관점으로 형상화한 방식, 혹은 광주가 개인의 내면에 미친 영향을 형상화한 방식 등 광주가 지속적으로 탐색되었다는 것이다. 광주는 지나간 역사의 기억으로 박제될 운명에 처해 있다.

이 지점에서 박상률은 다시 광주를 문제삼는다. 그의 이야기를 통해, 박제가 될 위험에 처해 있던 광주가, 두터운 역사의 껍

데기를 벗고 살아 움직이는 속살을 보여 주기 시작한다. 역사의 뒤안길로 밀려날 운명에 처한 광주의 기억을 박상률은 다시 일상의 현장으로 끌어들인다. 그의 소설에서 광주는 새로운 삶의 자양분으로 거듭나고 있다. 이 자양분을 통해 우리의 삶은 한층 풍요로워질 것이다. 작가가 '지금 여기'에서 다시 광주를 화두로 삼는 이유도 바로 여기에 있으리라.

고인환 | 문학평론가